Margot Berger
Pferdefreunde fürs Leben

Margot Berger
begann ihre Journalistenlaufbahn als Redakteurin bei großen Tageszeitungen und Frauenzeitschriften. Die begeisterte Reiterin und Pferdeexpertin lebte und arbeitete als selbstständige Journalistin und Buchautorin in Hamburg.

Als Sammelbände von »Die Pferde vom Friesenhof« liegen außerdem vor:
»Traumsommer im Galopp«
»Pferdefreunde, Sommerglück«
»Pferdefreundschaft für immer«

Margot Berger

Pferdefreunde fürs Leben

Zwei Pferderomane in einem Band

Arena

FSC
www.fsc.org
MIX
Papier aus verantwortungsvollen Quellen
FSC® C110508

1. Auflage 2018

Dieser Sammelband enthält die Einzeltitel »Flucht bei Nacht und Nebel«
© 2003 Ensslin im Arena Verlag GmbH, Würzburg
und »Angst um Magic« © 2004 Ensslin im Arena Verlag GmbH, Würzburg
aus der Reihe »Die Pferde vom Friesenhof«.
Coverillustration: Silke Voigt
Gesamtherstellung: Westermann Druck Zwickau GmbH
ISBN 978-3-401-45467-2

Inhalt

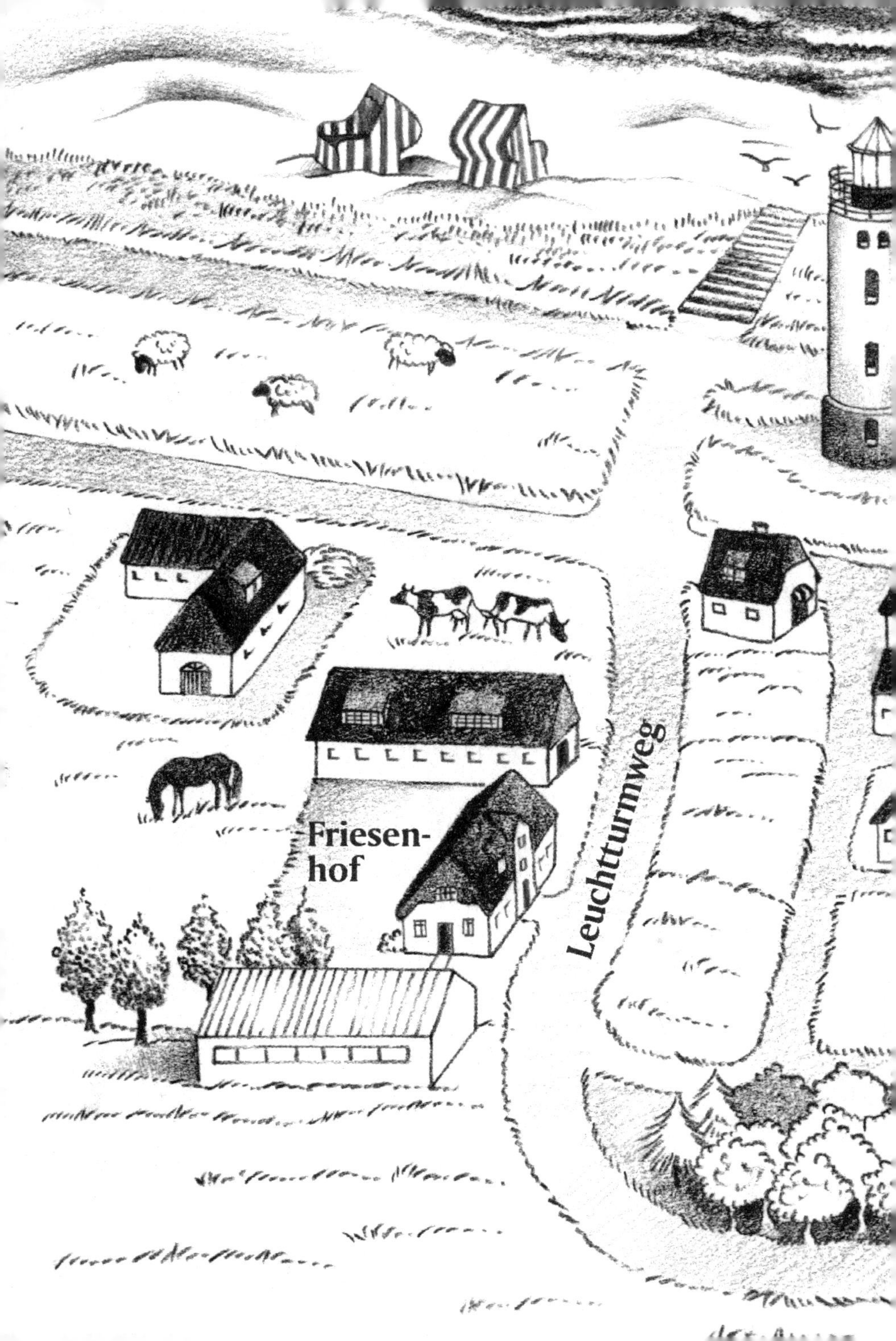
Friesenhof
Leuchtturmweg

Es spielen mit:

Klara Lea

Lea Eichhorn (12) ist temperamentvoll und unbekümmert, ein richtiger Feuerkopf. Für alles zu haben, was Spannung verspricht. Manchmal schrammen Leas verrückte Abenteuer haarscharf an einer Katastrophe vorbei. Wenn es um Pferde geht, ist sie aber total zuverlässig.

Klara Eichhorn (13 ½) muss ihre wilde Schwester immer wieder bremsen. Meist schafft sie das, denn Klara ist die beste Streitschlichterin der Welt. Zumindest finden das ihre Eltern, die Tierärzte Meike und Markus Eichhorn. Es gibt wenig, das Klara auf die Palme bringt. Aber wehe, wenn Tiere schlecht behandelt werden . . .

Auf dem Reiterhof der Familie Eichhorn ist ständig etwas los. Rätselhafte Ereignisse und spannende Abenteuer halten die Reiterinnen in Atem. Ohne fremde Hilfe läuft oft gar nichts. Ein Glück, dass auf diese fünf Mädchen aus Westerbüll stets Verlass ist:

Kim Behrens, die Spröde – bringt verzwickte Dinge auf den Punkt und tut unbeirrt, was sie für richtig hält.

Nelly Ingwersen, die Zuverlässige – ist die Tochter des Strandkorb-Vermieters, die anpackt, wenn Not am Mann ist. Nellys großer Bruder Niels ist für alles zu gebrauchen . . . und sooo süß.

Emma Hansen, die Ängstliche – muss sich mit krankhaft besorgten Eltern abplagen und heimlich zum Stall schleichen.

Mascha Mewes, die Lustige – kann auch mit Zicken umgehen und sie für alles begeistern.

Jette Jacobs, die Schlaue – lebt im Gasthaus »Wattenkrug«, wo die Gerüchteküche brodelt. Ihr Spürsinn ist unschlagbar. Logisch, dass Jette später zur Polizei will.

Flucht bei Nacht und Nebel

Inhalt

1. Kapitel
Ein Krimi hautnah

Beeil dich, Klara!«

Ungeduldig drehte Kim Behrens vor dem Friesenhof kleine Runden auf dem Fahrrad und versuchte, in den Stall zu spähen. Ihre Freundin fand kein Ende beim Schmusen mit Luna, der Friesenstute.

»Auf der Rennbahn werden sie nicht begeistert sein, wenn wir gleich am ersten Tag zu spät kommen!«, rief Kim nach drinnen.

Von der Stallgasse hörte sie die Stimme von Markus Eichhorn, Klaras Vater. »Kim hat recht. Macht, dass ihr wegkommt! Danke, dass ihr noch beim Füttern geholfen habt.«

Mit Heuhalmen an der Weste erschien Klara in der Stalltür. Das hoch aufgeschossene Mädchen, knapp vierzehn, warf einen Blick auf das Reetdachhaus nebenan, während sie ihr Fahrrad holte. Alle Zimmer waren verdunkelt, die Ferienkinder schliefen noch. Nur die Küchenfenster standen weit offen, um die frische Morgenluft hereinzulassen. Das Klappern von Tellern und Tassen drang auf den Hof, es duftete nach Brötchen. In einer Stunde würden sich lachende und lärmende Reitermädchen um den Frühstückstisch scharen.

Zum ersten Mal half Klara nicht als Betreuerin bei den Reitkursen. Sie hatte etwas anderes vor: Heute begann ihr Ferienjob auf der Trabrennbahn in Seestedt. Kim kam mit, ihre Schulfreundin aus Westerbüll. Die Mädchen winkten Dr. Eichhorn zu und fuhren in rasantem Tempo zum Nordseedeich, wo der Weg nach Seestedt abzweigte.

Sie traten kräftig in die Pedale und um kurz nach sieben Uhr tauchten vor ihnen die ersten Bauernhöfe von Seestedt auf. Zitterpappeln säumten die schmale Straße. Dahinter kamen die hohen Flutlichtmasten der Rennbahn in Sicht.

Vor dem rot-weißen Schlagbaum sprangen Klara und Kim von den Rädern und schlossen sie an einen Pfosten an. Hastig zwängten sie sich unter dem Schild »Unbefugten ist das Betreten des Rennbahn-Geländes verboten« durch und liefen zu den Stallungen. Hinter den langen Bauten lag das Oval der Rennbahn, wo reger Betrieb herrschte.

Die beiden waren wahnsinnig gespannt auf ihren Ferienjob. Drei Wochen inmitten schneller Pferde. Es würde super werden. Keiner konnte ihnen die Vorfreude nehmen. Auch nicht Klaras Vater, der Tierarzt war und Reitlehrer auf dem Friesenhof. Er hatte seiner Tochter von diesem

Job abgeraten: »Das ist kein Zuckerschlecken, Klara. Auf Rennbahnen will jeder viel Geld verdienen – Pferdebesitzer, Trainer, auch die Besucher. Wenn auf Pferde gewettet wird, bedeutet das für die Tiere knochenhartes Training. Ich weiß nicht, ob du mit dieser Einstellung klarkommst.«

Doch Klara nahm seine Bedenken nicht ernst. Jedenfalls konnte er sie nicht von ihrer Entscheidung abbringen. Schon wegen Kim nicht. Die brauchte nämlich auch Geld. Kims Mutter konnte ihr nur knappes Taschengeld geben. Sie war allein erziehend und vermietete Ferienzimmer in der Westerbüller Pension »Seehund«. Damit wurde man nicht reich. Kim musste zusehen, dass sie sich etwas dazuverdiente.

Suchend gingen Klara und Kim um die Trainingsställe herum. Fast zwanzig waren es, die alle gleich aussahen. Niedrige Dächer, Fensterreihen, weiße Holzwände, an denen Schilder mit den Trainernamen hingen. Dazwischen lagen geräumige Innenhöfe, von denen man direkt auf die Rennbahn fahren konnte.

Draußen machten sich einige Männer in Overalls an den Sulkys zu schaffen und schoben die zweirädrigen Wagen in ihre Ställe. Klara und Kim sahen sich nach Trainer Dirk Thiessen um, bei dem sie arbeiten wollten.

»Thiessen wird begeistert sein, dass wir erst jetzt eintrudeln«, seufzte Klara. Sie schlug mit ihrer Freundin den Sandweg zur Rennbahn ein. Der würzige Duft von frischer Erde lag über der Anlage. Neben der Rennstrecke stand das schwarze Startauto mit eingezogenen Flügelklappen. Ein

bulliger, gut gekleideter Mann lehnte am Zaun. In seiner Nähe trieben zwei Arbeiter dicke Pfosten mit Hämmern in die Erde. Sonst gab es keine Zuschauer. Kein Wunder um diese Uhrzeit.
Plötzlich wurden die Mädchen Zeugen eines Streits zwischen den Männern. Der Elegante schnauzte die Arbeiter an, weil sie ihm die Sicht versperrten. Wütend packten die Rennbahn-Arbeiter ihr Werkzeug zusammen und zogen murrend ab. Der Klotz im Anzug lehnte sich mit einer Stoppuhr über den Zaun.
Instinktiv waren die Mädchen bei dem lauten Wortwechsel hinter dem Kasino in Deckung gegangen, das direkt an die Piste grenzte. Mit dem Dicken war sicher nicht gut Kirschen essen. Klara lugte um die Ecke. Der Mann hatte sich wieder beruhigt und sah in die Richtung, aus der das gleichmäßige Trommeln von Hufen zu vernehmen war.
Hinter der Einzäunung tauchten braune Pferdeköpfe auf. Mit weit ausgreifenden Tritten trabten vier schlanke Pferde vor leichten Sulkys auf die Kurve zu. Zum Anfassen nahe. Einen Moment wehte der vertraute Geruch von warmem Fell zu Klara und Kim herüber. Der Atem der Pferde hinterließ feine Wolken. Wie schwarze Seidenfäden flogen die Mähnen.
Mit rundem Rücken saßen die Trainer auf den Wagen, die ausgestreckten Beine lagen in Haltebügeln. Fasziniert sahen die Mädchen den Sulkys hinterher.
»Ob sie uns auch mal fahren lassen?«, fragte Klara leise.
Kim seufzte sehnsuchtsvoll. »Schön wär's.«
Einer der Trainer ließ seinen Traber jetzt Schritt gehen und

steuerte den Sulky von der Piste. Die Hosenbeine des grünweißen Overalls waren braun vom hochgewirbelten Sand der Rennbahn. Mit einer Hand schob der Trainer seine Schutzbrille über den Sturzhelm. Darunter kam sein rosafarbenes Gesicht zum Vorschein, übersät von Schmutzspritzern.

»Das ist ja unser Thiessen«, flüsterte Kim überrascht.

Trainer Thiessen brachte sein Pferd zum Stehen und rief dem Mann am Zaun zu: »Wie war die Zeit von Blue Boy, Herr Galle?«

Der Dicke, offenbar der Pferdebesitzer, bewegte sich auf den Sulky zu. Wortlos hielt er dem Trainer seine Stoppuhr unter die Nase. Dirk Thiessen warf einen Blick auf die Zeit und schlug sich aufs Knie. »Nein, Herr Galle, das wird nichts mehr mit Ihrem Blue Boy. Der hat keinen Kampfgeist.«

Traberbesitzer Galle stieß eine Verwünschung aus und starrte missmutig auf das Pferd vor ihm, das völlig ausgepumpt wirkte. »Blue Boy war ein glatter Fehlkauf! Wie lange zahle ich mich schon dumm für sein Training! Und kein einziger Preisgewinn. Ich bin es endgültig Leid, der kommt weg. Basta.«

Klara und Kim zuckten zusammen und tauschten entsetzte Blicke. Gerade noch dieses romantische Bild in der Morgensonne und jetzt das! Klara schluckte. »Der kommt weg.« Das sagte der Besitzer in demselben Ton, in dem man sagt: Die Futtermöhren taugen nichts mehr, wirf sie weg.

Dirk Thiessen schwang sich aus dem Sitz. ». . . und Ihren Ti-

po«, hörten die Mädchen ihn fortfahren, »können Sie auch weggeben. Der bringt es nicht. Der galoppiert beim Rennen ständig an. Wenn er nur die Startmusik hört, brennen bei dem alle Sicherungen durch. Ein Verlierertyp.«
Klara griff nach Kims Arm. Eben noch war sie in Hochstimmung gewesen. Nun kroch Wut in ihr hoch. Klara dachte an die Worte ihres Vaters: »Knochenhart . . ., es geht nur ums Geld.« Aufgebracht wipserte sie: »Was ist das hier? Ein Börsenmarkt, in der man schwache Traber abstößt wie schlechte Aktien?«
Kim nickte zornig. »Was bildet der fiese Dicke sich ein? Hält er sich für den Meister des Universums, bloß weil ihm die Pferde gehören?«
Trainer Thiessen spannte Blue Boy aus und führte ihn zum hinteren Teil der Anlage, während Lutz Galle neben ihm unentwegt redete und herumfuchtelte. Satzfetzen wie »neue Mittel « und »andere tun es auch« war alles, was die Mädchen aufschnappten.
Im Schutz der Kiefern folgten Klara und Kim den Männern, die im letzten Stall verschwanden. Unschlüssig blieben die Mädchen stehen, dann entdeckten sie eine schmale Außentreppe, die zum Boden über dem Stall führte. Sie huschten die Stiege hinauf und schlichen auf den Heuboden. Sie hatten so eine unbestimmte Ahnung, einiges von den Männern zu erfahren, das nicht für fremde Ohren gedacht war.
Klara rutschte bäuchlings bis an die offene Bodenluke. Sie unterdrückte einen Hustenanfall, als sie über die staubigen Bohlen kroch. Vorsichtig linste sie nach unten. Kim kauerte

sich neben sie. Von hier aus überblickte man die schmale Stallgasse mit den zwölf Boxen. In eine davon wurde gerade Blue Boy geführt.

Müde trottete der Traber hinein und blieb mit gesenktem Kopf stehen. Seine blaue Abschwitzdecke war durchnässt. Am Hals kräuselte sich das feuchte Fell in kleinen Wellen. Blue Boys Brustkorb pumpte, sein Gesicht sah teilnahmslos aus und erschöpft.

In der Box nebenan beförderte der schwarze Tipo mit der Nase sein Heu in den Trog und zupfte einige Halme heraus. Als die Männer auftauchten, stellte Tipo das Kauen schlagartig ein. Hastig verkroch er sich in die äußerste Ecke und drehte sich zur Wand. Angestrengt starrte er gegen die Mauer, als könnte er durch stures Wegsehen Unheil verhindern. Es war nicht mehr als eine kurze Bewegung, aber in Klara löste sie eine Welle der Zuneigung aus.

Er benimmt sich wie ich als kleines Kind, dachte sie gerührt. Klara erinnerte sich noch genau daran, als sie zur Schule kam. Wenn sie Angst vor jemand hatte, hatte sie die Augen zugekniffen und sich einfach umgedreht nach dem Motto »Wenn ich nichts sehe, dann sieht mich auch kein anderer«. Genauso schien der schwarze Traber zu denken. In diesem Moment wusste Klara, dass sie ihn hier herausholen wollte. Es war nur ein verschwommener Wunsch. Wie drängend er werden würde, konnte Klara noch nicht ahnen.

»Hat bis jetzt eine Menge Geld gekostet, der Mistbock«, knurrte Lutz Galle. Tipo kroch noch weiter nach hinten. Am liebsten wäre er in der Wand verschwunden.

Lutz Galle schob den Türriegel zurück und packte Tipo am Halfter. Blanke Angst stand dem Pferd in den Augen, hektisch tänzelte es und bäumte sich auf. Mit einem Ruck zerrte Galle den Pferdekopf zu sich herunter.

»Glaub bloß nicht, dass ich noch einen Sommer für dich Geld herauswerfe, ohne dass ich Siege sehe. Ich mache mich doch nicht zum Trottel vor den anderen.«

Tipo warf den Kopf hoch und riss am Halfter, um sich aus dem Schraubstockgriff zu befreien. Abrupt ließ Galle den Lederriemen los und ging zurück zu Trainer Thiessen. »Vier Wochen versuchen wir es noch. Dann kommt Tipo auch weg, wenn Sie dem nervösen Bock das Galoppieren nicht abgewöhnen. Meine Güte, dafür gibt es doch genug Methoden. Wenn Ihnen nichts einfällt, greife ich ein. Ich dachte, Sie kommen selbst drauf.«

Auf dem Heuboden herrschte Stille. Atemlos hatten die Mädchen gelauscht.

Jetzt fragte Kim leise: »Warum ist es denn so schlimm, wenn Tipo galoppiert?«

Klara kannte sich mit einigen Regeln aus. »Weil Pferde auf der Trabrennbahn vom Rennen ausgeschlossen werden, wenn sie galoppieren.« Sie reckte ihren Kopf und beobachtete, wie sich Lutz Galle durch die Stallgasse zum Ausgang wälzte.

Kurz darauf erschien der schwere Mann heftig atmend wieder vor Tipos Box. Er sicherte nach allen Seiten und brachte dann aus der Hosentasche einige Tütchen zum Vorschein, die er dem Trainer hinhielt.

»Ein bis zwei Stunden vor dem Rennen ins Futter mischen.«

Galle senkte die Stimme, dass die Mädchen sich anstrengen mussten, um ihn zu verstehen. »Aber nicht mehr als eine Messerspitze, sonst schläft der Kerl auf der Rennbahn ein.« Dann wurde Galle noch leiser, Kim und Klara hörten nur Satzfetzen wie »lasche Dopingkontrollen hier« und »Beruhigungsmittel«.

Als Dirk Thiessen zögerte, die Tütchen zu nehmen, baute sich Galle drohend vor ihm auf. »Sie wollen nicht? Auch gut. Dann wechsle ich eben den Stall. Trainer gibt es wie Sand am Meer. Ich habe nicht wenig Lust, alle meine Pferde woanders trainieren zu lassen. Bei Leuten, die sich nicht so anstellen wie Sie.«

Wortlos nahm Thiessen die Präparate an sich und ließ sie in seinem Overall verschwinden.

Entsetzt sahen Klara und Kim sich an. Klara wischte sich den Schweiß von der Stirn. In den letzten Minuten war ihr heiß geworden und das lag nicht nur an der stickigen Luft hier oben, sondern an dem, was sich vor ihren Augen abspielte.

»Doping«, flüsterte Klara atemlos. »Das sind verbotene Mittel.«

Szenen wie diese hatte Klara bisher nur in Fernsehkrimis gesehen. Oder in Kinofilmen. Aber das hier war keine ausgedachte Handlung. Das war die Realität. Und sie steckte mittendrin. Angst kroch Klaras Rücken hoch und griff wie eine kalte Hand in ihren Nacken. Wie kamen sie hier unentdeckt weg?

»Die dürfen nie erfahren, dass wir zugehört haben«, sagte Kim mit gesenkter Stimme. »Zeugen sind das Letzte, was die brauchen.«

Die Männer unter ihnen unterhielten sich jetzt über den

nächsten Renntag und begutachteten einen gerissenen Riemen des Ledergeschirrs. »Ich hole ein Ersatzstück vom Boden«, sagte Thiessen.

Die Mädchen schraken auf. Auf keinen Fall durfte man sie hier finden.

»Wir müssen sofort runter«, entschied Kim. Kurz entschlossen ergriff sie ein Tau, das an einem Eisenring neben der Bodenluke festgebunden war. Mit dem Strick konnte man sich in den Stall hinablassen, wenn man nicht die Treppe benutzen wollte.

»Cool bleiben, Klara. Stell dir einfach vor, wir spielen in einem Film mit«, wisperte Kim. »Wir treten auf wie Schauspieler. Los geht's!«

Die Männer auf der Stallgasse zuckten zusammen, als plötzlich über ihnen ein Seil mit einem Mädchen herabschwang, das sie grinsend ansprach.

»Hi, hier bin ich! Die Freundin sämtlicher Trabernasen zwischen Seestedt und dem galaktischen System.«

Barsch fuhr Galle Kim an: »Was suchst du hier?«

Behände rutschte sie das Seil bis zum Ende hinunter.

»Immer die Ruhe«, sagte sie lässig. Kim wunderte sich über ihre feste Stimme, denn ihr Puls raste. »Ich bin Kim Behrens, die Ferienfee der Trabrennbahn. Wo bleibt Ihre überschäumende Freude bei meinem Anblick? «

Verblüfft sah Klara von oben zu. So locker kannte sie ihre spröde Freundin gar nicht. Als Schauspielerin war Kim ein echtes Talent! Unwillkürlich tastete Trainer Thiessen nach den Mitteln in seiner Tasche, während Galle das Mädchen misstrauisch musterte.

»Seit wann steckst du da oben?«
»Bin vor zehn Sekunden draußen die Treppe hochgelaufen«, flunkerte Kim mit klopfendem Herzen und strich ihr kurzes Haar hinters Ohr. »Und jetzt bitte beiseitetreten. Zweitpfleger kommt.« Sie blickte nach oben. »Dein Auftritt, Klara!«
Mit wehenden Haaren sauste Klara aus der Luke und sprang neben ihre Freundin auf die Stallgasse. Klara schlug die Hacken zusammen, richtete die Augen geradeaus und leierte herunter: »Klara Eichhorn, fünfundfünfzig Kilo, eins zweiundsiebzig groß, Schuhgröße neununddreißig, tritt ihren Dienst als Aushilfspflegerin an.«
Galle grunzte, wandte sich zum Ausgang und machte damit deutlich, dass er sich nicht weiter um die Mädchen kümmern wollte.
Klara fiel ein Stein vom Herzen. Lügen und Heimlichkeiten mochte sie nicht. Klara ahnte jedoch unbestimmt, dass die nächsten Tage nur aus Rätseln, Geheimnissen und Versteckspielen bestehen würden.
Im Hinausgehen sagte Galle zu Trainer Thiessen, er solle die Sache auf jeden Fall vor dem Renntag testen. Dann verschwand er.
Dirk Thiessen hatte nicht bemerkt, dass die Mädchen zu spät gekommen waren. Man sah ihm an, dass er an andere Dinge dachte als an den Ferienjob von Klara und Kim. Abwesend zeigte er nach draußen. »Macht euch nützlich. Sulkys abspritzen, Bandagen waschen. Lederzeug einfetten. Das habt ihr ja wohl gelernt?«
Klara nickte.

Grußlos verließ Thiessen vor ihnen den Stall.
»Wir müssen sofort zur Polizei«, sagte Klara aufgeregt.
Kim tippte sich an die Stirn. »Wir haben keinen einzigen Beweis. Besser, wir fragen heute Abend deinen Vater. Als Tierarzt kennt er sich doch aus mit Doping. Guck du dir die Pferde hier an, Klara, du hast mehr Ahnung als ich. Ich fange draußen an zu arbeiten, bevor der Thiessen Verdacht schöpft.«
Kim schlüpfte aus der Stalltür und Klara ging zu den Boxen. Außer ihr war niemand im Stall, die Pferde standen ruhig in ihrem Stroh. Nur Blue Boy verharrte mit dem Rücken zur Tür und ließ sich nicht ansprechen. Dreieinhalb Jahre war Blue Boy gerade erst alt, das las Klara auf der Abstammungstafel an seiner Box. Ein Skandal! Fast noch ein Kind und schon aussortiert, weil sein geldgieriger Besitzer und sein Trainer ihn überfordert hatten.
Und was war mit Tipo? Klara trat vor seine Box. Sein Namensschild sagte, dass er erst drei war. Ein Verlierertyp, hatte der Trainer gesagt. Dieser bildschöne Wallach mit dem weißen Stern auf der Stirn sollte nichts taugen?
Klara zog eine Möhre aus der Tasche und steckte sie durch die Gitterstäbe.
»Grüß dich, Trabernase. Komm her«, lockte sie.
Tipos Nüstern weiteten sich, als das fremde Mädchen auf ihn zuging. Er war noch immer in Alarmstimmung nach dem Geschrei von Lutz Galle. Erst als Klara selbst ein Stück Möhre abbiß und zerkaute, kam der Traber im Schneckentempo aus seiner Ecke. Schließlich nahm er die Möhre vorsichtig mit den Lippen. Nicht so fix, wie Klara das von den

Pferden vom Friesenhof kannte – von Luna und Magic, den Friesenpferden. Von Muli, dem Maultier. Von den Shettys Rambo und Zorro. Tipo sah Klara unentwegt an, während er die Möhre zerbiss. Was für schöne Augen er hat, dachte sie.

»Du bist ja immer noch hier.«

Trainer Thiessen kam mit sandigen Gurtschonern, Gamaschen und verknäuelten Bandagen auf dem Arm herein und drückte Klara die Ausrüstung in die Hände.

»Muss alles ausgewaschen werden. Draußen steht ein Eimer mit Wasser. Ich brauche Ruhe hier drinnen, die Pferde bekommen . . .«, er zögerte, »Wurmkuren.«

Für wie blöd hält er mich eigentlich?, dachte Klara. Als ob man für Wurmkuren allein sein müsste. Plötzlich fiel ihr etwas ein. Vielleicht konnte sie einen Blick auf die Tütchen erhaschen und ihrem Vater die Namen der Mittel nennen?

»Ich könnte Ihnen helfen«, sagte sie. »Ich habe Ahnung davon. Mein Vater ist . . .« Klara biss sich auf die Zunge. Wie idiotisch! Fast hätte sie sich verplappert. Wenn Thiessen erfuhr, dass ihr Vater Tierarzt war, würde er sie gleich hinauswerfen. ». . . Bauer«, sagte sie darum.

Thiessen zeigte auf den Ausgang. »Verschwinde zu deiner Freundin.« Gerade als Thiessen die Tür hinter Klara schließen wollte, rief ein Fahrer ihm aus einem vorbeifahrenden Sulky zu: »Beeil dich, Dirk! Wir können heute nur bis vierzehn Uhr trainieren. Danach wird die Bahn wegen Reparatur gesperrt.«

Fluchend stieß Dirk Thiessen die Tür zum Stall wieder

weit auf und belud sich in der Geschirrkammer mit Lederzeug.

Die Mädchen warfen sich vielsagende Blicke zu. Trainer Thiessen musste das Doping verschieben.

2. Kapitel
Wie wird man Detektiv?

Unsere Pferde auf dem Friesenhof wissen gar nicht, wie gut sie es haben«, sagte Klara, als sie abends neben Kim heimfuhr. Ihr kam es vor, als kehrte sie auf einen anderen Planeten zurück. Zwar lag die Trabrennbahn nur fünfzehn Kilometer vom Friesenhof entfernt – aber Welten trennten diese Pferdeanlagen.

»Der Galle ist ein richtiger Fiesling«, sagte Kim und ließ ihr Rad den Deich hinab auf die Straße rollen. »Und dieser Trainer, der Thiessen, ich weiß nicht, was ich von dem halten soll.«

»Ich auch nicht«, bestätigte Klara. »Merkwürdiger Typ. Sagt kaum etwas, bellt nur ein bisschen herum.«

Thiessens Arbeitstag war nach strengem Plan abgelaufen. Stunde für Stunde machte der Trainer ein Gespann fertig, fuhr mit Traber und Sulky auf die Rennbahn, kehrte zurück

und holte das nächste Pferd zum Training aus der Box. Zwölf Traber von verschiedenen Besitzern standen in seinem Stall.
Von Gesprächen hielt Dirk Thiessen nichts. Er machte kaum den Mund auf. Nur einmal gegen Mittag war er kurz aus seiner Reserve gekommen, hatte so etwas wie ein Lob ausgesprochen, als er sah, wie schnell und gut die Mädchen sein Lederzeug fetteten. Als Dank spendierte er Klara und Kim sogar Cola und Käsestangen, die er selbst aus der Imbissstube holte. Aber danach schlurfte er wieder verdrossen durch den Stall und beobachtete mit einem Auge, ob die Mädchen anständig ausmisteten und Tränken putzten.
Klara war sehr zufrieden, dass er nicht ein einziges Mal allein mit Tipo gewesen war. Unmöglich, dass er dem Traber etwas eingeflößt hatte.
Thiessen ging noch vor den Mädchen nach Hause, er hatte eine Verabredung. Er bestellte Klara und Kim für den nächsten Morgen um sieben Uhr.
Klara seufzte, als sie auf den Leuchtturmweg abbog. Mit welcher Vorfreude war sie heute Morgen weggefahren und wie bedrückt radelten Kim und sie nun zurück. Was war alles geschehen! Die Sache mit Blue Boy, mit Tipo und den Mitteln, die sie für Doping hielten ...
Am Ende des Leuchtturmwegs erschien hinter einer Pappelgruppe das Reetdach des Friesenhofs. Die Sonne stand tief und Klara schirmte die Augen mit einer Hand ab. Vor ihr trottete ein halbes Dutzend Pferde Richtung Stall. Die Ferienkinder kehrten vom Strandausritt zurück. Ihre Schwester Lea führte die Gruppe auf Magic an, das erkannte Klara sogar aus der Entfernung.

Kim verabschiedete sich und bog Richtung Westerbüll-Zentrum ab.
Klara beeilte sich, Anschluss an die Reiter zu finden. Sie setzte sich mit dem Rad neben Magic, und der Friese drehte ihr freundlich grummelnd den Kopf zu.
»Wie war es bei deinen Trabern?«, fragte Lea.
Klara sah über die Schulter, um sicherzugehen, dass die anderen Mädchen nicht mithörten.
»Ich glaube, wir sind einem echten Kriminalfall auf die Spur gekommen«, flüsterte sie .
Begeistert schlang Lea ihre Arme um Magics Hals und stieß einen Juchzer aus. »Super!«
Lea konnte es nie dramatisch genug zugehen. Kribbelig vor Erwartung lenkte Lea Magic auf die Einfahrt des Friesenhofs, sprang aus dem Sattel und knuffte ihre Schwester in die Seite. »Erzähl, Klara!«
»Da ist ein Pferdebesitzer, so ein kaputter Typ, der sich persönlich entehrt fühlt, wenn seine Pferde nicht siegen«, sagte Klara leise. »Der ist skrupellos, sage ich dir.«
»Wieso?« Lea hängte Magics Trense über die Schulter und hob den Sattel von seinem Rücken. Wenn ihre Schwester irgendwo Tierquäler witterte, setzte sie Himmel und Hölle in Bewegung, um zu helfen.
»Wenn die Traber nicht gut genug sind, kommen sie weg. Oder sie kriegen Drogen verpasst. Ich rede von Doping, Lea.«
»Doping!« Skeptisch wiegte Lea den Kopf. »Wie willst du das in einem Tag herausgekriegt haben?«
Leas Seitenblick ärgerte Klara. »Auf der Rennbahn brauchst

du nur deine Augen und Ohren aufzusperren, um so etwas mitzukriegen. Ich gehe gleich zu Papa und erzähle ihm alles.«

Lea verdrehte die Augen. »Da musst du wohl warten. Papa ist weg. Er fährt doch in der nächsten Zeit jeden Abend nach Hamburg zu einem Seminar.«

»Natürlich, stimmt. Aber wozu haben wir eine Mutter? Dann muss sie uns helfen.«

»Spinnst du? Mama ist im Moment nicht ansprechbar. Sie hat doch den Typen vom Finanzamt da – einen Steuerprüfer. Darum haben wir ja die Küchenhilfe für unsere Ferienkinder.«

Die Schwestern waren clever genug, um zu wissen, dass man von gestressten Eltern keine Hilfe erwarten konnte. Meike und Markus Eichhorn waren zurzeit derart mit ihren eigenen Problemen beschäftigt, dass sie nur mit halbem Ohr zuhören würden. Da half nur eins: selbst aktiv werden.

Bis spät in die Nacht berieten sich Lea und Klara. Zwischendurch riefen sie Kim an und hörten sich ihre Vorschläge an. Schließlich stand fest: Klara sollte am nächsten Morgen vor Arbeitsbeginn zu den Trabern fahren, um sich auf der leeren Rennbahn ungestört umzusehen.

3. Kapitel
Verdächtige Haferschüssel

Kurz nach Sonnenaufgang machte sich Klara auf den Weg zur Trabrennbahn. Sie hoffte, die verbotenen Beruhigsmittel zu finden, die Pferdebesitzer Galle dem Trainer gestern zugesteckt hatte. Klara wusste, wo Thiessen seinen Overall aufgehängt hatte.

Als sie ankam, wirkte die Anlage wie ausgestorben. Der Zaun um die Rennstrecke und das rasenbewachsene Oval in der Mitte standen in milchigem Frühnebel. Niemand trainierte auf der Bahn. Durch die Stallfenster drang ruhiges Schnauben der Pferde.

Klara rieb sich die nackten Arme. Sie fror. Um kurz vor sechs Uhr war es selbst im Sommer noch feuchtkühl. Sie lief zu Thiessens Stall am Ende der Anlage. In der Stille knirschte der feuchte Sand laut und vernehmlich unter ihren Schuhen. Klara bekam eine Gänsehaut und blickte sich unruhig um.

War jemand auf die Tritte aufmerksam geworden? Nein, alles schien verwaist.
Sie erreichte die große Stalltür und rüttelte an der Klinke. Abgeschlossen! Auf der Rückseite gab es einen zweiten Eingang. Sie musste es dort versuchen. Mit dem Rücken zur Wand drückte sich Klara an der Mauer entlang zur Hintertür. Doch auch die war zu.
Wütend stampfte sie auf. Am liebsten hätte sie sich geohrfeigt. Wie konnte sie bloß so kurzsichtig sein? Natürlich schlossen die Trainer ihre Ställe ab. Warum hatte sie von zu Hause kein Werkzeug mitgenommen? Die Schlösser waren alt und sicher mit einem Hilfsmittel leicht zu knacken. Warum hatte sie nicht Niels Ingwersen, einen Freund aus Westerbüll, um Hilfe gebeten? Niels half bei der DLRG und war bestimmt bestens ausgerüstet.
Andererseits – wenn jemand sie hier erwischte, während sie mit Schraubenziehern an Türen hantierte . . . Im Geiste sah Klara schon Zeitungsschlagzeilen vor sich: »Trabrennbahn Seestedt: Tierarzttochter entpuppt sich als Einbrecherin!«
Das würden die Eltern ihr nie verzeihen. Vielleicht aber doch, beruhigte sich Klara, während sie abschätzend die Treppe zum Heuboden ins Auge fasste. Schließlich ging es um die Gesundheit von Pferden.
Der Weg über den Dachboden war die letzte Möglichkeit. Von dort mit dem Strick durch die Luke nach unten, wie gestern. Klara warf einen Blick über die Schulter, bevor sie die Stufen hinaufschlich und die Klinke bewegte. Auch die obere Tür war verschlossen. Ärgerlich kickte sie gegen die Holzfüllung.

Als sie die Treppe nach unten stieg, fiel Klaras Blick durch die Kippfenster in den Stall. Die Öffnung war nicht sehr groß, etwa zwei Handbreit, aber weit genug, um ein paar Boxen zu sehen. Plötzlich stutzte Klara. In der Stallgasse stand jemand. Eisiger Schreck durchfuhr sie. Wie versteinert blieb sie stehen. Vorhin war garantiert niemand dort gewesen, er hätte auf ihr Rütteln an der Klinke reagiert.

Mit klopfendem Herzen beugte sich Klara über das Treppengeländer und spähte durch die Fensterschlitze.

Thiessen! Sie beobachtete, wie er rasch nach rechts und links sicherte, bevor er aus einem Tütchen Pulver in eine Haferschüssel gab und damit in Tipos Box ging.

Das Beruhigungsmittel, Doping! Welchen anderen Grund gab es, dem Traber heimlich sein Futter zu geben?

Sie musste hier weg, bevor Thiessen sie entdeckte. Lautlos stieg Klara die letzten Stufen hinab und ging auf Zehenspitzen um den Stall herum, um von hinten zum Haupteingang zu gelangen.

»Was willst du hier in aller Herrgottsfrühe?«

Klara schrie leise auf, als sie plötzlich eine Hand auf der Schulter fühlte. »Sieben Uhr habe ich gesagt und es ist noch nicht einmal sechs.«

Trainer Thiessen stand hinter ihr. Himmel! War er etwa misstrauisch geworden? Er sah sie so seltsam von der Seite an, während er Klara in den Stall schob. Kims Idee fiel ihr ein: »Wir müssen ihm Theater vorspielen.«

Klara setzte ihre lässigste Miene auf. »Ich dachte, die Trabernase Tipo hat Lust, vor der Arbeit mit mir zu kuscheln.

Ich bin ein echt starker Pferdebeschmuser, Mann, das können Sie mir glauben.«
Unbeirrt hielt Klara dem bohrenden Blick des Trainers stand, obwohl ihr heiß und kalt wurde.
»So«, war alles, was er äußerte, bevor er in der Geschirrkammer verschwand, aus der er gleich darauf mit Lederzeug zurückkam. Er warf es über eine Halterung, holte Tipo aus der Box und band ihn in der Stallgasse an.
»Kümmere du dich mal nicht um das Seelenleben der Traber«, sagte er. »Du sollst hier Stallarbeit machen, sonst nichts. Ist deine Freundin auch schon da?«
Klara schüttelte den Kopf. Eilig griff sie nach einer Forke, schob eine Mistkarre vor Tipos Box und warf Pferdeäpfel hinein. Unauffällig ließ sie ihre Blicke durch den Stall schweifen. Lag irgendwo ein zusammengeknülltes Arzneitütchen? Klara entdeckte jedoch nichts.
Dirk Thiessen führte Tipo hinaus. Klara verließ hinter ihm mit der Karre den Stall und kippte die Äpfel auf dem Misthaufen aus.
Der Traber trat hin und her, als Thiessen ihn aufzäumte. Tipos zierliches Gesicht wurde fast völlig von Lederriemen eingebunden. Zwei führten von einer Doppeltrense im Maul über Kopf und Nacken bis auf den Rücken, auf dem ein Gurt festgezurrt war. Mit einem Ruck zog Thiessen Tipos Kopf nach hinten.
»Was machen Sie denn da?«, rief Klara aufgebracht. Sie setzte die Schubkarre ab und lief zu ihm hinüber. »Das tut ihm doch weh.«
Ein gleichmütiges Knurren war die Antwort. »Das gehört zur

Ausrüstung. Was glaubst du, wie schnell ein Traber angaloppiert ohne den Overcheck.«

Mit flammendem Blick baute sich Klara vor ihm auf. Sie wusste selbst nicht, welcher Teufel sie ritt, als sie herausfordernd sagte: »Je mehr Leder am Pferd, desto schlechter der Reiter. Sagt mein Vater.«

Kaum war der Satz heraus, biss sich Klara auf die Lippen. Das war ziemlich dreist gewesen.

Tatsächlich bekam Thiessen den Mund nicht wieder zu. Verärgert sah er Klara an. »Dann geh doch nach Hause und arbeite bei deinem Vater. Kühe melken. Oder was macht er, der schlaue Bauer?«

Ohne eine Antwort abzuwarten, ging der Trainer um Tipo herum, griff dem widerstrebenden Pferd ins Maul und band seine Zunge mit einer Nylonschnur am Unterkiefer fest. Der Trainer bemerkte Klaras Gesichtsausdruck und unterbrach das Aufzäumen. Er trat ganz dicht an sie heran. »Wenn dir das hier alles nicht passt, such dir einen Ferienjob in einem Spielzeugladen. Auf einer Rennbahn geht es ums Geld, sonst nichts. Je eher du das begreifst, desto besser.«

Während seiner kurzen Rede hatte er Tipo zwischen die Scherbäume des Sulkys gespannt. Routiniert klemmte sich Dirk Thiessen in den Sitz, stülpte Sturzhelm und Schutzbrille über, ordnete die Fahrleinen und griff zur Peitsche. »Wenn deine Freundin kommt, mistet ihr die Boxen aus. Alle«, ordnete Thiessen an, bevor er Tipo antreten ließ. »Morgen ist Renntag, hier muss es ordentlich aussehen.«

Vom Renntag selbst bekamen Klara und Kim unglücklicherweise nichts mit. Die Zuschauerwetten begannen erst um achtzehn Uhr und die Mädchen hatten Herrn Eichhorn versprochen, um diese Zeit zurück auf dem Friesenhof zu sein, um beim Abendessen zu helfen.
Am nächsten Morgen erfuhren sie auf der Trabrennbahn, dass Tipo einmal Letzter geworden war, einmal Vorletzter. Nicht gerade ein Ergebnis, das Thiessens Stimmung verbesserte. Galle erschien am Tag nach dem Rennen und stauchte Trainer Thiessen im Stall zusammen. Bis nach draußen hörte man sein Geschrei. Außenstehende konnten mit den gebrüllten Vorwürfen nichts anfangen, aber die Mädchen reimten sich zusammen, dass Thiessen zu viel Beruhigungsmittel ins Futter gemischt hatte. Das hatte zur Folge, dass Tipo beim Rennen zwar nicht galoppiert war, aber derartig benommen war, dass er überhaupt nicht mehr laufen wollte, nicht einmal im Trab.
Für Klara und Kim war Tipos schlechtes Abschneiden ein weiterer Grund, den Trainer ständig im Auge zu behalten. Dass es nun mit dem Doping erst richtig losging, stand für sie fest. Klaras bevorzugter Aufenthaltsort wurde die Außentreppe. Hinter Kieferzweigen verborgen, konnte sie von oben durch die Kippfenster in den Stall gucken. Aber es geschah nichts Besonderes.
Am Wochenende hatte Klara mehrfach Gelegenheit, ihren Eltern alles zu erzählen. Doch sie scheute zurück. Was hatte sie schon in der Hand?
Erst Anfang der Woche machte Klara eine neue Entdeckung. Von ihrem Wachposten aus beobachtete sie, dass

Thiessen vor der Fütterungszeit mit der Haferschüssel in Tipos Box schlich. Er holte das verräterische Tütchen hervor und hantierte damit über den Körnern. Gerade als er Tipos Trog füllte, riss plötzlich ein Trainerkollege die Stalltür auf. Er rief eine Nachricht hinein und verschwand wieder.

Thiessen fuhr zusammen. Auch Tipo regte sich auf und sprang in der Box zurück. Dem Trainer fiel etwas hinunter. Als der Besucher weg war, begann Thiessen im Stroh zu suchen, fand das Gesuchte aber offenbar nicht.

»Meine Chance«, murmelte Klara aufgeregt. Sie sprang die Stufen hinab und rannte in den Stall. Wenn sie in der Nähe war, konnte Thiessen nicht suchen. Vielleicht ergab sich später eine Gelegenheit, Beweise in Tipos Box zu finden.

Thiessen schreckte hoch, als Klara hereinplatzte. Er verließ Tipos Box und beschäftigte sich auf der Stallgasse. Er beäugte Klara und wurde ungehalten, als er sie nicht loswurde. Er konnte sich nicht ewig hier aufhalten.

Missmutig machte Thiessen einen Traber fertig. Als er mit dem Pferd auf die Rennbahn fuhr, verbot er Klara, Tipos Box auszumisten.

»Er hat eine Wurmkur bekommen. Ich will später die Einstreu kontrollieren«, behauptete Thiessen.

Am liebsten hätte Klara gesagt: »Soweit ich weiß, mischt man eine Wurmkur nicht ins Futter, sondern schiebt sie ins Maul.« Natürlich wäre das unklug gewesen, darum sagte sie: »In Ordnung.«

Klara wartete, bis Thiessen auf die Rennbahn verschwunden

war, dann holte sie Kim herein. »Thiessen hat etwas verloren, es muss im Stroh liegen. Wenn du draußen Schmiere stehst, kann ich in Ruhe suchen.«
Kim ging als Aufpasser auf den Hof, während Klara Tipo aus der Box holte und ihn auf der Stallgasse festband. Mit bloßen Händen wühlte sie in der Einstreu. Klara griff in Pferdeäpfel und nasses Stroh, stieß auf einen alten Hufkratzer und verscharrte Möhrenstücke. Und dann, sie wollte schon aufgeben, ertastete sie etwas Glattes. Mit spitzen Fingern hob sie es aus dem Stroh und wischte es an der Hose ab. Es war eine kleine, beschichtete Tüte, die mal weiß gewesen war, jetzt aber bräunlich aussah.
Klara pfiff durch die Zähne. Solche Portionstüten für Medizin kannte sie aus der Tierarztpraxis zu Haus. Normalerweise stand der Name des Medikaments darauf. Aber auf dieser Tüte fehlte der Aufdruck.
»Schmuggelware«, murmelte Klara.
Neulich hatte ihr Vater von verbotener Tiermedizin erzählt, die in großen Mengen aus Osteuropa eingeschmuggelt wurde. In Packungen ohne Namen. Ein paar Dutzend Bauern in Norddeutschland waren aufgeflogen. Sie hatten ihren Schweinen kiloweise unerlaubte Medikamente gegen Stress gegeben. Kam Tipos Dopingmittel ebenfalls aus dunklen Kanälen? Anständige Tierärzte verordneten keine Medikamente ohne Namen. Klara traute Galle alles zu.
Rasch ließ sie die Tüte in eine halb leere Taschentuchpackung gleiten und verwahrte sie in der Hosentasche.
Ein gutes Gefühl, endlich etwas in der Hand zu haben, dach-

te sie, es lohnt sich, mit der Detektivarbeit fortzufahren. Vor allem musste sie mehr über unerlaubte Trainingsmethoden erfahren.
Während der folgenden Tage versuchten Klara und Kim alles, um mit möglichst vielen Leute von der Rennbahn ins Gespräch zu kommen. Trainer aus Nachbarställen tauchten häufig im Stall auf, nette sogar, mit denen sie sich unterhielten. Das war so lange einfach, bis das Wort »Doping« fiel. Bei dem heiklen Thema blockten alle ab. Stellte Klara eine scheinbar harmlose Frage, zum Beispiel, wie man Traber am Galoppieren hindert, dann verschlossen sich die Mienen und es kamen nur belanglose Antworten.
Dass in einigen Ställen Dinge passierten, die nicht in Ordnung waren, hörten die Mädchen trotzdem heraus. Die beiden bekamen auch mit, dass sich die Trainer untereinander nicht grün waren. Manche machten einen großen Bogen umeinander, einige grüßten kaum oder drehten den Kopf weg, wenn ein Kollege vorbeifuhr.
Wenn die Fahrer auf der Bahn trainierten, nutzten Klara und Kim die Gelegenheit, sich in anderen Ställen umzusehen. Einige waren gut in Schuss, aber ein paar Gebäude wirkten heruntergekommen, was man auch von den dazugehörigen Trainern sagen konnte.
Am wenigsten mochten die Mädchen Ulf Hanks. Ein junger, dürrer Trainer mit glatt nach hinten gekämmtem Haar.
Immer, wenn man den Mann sah, stiefelte er missmutig über die Anlage. Klara hatte ihn noch nie fröhlich gesehen. Er brauste leicht auf und schnauzte jeden an, der ihm vor

die Füße lief. Manchmal schwankte Hanks angetrunken über den Hof.

In der Mittagspause saß Ulf Hanks vor seinem Stall und rauchte eine Zigarette nach der anderen. Nie kam er zu den anderen Trainern, die im Kasino bei Koteletts und Kartoffelsalat saßen.

Klara und Kim dagegen gesellten sich, so oft es ging, zu den Leuten von der Rennbahn. Begierig lauschten sie, wenn Trainer und Traberbesitzer fachsimpelten. Die Mädchen gaben sich den Anschein, als hörten sie nicht hin. Klara hoffte, dass die Männer sie durch diesen Trick übersahen und über Doping sprachen. Doch das geschah nicht. Aber etwas anderes erfuhren die Mädchen: dass es auch anständige Pferdebesitzer gab, die ihre Traber zur Erholung an die Nordsee schickten. Meistens ins Watt vor Cuxhaven.

Doch andere Besitzer – das waren leider die meisten – schüttelten darüber den Kopf: »Schade um das Geld. Wer nicht spurt, kommt weg. Lieber kaufe ich ein neues Pferd, ein unverbrauchtes.« Rennpferde waren für sie nichts anderes als eine Geldanlage, entweder eine gute oder eine schlechte.

Klara war froh, dass sie ihre Eltern im Moment nicht mit Tipos Dopinggeschichte belasten musste. Natürlich würde sie ihnen alles berichten. Später. Wenn sie wieder die Geduld hatten, in Ruhe zuzuhören. Erst musste der Steuerprüfer ihrer Mutter aus dem Haus sein. Und die Fortbildung ihres Vater zu Ende sein.

Aber dann passierte etwas Unerhörtes, wobei Klara doch

die Hilfe ihrer Eltern brauchte. Etwas, das schnelles Handeln nötig machte und Klara und Kim bis ins Mark erschütterte.

4. Kapitel
Geschrei und Stacheldraht

Als der schreckliche Vorfall passierte, fuhr Klara morgens allein zur Rennbahn. Kim wollte etwas später nachkommen, sie musste einen Ausweis vom Ortsamt abholen. Klara kam zu früh an, wie immer. Sie wusste, dass Dirk Thiessen um diese Zeit trainierte. Sein Stall war dann menschenleer. Klara wollte weiter nach verbotenen Medikamenten suchen, vielleicht fand sie endlich eine Tüte mit Inhalt.
Wie häufig stand die Stalltür weit offen, ohne dass jemand da war. Klara sah sofort, dass Tipo nicht in seiner Box stand. Klara wurde flau im Magen. Wo steckte das Pferd? Jeden Tag kam sie mit einer unbestimmten Angst hierher. Insgeheim fürchtete sie, dass Tipos Besitzer plötzlich die Nase vollhatte von dem teuren Training und den Traber kurzerhand an einen Händler verschacherte. Oder noch schlimmer ... Aber diesen Gedanken wollte Klara nicht zu Ende denken.

Sie lief nach draußen bis zur Rennbahn und suchte unruhig mit den Augen die Sandpiste ab. Vier oder fünf Pferdegespanne zogen ihre Kreise. Erleichtert atmete Klara auf, als sie weit hinten vor der Tribüne den grün-weißen Overall von Dirk Thiessen ausmachte. Vor dem Sulky erkannte sie eindeutig Tipo an seinem eleganten Trab. Alles in Ordnung.
Klara sah auf die Uhr. Noch eine halbe Stunde bis sieben. Eine gute Gelegenheit, unbemerkt beim Training zuzusehen. Wie behandelte Dirk Thiessen Tipo? Im Schutz der niedrigen Kiefern, die die Bahn säumten, pirschte sich Klara zum Geläuf vor. Leider erkannte sie kaum etwas. Thiessen blieb mit Tipo auf der anderen Seite.
Plötzlich drangen wütende Schreie und Schimpfwörter von der Rennbahn zu Klara rüber. »Du Mistkerl, ich hab's genau gesehen!«, schrie ein Mann.
Klara konnte nicht ausmachen, aus welchem Sulky der Wutausbruch kam. Ein heftiger Wortwechsel entspann sich. Kurz darauf steuerte ein Fahrer in blau-roter Jacke seinen Sulky auf den Hof und brachte das kastanienbraune Pferd überstürzt in einen Stall.
Klara zählte die Gebäude ab, es musste Stall Nummer sieben sein. Gehörte der nicht Ulf Hanks? Dem Trainer, der zu viel trank? Die Farben seiner Jacke – Blau und Rot – waren die Stallfarben von Ulf Hanks. Etwas Unerhörtes musste soeben geschehen sein. Etwas, das die anderen Trainer aufbrachte.
Klara rannte ein Stück über den Weg neben der Rennbahn. Sie huschte zwischen die niedrigen Kiefern, tastete sich hastig durch die Zweige hindurch. Die langen Nadeln piksten in ihrem Nacken, als sie hinter Stall Nummer sieben aus dem

Grün hervorkroch. Sie linste auf das Türschild »Trabertrainer Ulf Hanks«.

Hinter einigen hochgestellten Sulkys suchte Klara Sichtschutz, doch die leichten Wagen boten kein gutes Versteck. Klara machte sich klein. Sie hörte gerade noch, wie ein Schlüssel im Schloss gedreht wurde. Der Fahrer schloss sich und das Pferd ein!

Zweifellos wollte er etwas verbergen, das beim Training vorgefallen war. Klara wurde es abwechselnd kalt und heiß. Eine Stimme in ihr sagte: Halt dich da raus, das geht dich nichts an. Aber eine andere forderte: Man darf nicht wegsehen, wenn Unrecht geschieht. Schau nach, was passiert ist. Klara hörte auf die zweite Stimme. Sie wollte das Pferd sehen. Aber wie? Da fiel ihr Blick auf die Stiege zum Heuboden.

Auf allen vieren kroch Klara die Treppe hoch und tastete nach der Klinke. Ein Glück – die Tür war offen. Lautlos drückte sie sich durch einen schmalen Spalt nach innen. Stickige Luft schlug ihr entgegen. Auf Zehenspitzen ging Klara zur Bodenluke, robbte bis an den Rand vor und linste hinab. Unter ihr hastete ein Mann in blau-roter Jacke auf der Stallgasse hin und her. Klara erkannte Ulf Hanks an seinem straff zurückgekämmten Haar. Mit zwei Handtüchern verschwand er in der Box des kastanienbraunen Pferdes, das er trainiert hatte. Kaum drei Minuten später kam er heraus, stopfte die Frotteetücher in den Mülleimer und warf ein paar Äpfel, Heu und die Reste eines Möhrensacks darüber. Dann machte sich Ulf Hanks an seiner Fahrpeitsche zu schaffen, später an seinem weißen Sturzhelm, den er in eine Deckennische

hängte, so hoch, dass man vom Fußboden aus nicht herankam.
Klara spürte, wie Schweißtropfen auf ihre Stirn traten. Sie nestelte ihr rotes Halstuch herunter und wischte sich damit übers Gesicht. Die Stalltür konnte sie nicht sehen, aber sie hörte, dass Trainer Hanks nach draußen ging. Klara lauschte und war sicher, dass Ulf Hanks nicht nur ein einziges Schloss, sondern zwei nacheinander abschloss. Seinen Stall sichert er wie ein Gefängnis, dachte sie unwillkürlich, aber die Tür zum Heuboden vergisst er abzuschließen.
Klara packte das lange Tau in der Bodenluke und rutschte auf die Stallgasse hinab. Sie war sportlich genug, später wieder an dem Seil hinaufzuklettern, um über den Heuboden zu verschwinden. Jetzt musste sie erst einmal nach dem Pferd sehen.
Teilnahmslos stand der Kastanienbraune in der Box. »Paris Proud« hieß er, das stand auf dem Schild an der Box. Auch der Name seines Besitzers war vermerkt: Peter Pavel, Hamburg. Der Name kam Klara bekannt vor, sie wusste aber im Moment nicht, wo sie ihn einordnen sollte. Das war jetzt auch unwichtig.
Als Klara die Hand durch die Boxenstäbe steckte, zuckte das Pferd zurück. Es sah abgekämpft und verängstigt aus.
Klara drehte sich um und lief zum Mülleimer. Was war mit den Handtüchern? Sie beugte sich über die Tonne, aus der es säuerlich roch, räumte Äpfel, Möhren und Heu zur Seite. Dann stieß sie auf die Frotteetücher und zog sie hervor. Am Stoff klebte Blut. Klara erstarrte. Angeekelt hielt sie den Stoff weit von sich. Ihr Gesicht begann, vor Zorn zu glühen.

Was hatte Ulf Hanks dem Pferd angetan? Sie stopfte die Handtücher zurück in den Abfalleimer, schichtete Äpfel, Heu und den Möhrensack darüber und lief zurück zur Box des Trabers. Diesmal ging sie hinein. Sofort wich Paris Proud zurück.

»Ganz ruhig, mein Freund.«

Sanft redete Klara auf das Pferd ein. Auf Anhieb entdeckte sie keine Wunden, erst als sie genau hinsah, bemerkte sie auf dem Hinterteil winzige blutende Einrisse, die bei dem dunklen Pferd fast nicht auffielen.

Wie kommen solche Risse ins Fell?, fragte sich Klara. Wohl kaum durch eine Peitsche. Es sei denn, es war keine normale ...

Klara schwante es, warum der Trainer vorhin mit der Peitsche hantiert hatte. Sie erinnerte sich, dass er dabei etwas von der Schnur gelöst hatte, offenbar etwas, das sein Pferd beim Training in Panik versetzt hatte.

Klara schloss die Box, schob einige Strohballen zu Stufen in der Stallecke zusammen und angelte den weißen Sturzhelm herunter. Als sie ihn umdrehte, musste sie einen Aufschrei unterdrücken. Ihre schlimmsten Befürchtungen bestätigten sich: Im Helm war Stacheldraht versteckt. Klara ließ sich auf das Stroh sinken und starrte auf ihren Fund.

Hatte der Fahrer diesen Folterdraht an seine Peitsche gebunden? Und sein Pferd damit geschlagen, um es aus Angst vor Schmerzen schneller vorwärts zu treiben? Die zahlreichen kleinen Wunden im Fell von Paris Proud deuteten darauf hin. War das der Grund für die lauten Schimpfworte der anderen Fahrer?

»Ich muss Beweise sichern«, murmelte Klara. Sie zwang sich zum Nachdenken, obwohl ihr das schwer gelang. Ihr Kopf dröhnte. Sie betrachtete die vielen kurzen Drahtstücke in ihrer Hand und beschloss, sie mitzunehmen. Doch dann fiel ihr ein: Würde Ulf Hanks nicht misstrauisch, wenn der gesamte Stacheldraht weg war?
Vorsichtig drückte Klara einen Großteil zurück in den Helm, den sie an die alte Stelle hängte. Nur drei kurze Drahtstücke behielt sie.
Sie streifte ihre Socken ab, schob den Draht hinein und zog die Strickteile so übereinander, bis nichts mehr pikste. Das Knäuel steckte sie vorsichtig ein. Mit schweren Beinen stand Klara auf, hob die Strohballen zur Seite und hangelte sich am Seil nach oben. Hoffentlich war Kim inzwischen angekommen. Klara brauchte jemand, mit dem sie sprechen konnte. Ihr Arbeitstag hatte noch gar nicht begonnen und sie war bereits fix und fertig.

5. Kapitel
Aktion: RTTVT

Blue Boy ist weg.«

Mit dieser Neuigkeit lief Kim ihrer Freundin Klara entgegen, die gerade aus dem Stall von Ulf Hanks kam, in Gedanken an den misshandelten Traber. Klara war noch schockiert von dem Vorfall – und nun eine neue Horrornachricht. Blue Boy war nicht mehr da. Klara fühlte, wie das Blut aus ihrem Gesicht wich.

»Reicht es nicht endlich?«

Kim sah, dass ihre Freundin kalkweiß wurde, und legte den Arm um sie. »Was ist denn passiert, Klara? Hast du etwas entdeckt? Etwa die Dopingmittel?«

Resigniert schüttelte Klara den Kopf. Dann berichtete sie, was sie vorhin herausgefunden hatte, und tippte auf ihre Reitweste. »Den Stacheldraht habe ich gesichert. Für Papa, als Beweis, was hier passiert.«

»Thiessen kommt!«, zischte Kim und wandte sich an den Trainer: »Wo ist Blue Boy, Herr Thiessen?«
Der rotblonde Mann zog die Augenbrauen hoch. »Weg«, sagte er ungnädig und stellte einen hochkant stehenden Sulky auf die Räder.
»Aber wo ist er jetzt?« Kim blieb hartnäckig.
Unwillig zuckte der Trainer die Schultern, drückte Abdeckscheiben vor die Speichen und ging, ohne aufzublicken, in den Stall. Er war es leid, immer dieselben Fragen von Pferdepflegerinnen zu beantworten, wenn ein Pferd fehlte. Wo sollte ein untauglicher Traber schon hinkommen? Der Pferdehändler hatte Blue Boy vorhin geholt.
Dirk Thiessen warf einen Blick in die leere Box. Wenn der Händler einen Käufer für das Pferd fand, hatte es Glück. Die meisten ausrangierten Traber endeten im Schlachthof, bereits mit drei Jahren. Viele waren einfach nicht nervenstark genug für den gnadenlosen Wettkampf. Überfordert, ausgebrannt, auch als Reitpferd nicht mehr einzusetzen.
Thiessen war überzeugt: Schuld an dem Übel waren die Pferdebesitzer. Sie kauften teure Fohlen und erwarteten so bald wie möglich hohe Preisgelder. Dabei war gute Abstammung nicht alles. Entscheidend war, dass ein junger Traber nicht zu viele Starts hinlegen musste. Und der Kampfgeist war wichtig, den ein Pferd besaß. Hatte es keinen, war das Training für Pferd und Fahrer Quälerei. Dann blieben die Siege aus und es gab großes Geschrei von den Eigentümern der Traber. Wie oft musste Trainer Thiessen sich von unbelehrbaren Pferdebesitzern niederbrüllen lassen. Einige hatten ihre Traber aus seinem Stall geholt und

woanders unerlaubte Methoden angewandt, bis die Pferde ruiniert waren.
Heute war wieder so eine Scheußlichkeit auf der Bahn passiert. Ulf Hanks, der bekannt war für seine Trunksucht und seinen Jähzorn, hatte mit einer Stacheldrahtpeitsche auf sein Pferd eingeschlagen. Er selbst hatte ihn vom Sulky aus angeschrien, aber was nutzte das? Im Grunde müsste er den Fahrer bei der Polizei anzeigen, doch dann konnte er seinen Beruf an den Nagel hängen. Niemand würde ihn mehr beschäftigen.
Nicht zum ersten Mal wünschte Dirk Thiessen, er hätte einen anderen Beruf ergriffen. Schon in seiner Lehre als Pferdewirt hatte er gemerkt, dass beim Pferderennen kein Platz für Gefühle ist. Die Aufzucht ist teuer, darum müssen die Pferde schnell trainiert werden. Mit anderthalb Jahren heißt es für die halbwüchsigen Traber: ab ins Trainingslager.
Von da an gibt es nur noch Arbeit. Schon Zweijährige werden von Start zu Start gehetzt, das Wort »Ruhe« gibt es nicht. Wer als Trainer nicht mitmacht, gerät rasch ins Abseits.
Manchmal, dachte Dirk Thiessen, ist es richtige Quälerei. Man hat sich nur daran gewöhnt. Alle machen es so. Zimperlich darf man nicht sein. Jeden Tag stumpft man etwas mehr ab. Dabei war er mit sechzehn voller Träume und Pferdeliebe in den Beruf gegangen. Vorbei . . .
Thiessen verscheuchte die Gedanken, als er jetzt vor Tipos Box stehen blieb. Der wird es auch nicht schaffen, dachte Thiessen und beobachtete, wie sich das Pferd in die Ecke

verkroch. Viel zu empfindsam. Einer wie Tipo brauchte Ferien vom Rennbahnstress. Freundliche Menschen. Geduld. Aber wer will schon einen verstörten Traber?

Nachmittags erschien Lutz Galle auf der Rennbahn und ließ sich Tipos Trainingszeiten geben. Klara bekam mit, dass Trainer Thiessen von »Herantasten an die richtige Dosierung« sprach. Damit konnte er nur das Beruhigungsmittel meinen.

Dann schnappte Klara einen Satz von Galle auf, der ihr das Blut in den Adern gefrieren ließ: »Darauf kann ich nicht warten, der kommt auch weg.«

Als Galle gegangen war, schlüpfte Klara schluchzend in Tipos Box und wollte ihn umarmen. Furchtsam drückte sich der Traber an die Wand und duldete nicht, dass sie ihn berührte. Klara redete leise auf ihn ein, dabei musste sie immer wieder schluchzen. Tipo behielt das Mädchen fest im Blick und legte den Kopf schief.

Klara schien es, als versuchte Tipo, ihre Worte zu verstehen. Seine Augen waren klug und jung. Kinderaugen fast, aber nicht unternehmungslustig, sondern müde und verstört.

So sah ein Pferd aus, das mit dem Leben abgeschlossen hatte. Ein Pferd, das nichts Gutes mehr erwartete. Tipos Blicke trafen Klara tief in der Seele.

Ihr Herz schlug für alle Lebewesen in Not. Sie kümmerte sich um Muli, das störrische Maultier, das als Einzelgänger schwer Anschluss fand.

Und dann war da die Friesenstute Luna. Aus Zuneigung zu ihr hatte sich Klara überreden lassen, von Hamburg nach

Westerbüll umzuziehen. Luna wäre sonst an zweifelhafte Leute verkauft worden.
Und nun Tipo. Sie durfte nicht zulassen, dass er an einen skrupellosen Pferdehändler geriet. Oder dass Tipo auf der Rennbahn zuschanden trainiert wurde.
Nein, dachte sie, ich kann Tipo nicht hierlassen. Paris Proud muss auch weg von der Rennbahn. Aber wie? An den kam man fast nicht heran, weil sein Stall so gut gesichert war.
Klara seufzte und wischte sich über die Augen. Wenn Papa doch zu Hause wäre, dachte sie. Doch den würde sie heute nicht mehr zu Gesicht bekommen. Wenn sie heimkam, war er schon unterwegs nach Hamburg. Morgen ebenfalls. Das ging noch eine Weile so. Kostbare Zeit verstrich inzwischen.
Kim kam in den Stall und drückte ihre Stirn an Tipos Box. Argwöhnisch sah der Traber hoch.
»Keine Sorge, kleine Trabernase. Eine Freundin steht vor dir.« Kim lachte leise. »Du versteht jedes Wort, stimmt's, Tipo? – Was ist denn mir dir los, Klara?« Die letzte Frage galt ihrer Freundin, die sie aus roten Augen nachdenklich ansah.

Klara wusste, dass sie in Kim eine Verbündete finden würde. Nach außen schien Kim zwar herb, manchmal gar abweisend, aber mit ihr konnte man Pferde stehlen. Und genau das war jetzt nötig . . .
Entschlossen verließ Klara die Box. »Tipo muss weg hier, Kim. Der Galle will ihn loswerden. Das habe ich vorhin ge-

hört. Wir holen erst Tipo, danach versuchen wir es mit Paris Proud.«

Überrascht sah Kim sie an. »Weg hier? Wie stellst du dir das vor?«

»Tatsachen schaffen.« Klaras Stimme klang wieder fest. »Wenn Tipo erst bei uns auf dem Friesenhof steht, schickt Papa ihn bestimmt nicht zurück.«

Kim war skeptisch. »Wie willst du Tipo nach Westerbüll bringen? Das sind fünfzehn Kilometer. Außerdem – die schließen abends alle Ställe ab.«

Klara winkte ab. »Weiß ich. Aber Thiessens Tür hat ein altes Schrottschloss.« Sie hatte sich schon etwas ausgedacht. Heimlich wollte sie Dirk Thiessens Schlüssel in Knetgummi drücken und den Abdruck zu Niels Ingwersen bringen. Ihr DLRG-Freund konnte bestimmt einen Nachschlüssel beschaffen.

Kim fand den Vorschlag gut. In der Mittagspause besorgte Klara in Seestedt Knetgummi. Als Dirk Thiessen nachmittags zum Kaffeetrinken ins Kasino ging, holte Kim unter einem Vorwand seinen Schlüssel und machte einen Abdruck davon. Sie bewahrte die blaue Knetmasse in ihrer Butterbrotdose auf.

Abends, auf dem Heimweg, lieferte sie den Abdruck bei Niels Ingwersen ab.

Am liebsten hätte Klara die Sache mit Niels selbst besprochen. Insgeheim schwärmte sie für den blonden Sohn des Strandkorb-Vermieters und suchte jede Gelegenheit, ihn zu treffen. Aber Klara sah ein, dass sie auf dem Friesenhof einiges regeln musste.

Helles Lachen war aus dem Garten zu vernehmen, als Klara ihr Rad am Stall abstellte. Geschirr klapperte, die Reitermädchen saßen draußen beim Abendessen.
Luna und Magic, die beiden Friesenpferde, steckten ihre schwarzen Köpfe aus dem Fenster, als sie Klaras vertraute Schritte hörten.
»Ich bringe euch bald einen neuen Kumpel«, flüsterte sie ihnen zu. »Seid nett zu Tipo, er ist ein armer Hund.« Aufmerksam stellte Luna die Ohren auf. Sie schien genau zuzuhören. Mit den Lippen fasste sie Klaras Weste und zog das Mädchen näher heran.
Klara lachte. »Keine Sorge, Luna, du bleibst immer meine Nummer eins.«
Sie strich der schönen Stute über die Nase, dann lief Klara zum Friesenhaus hinüber. Plötzlich meldete sich der Hunger. Dabei hatte sie vorhin noch gedacht, dass sie keinen Bissen essen könnte nach den Vorfällen heute. Doch kaum sah sie ihre Pferde und den Reiterhof, verflog ihre düstere Stimmung.
Klara ging zu den Gartenbänken und setzte sich zu den lärmenden Mädchen. Sie quetschte sich zwischen Lea und Emma Hansen.
»Sind deine Eltern krank? Oder warum darfst du bei uns essen?«, erkundigte sich Klara bei Emma und fischte einen dampfenden Maiskolben aus dem Topf.
Die zwölfjährige Emma, ein blasses blondes Mädchen, war kein Feriengast. Sie wohnte in Westerbüll und war mit überbesorgten Eltern geschlagen. Obwohl sie zwei Shettys besaß, die bei einem Bauern standen, durfte Emma nicht rei-

ten. Dabei hätte sie es liebend gern gelernt. Jede unbewachte Minute verbrachte Emma auf dem Friesenhof.
Mit großem Appetit nagte sie Maiskörner ab. »Krank? So ähnlich«, antwortete Emma kauend. »Mama ist bei einem Vortrag über Salmonellen und Sommergrippe. Papa hört sich etwas über ausgebeutete Kinder im Leistungssport an.«

Klara ließ ihren Maiskolben sinken. »Kinder im Leistungssport, darüber muss ich mit euch sprechen. Allerdings geht es nicht um Menschenkinder, sondern um Pferdekinder.«
Mit gesenkter Stimme berichtete Klara von Tipo und den schlimmen Methoden auf der Rennbahn. Und von ihrer Absicht, Tipo heute Nacht zu befreien und auf den Friesenhof zu bringen. Sie hatte den Plan schon in allen Einzelheiten durchdacht.
»Wir müssen die Ferienkinder einweihen. Lass mich ausreden, Lea«, sagte sie schnell, als ihre Schwester protestieren wollte. »Wenn wir mit Tipo ankommen, kannst du darauf wetten, dass unsere Pferde wiehern. Das hört man im Haus, zumindest im Hafi-Zimmer und im Kaltblut-Zimmer. Garantiert denken die Kinder, es wären Einbrecher auf dem Hof. Dann wecken sie unsere Eltern, bevor Tipo im Stall steht.«
»Klingt einleuchtend«, sagte Lea. Sie stieg auf die Bank und schlug mit dem Löffel gegen den Topf. »Kommt alle mal her! Es gibt ein Geheimnis!«
Die Mädchen sprangen auf. Teresa rannte als Erste los und kippte dabei eine Tasse mit Tee um, der rote Flecken auf ihrem T-Shirt hinterließ.

»Das war mein letztes T-Shirt«, stöhnte sie. »Ich stehe auf Kriegsfuß mit Tee.«
»Einen Trost hast du – dein Name passt zu dir«, sagte Lea. »Tee-resa.«
Erwartungsvoll scharten sich die Mädchen nun um den Tisch.
»Was ihr jetzt hört, ist schlimmer als ein paar Teeflecke«, sagte Lea. »Wehe, eine von euch verrät ein Wort. Leg los, Klara.«
Klara berichtete von den ungeheuerlichen Vorfällen auf der Trabrennbahn. Immer mehr steigerte sie sich in ihren Zorn hinein und riss die Ferienkinder mit.
Alle versprachen mitzuziehen, um Tipo zu retten. Obwohl sie nicht viel mehr tun konnten, als Herrn Eichhorn zu bestürmen, den Traber zu behalten, sobald der auf dem Friesenhof angekommen war.
Bis dahin hieß es: eisern schweigen. Auf keinen Fall durften sie sich anmerken lassen, welch aufregende Nacht bevorstand.
»Unser Motto ist: Rettet Traber Tipo vor Tierquälern. Abgekürzt: RTTVT. Schwört, dass ihr dichthaltet«, forderte Klara.
Die Mädchen stiegen auf die Bänke, klatschten ihre Handflächen aneinander und brüllten im Chor:
»RTTVT – RTTVT – RTTVT!«
Der Krach holte Meike Eichhorn nach draußen. »Wieso schreit ihr so?«, rief sie. »Was bedeutet das: RTTVT?«
Die Mädchen sahen sich an und suchten nach einer passenden Antwort.

»Rettet Teresas T-Shirt vor Teeflecken«, gab Lea geistesgegenwärtig zurück.
Frau Eichhorn rieb sich das Kinn und musterte die Reitermädchen. »Und das soll ich glauben?«

6. Kapitel
Bei Nacht und Nebel

Kein Deckenlicht, das sieht man von draußen durch die Fenster«, sagte Klara und tastete sich durch den dunklen Stall des Friesenhofs. »Leuchte mir nur beim Satteln mit der Taschenlampe, Lea.«

Es war kurz vor zwei in der Nacht.

Die beiden Schwestern huschten von der Sattelkammer zurück zu den Boxen. Der Kegel von Leas Taschenlampe hüpfte durch die Stallgasse. Magic und Luna grummelten freundlich über ihre Türen. Die anderen Pferde dösten weiter, sie fühlten sich nicht gestört.

Behutsam legte Klara Muli, dem Maultier, den Sattel auf. Gestern Abend hatten sie alle Kriegsrat gehalten und entschieden, dass Klara zur Trabrennbahn reiten sollte. Tipo brauchte auf dem Rückweg zum Friesenhof einen Kumpel. Die Wahl fiel auf Muli, das Maultier. Muli war cool, ein Ein-

zelgänger, der auch allein geritten werden konnte, ohne ängstlich zu sein. Außerdem ging er ohne Hufeisen, er weckte also nicht halb Westerbüll durch Hufgetrappel auf.
Die Box neben Muli stand leer. Lea wollte sie mit Stroh einstreuen und alles für Tipos Einzug vorbereiten.
Fast geräuschlos verließen Klara und Muli den Stall. Lea hatte sogar die Tür geölt, damit sie nicht quietschte.
»Kim und Niels warten ab drei Uhr an der Rennbahn«, flüsterte Lea. »Schaffst du das?«
Klara schwang sich in Mulis Sattel. »Kinderspiel.«
So leicht wurde es dann doch nicht. Als Klara das Ortsschild »Westerbüll« hinter sich ließ, hörten auch die Straßenlaternen auf.
Die Fahrbahn war kaum zu erkennen, und als Klara auf den Feldweg nach Seestedt einbog, ahnte sie die Richtung lediglich. Nur die wenigen erleuchteten Häuser in der Ferne wiesen ihr den Weg.
Hoffentlich geraten wir nicht in Wehle, dachte Klara besorgt, als sie querfeldein ritt. Solche Wasserlöcher, Wehle genannt, gibt es viele an der Küste. Wehle sind tief und steil und darin sammelt sich Überschwemmungswasser. Man sieht die runden Teiche kaum, sie gehen übergangslos in Grasflächen über. Dass es an den Wehlen spuken sollte, diesen Gedanken schob Klara ganz weit weg. Sie ließ die Zügel lang und überließ es Muli, selbst den Pfad zu suchen, und das Maultier ging sicher seinen Weg.
Kurz vor der Rennbahn stieg Klara ab, legte Muli ein Halfter um und band ihn an einen Pfosten. Im Graben lag halb verdeckt das Fahrrad von Niels. Er hatte Kim auf dem Gepäck-

träger mitgenommen, einer musste ja auf dem Heimweg Muli führen.

Leise Pfiffe lotsten Klara in die richtige Richtung. Die beiden warteten am Eingang.

»RTTVT«, flüsterte Kim und Niels sagte leise: »Ihr seid total verrückt. Das ist eine typische Klara-Eichhorn-Idee, hab ich recht?«

»Hast du den Schlüssel?«, fragte Klara zurück.

Niels öffnete einen Kasten und hielt ihn Klara hin. »Was heißt einen – hier sind fünfzehn! Drei davon habe ich nach eurem Muster zurechtgefeilt, die anderen konnte ich von Freunden borgen. Ein Schlüssel wird ganz bestimmt passen.«

Kim lief los und drückte sich an den Stallungen entlang. Die weißen Wände leuchteten in der Dunkelheit. Falls sich ein Trainer auf der Rennbahn aufhielt – er würde sie sofort vor dem hellen Holz erkennen. Das wusste Kim und sie konnte es nicht fassen, dass Klara und Niels ihr nicht dicht auf den Fersen blieben. Ein Stück hinter sich hörte sie die beiden leise diskutieren.

»Wollt ihr Gespräche führen, bis hier das Morgentraining beginnt?«, raunte Kim über die Schulter. »Wir müssen zusehen, dass wir schnell weg sind.«

Niemand schien die nächtlichen Besucher zu bemerken. Alles blieb ruhig, als sie den Stall mit dem Schild »Trabertrainer Dirk Thiessen« erreichten. Niels schob den ersten Schlüssel ins Schloss.

Klara wunderte sich, dass sie keine Angst hatte. Im Gegenteil, sie fühlte sich beschwingt und voll freudiger Erwartung. Erst nachdem ein Schlüssel nach dem anderen versagte, als inzwischen Schlüssel Nummer zehn nicht passte, spürte sie ein unruhiges Kribbeln im Bauch. Dann kam der elfte Versuch. Ruckelnd ließ sich der Schlüssel einstecken. Niels feilte den Metallbart an einigen Stellen nach, versuchte es erneut – und nun konnte er aufschließen. Er strahlte und öffnete Klara und Kim mit einer Verbeugung das Tor.

In den Boxen standen die Traber ruhig und schäfrig, als sie eintraten. Auch Tipo döste. Als Klara seine Tür öffnete, wurde er sofort hellwach und wich zurück. Erst als sie leise auf ihn einredete, folgte Tipo ihr zögernd am Führstrick auf den Hof.

Niels verschloss die Tür wieder und sie machten, dass sie vom Rennbahn-Gelände wegkamen. Ohne ein Wort zu reden, hasteten sie mit Tipo auf dem Grünstreifen neben der Straße entlang zu der Stelle, wo Muli angebunden war. In der Nacht war das graubraune Maultier nicht zu erkennen, aber Muli gab ein heiseres Wiehern von sich, als die Gruppe sich näherte.

Wie vom Donner gerührt blieb Tipo stehen, als er den seltsamen Artgenossen witterte. Er reckte den Kopf und stieß dunkle, schnorchelnde Laute aus. Mit aller Macht stemmte er die Beine ins Gras, dann tänzelte er aufgeregt auf der Stelle. Mit seinem schwarzen Fell war Tipo in der Dunkelheit kaum auszumachen, nur sein weißer Stern auf der Stirn leuchtete. Er schien gar nicht erfreut über das Maultier.

Plötzlich stieg der Traber, blitzartig stand er auf den Hinterbeinen. Erregt ruderte er mit den Hufen und drehte sich Richtung Rennbahn.

»Pass auf, Klara!«, rief Niels und riss das Mädchen zur Seite. Um ein Haar hätten Tipos Hufe Klara am Handgelenk getroffen. Den Strick ließ sie dennoch nicht los.
»Das fängt ja gut an«, stöhnte Kim. »Wie sollen wir den bis zum Friesenhof kriegen?«
»Tipo müsste doch heilfroh sein, hier wegzukommen«, sagte Klara.
Insgeheim war sie enttäuscht über den Beginn der Rettungsaktion. Sie hatte sich ausgemalt, dass Tipo ihr freudig schnaubend folgen würde. Offenbar wollte er aber am liebsten zurück in seinen alten Stall.
»Verstehe einer die Pferde«, sagte Niels und berührte Klaras Arm. »Wenn du mich fragen würdest, ob ich mit dir gehen will, würde ich sofort Ja sagen.«
Kim kicherte und Klara errötete bis unter ihre blonden Locken. Gut, dass es Nacht war und dass es niemand sehen konnte.
Muli wieherte und kratzte, er wollte losgebunden werden. Kim löste den Strick vom Pfosten und führte Muli zu Tipo. »Vielleicht beruhigt er sich mit einem anderen Vierbeiner an der Seite.«
Aber nein! Kaum näherte sich Muli, stürzte sich Tipo auf ihn und biss ihm in den Hals. Jaulend sprang das kleine Eselspferd weg.
»Ich dachte, ihr befreit einen armen, geschundenen Traber«, sagte Niels kopfschüttelnd. »Dabei benimmt er sich wie ein Kampfhund.«
Klara und Kim mussten sich nicht verständigen, um zu wissen, was die anderen dachten: Ein Pferd, das sich so auf-

führt, ist als Schulpferd nicht zu gebrauchen. Aber keine sprach es aus.
Jetzt erst recht, dachte Klara trotzig. Laut sagte sie: »Tipo kennt Pferde nur als Konkurrenz. Auf der Rennbahn muss er alle anderen Pferde besiegen, sonst ist er nichts wert. Logisch, dass er Artgenossen wegbeißt.«
»Ich bezweifele, dass dein Vater das auch so sieht«, murmelte Niels und hob sein Fahrrad aus dem Graben.
Der Rückweg wurde ein einziger Kampf. Mal wollte Tipo zurück, mal stürmte er ohne Ankündigung vorwärts und zog Klara hinter sich her. Ein paarmal schlug er nach Muli, der aber immer ausweichen konnte. Am schlimmsten wurde das lange Stück durch Feld, Wald und Wiesen. Leichter Bodennebel lag über den dunklen Wiesen und dort, wo er dichter waberte, vermuteten sie Wasserlöcher.
Trotz der morgendlichen Kühle brach Klara der Schweiß aus. Immer wieder wischte sie sich mit einem Zipfel ihres roten Halstuchs die Stirn ab. Wenn Tipo sich nun losriss und geradewegs in eine der Wehlen jagte? Bloß nicht daran denken.
Entfernt hörten sie die Kirchturmuhr von St. Peter-Ording fünfmal schlagen, als sie endlich den Deich von Westerbüll vor sich sahen. Höchste Zeit für die Rückkehr. Ab sechs Uhr erschien Markus Eichhorn im Stall und mistete aus. Bis dahin sollte Tipo wie selbstverständlich zwischen den anderen stehen.
Im Osten dämmerte der Morgen. Zwischen schmalen Wolkenbänken schob sich mächtig und gelb die Sonne am Himmel empor.

»Sieh mal, Tipo«, flüsterte Klara. »Für dich geht jetzt die Sonne auf.«
Als sie das sagte, war Klara so glücklich und erschöpft zugleich, dass sie anfing zu weinen.

7. Kapitel
Das Geheimnis des roten Schals

Dr. Markus Eichhorn war ziemlich gut gelaunt. Nicht extrem gut, aber auch nicht schlecht. Eben ziemlich gut. Richtig unbeschwert konnte man nie sein, wenn man einen Reiterhof besaß. Das Futter wurde immer teurer, die Pacht für die Wiesen auch. Wenn er ein Seminar besuchen wollte, brauchte er einen Aushilfsreitlehrer, der bezahlt werden musste.

Aber seine Ferienkinder waren ein Lichtblick. Meistens hatte er klasse Mädchen in seinen Kursen, so wie in dieser Woche. Ein Grund für ziemlich gute Laune.

Um diese frühe Zeit genoss Markus Eichhorn die Ruhe im Stall. Bis zum Frühstück um acht arbeitete er hier allein. Er mochte diese stillen Stunden.

Der Reitlehrer fing an, Heu zu verteilen. Die Ferienmädchen lagen noch tief schlafend in ihren Betten, sie schwatzten die halbe Nacht hindurch und kamen morgens nicht heraus.

Das glaubte Markus Eichhorn. In Wahrheit standen alle Zimmer längst leer. Die Betten waren seit einer Stunde verlassen. Seit fünf Uhr waren alle Mädchen auf den Beinen. Im Moment verfolgten vierzehn Augenpaare gespannt jede Bewegung von Dr. Eichhorn. Die Augen lugten durch sämtliche Stallfenster. Wie Kletterpflanzen klebten zwölf Reitermädchen und Eichhorns Töchter an der Außenmauer.

Leise pfeifend ging Herr Eichhorn durch die Stallgasse. »Für dich, Magic. Und das ist für dich, Luna«, sagte er und warf Heu in die Boxen. Er wandte sich auf die andere Seite. »Jetzt kommt ihr dran, Rambo, Zorro und du, Muli.« Er holte aus, um Mulis Heu über die Tür zu werfen. Mitten in der Bewegung hielt Markus Eichhorn inne. Er verstummte.

Vor dem Fenster hielten die Zuschauer den Atem an.

Markus Eichhorns Augen weiteten sich. Er konnte nicht glauben, was er sah. Der Reitlehrer wischte sich übers Gesicht. Träumte er? Er schüttelte den Kopf, als wollte er ein Hirngespinst vertreiben. Es half nichts – was er sah, war keine Einbildung.

In der Box neben Muli stand ein fremdes schwarzes Pferd, um den Hals ein rotes Tuch geschlungen.

»Ein Vollblut«, murmelte Markus Eichhorn. Trotz der Überraschung kam gleich der Pferdekenner in ihm durch. Der feine Kopf, die großen Nüstern, die schlanken Beine wiesen den Schwarzen als edles Pferd aus. Dr. Eichhorn öffnete die Tür und näherte sich dem Rappen. Langsam setzte er einen Fuß vor den anderen. Bei jedem fremden Pferd war Vorsicht angebracht. Man wusste nie, wie es sich benahm.

Ein rotes Halstuch leuchtete ihm entgegen. Dieses Tuch, wo hatte er das schon einmal gesehen? Er kam ihm bekannt vor. Dr. Eichhorn löste den Knoten des Halstuchs. Ein Stück Papier rutschte aus dem Stoff und fiel hinunter, er konnte es gerade noch auffangen.

Draußen stießen sich die heimlichen Zaungäste an. Jetzt kam es darauf an!

Markus Eichhorn entfaltete den Zettel und las mit gerunzelter Stirn: *»Wo ich herkomme, schlagen sie Pferde mit Stacheldrahtpeitschen! Mich stopfen sie mit Dopingmitteln voll. Und sie binden mir die Zunge fest. Bitte behaltet mich auf dem Friesenhof! Ich werde bestimmt ein gutes Schulpferd!!!«*

Dr. Eichhorn verschlug es die Sprache. Er starrte auf die Handschrift. Klaras Handschrift, das erkannte er sofort. Die flammende Anklage hatte seine große Tochter Klara geschrieben. Kein Zweifel. Markus Eichhorn musste nicht lange überlegen, was für ein Pferd vor ihm stand. Ein Traber! Den hatte Klara garantiert von der Rennbahn hierherverschleppt. War sie noch bei Trost?

Markus Eichhorn atmete tief durch und sah sich um, ob er seine Tochter entdeckte. Sicher versteckte sie sich in der Nähe, um seine Reaktion zu beobachten.

»Klara!«, brüllte er durch die Stallgasse. Und noch einmal: »Klaaara!«

Vor Schreck ließen sich zwei Mädchen von ihrem Aussichtsfenster auf den Sandweg fallen.

Auch Tipo sprang entsetzt zurück. Dr. Eichhorn drehte sich zu ihm um. »Tut mir leid, hab nicht daran gedacht, dass du anders bist als meine Schulpferde.«
Zitternd presste sich Tipo an die Trennwand zu Muli. Obwohl er vor einigen Stunden noch nach dem Maultier geschnappt hatte, schien Muli nun Tipos einziger Halt zu sein.
Dr. Eichhorn zitterte auch. Aber vor Ärger darüber, was seine Tochter ihm eingebrockt hatte.
Betont gelangweilt schlendeten Klara und Kim durch die Stalltür herein. Sie guckten an die Decke, als ob es da etwas Interessantes zu sehen gäbe.
»Der Traber geht ja wohl auf deine Kappe, was?«, sagte Dr. Eichhorn heftig und warf Klara das rote Halstuch zu. »Das vermisst du doch sicher.«
Klara blickte an ihrem Vater vorbei. Den Krach mit ihm hatte sie kommen sehen, obwohl sie andererseits auf seine Unterstützung hoffte. »Papa, wenn du gesehen hättest, wie die auf der Rennbahn mit den Pferden umgehen«, sagte sie leidenschaftlich, während sie das Halstuch wieder umband. »Die geben Tipo Dopingmittel, Papa. Das kannst du doch nicht dulden. Der Besitzer hat gesagt, Tipo kommt weg, wenn er so nervös bleibt.«
Hinten im Stall kam Unruhe auf. Die Haflinger Joker und Bonny traten mit den Hufen gegen die Türen. Sie wollten ihr morgendliches Heu. Sofort ließen sich die Fjordpferde von dem Protest anstecken, Flicka und Ibsen polterten mit.
Dr. Eichhorn hob zwei Ballen Heu an, zog ein paar Rippen

heraus und setzte seine Heufütterung mit malmenden Backenknochen fort.
Kim lief hinter ihm her und sagte einschmeichelnd: »Tipo wäre ein super Schulpferd für den Friesenhof. Sie haben erst kürzlich gesagt, ein zierliches Reitpferd könnten Sie noch gebrauchen.«
Dr. Eichhorn blieb stehen und drehte sich nach Kim um: »Du steckst auch mit drin? Sind denn in diesem Stall alle verrückt geworden?«
Plötzlich ging ihm das ganze Ausmaß der Geschichte auf. Stöhnend fasste er sich an den Kopf. Die Mädchen mussten den Traber bei Nacht und Nebel von der Rennbahn geholt haben. Erst jetzt begriff Dr. Eichhorn, dass die beiden ihn in Teufels Küche bringen konnten.
»Heißt das – ihr habt den Traber gestohlen?«
Die Stimmung im Stall war geladen. Ein Streichholz hätte genügt, um die Luft zum Explodieren zu bringen.
»Das ist doch kein Stehlen, wenn man jemand vor dem sicheren Tod rettet«, sagte Kim mit bebender Stimme.
Klara versuchte, ihren Vater mit Kreidestimme einzuwickeln. »Du kannst doch nicht zulassen, dass Tipo auf der Rennbahn zuschanden trainiert wird.«
»Aber ich kann zulassen, dass meine Tochter zum Pferdedieb wird?« Herr Eichhorn war sehr aufgebracht. Was für Scherereien er bekommen würde! Nicht auszudenken. »Selbstverständlich bringe ich Tipo sofort zurück. Und zwar in eurer Begleitung.« Er angelte einen Anbindestrick für den Hänger vom Haken über der Tür. Allmählich beruhigte sich Markus Eichhorn. Er drehte sich zu den Mädchen

um und schilderte ihnen, wie kompliziert es ist, ein Pferd zu beschlagnahmen. »Vorher sind Gutachten nötig, Überprüfungen, Gerichtstermine. Ich bekomme Riesenärger mit der Polizei, wenn ich Tipo hierbehalte. Versteht das doch.«

Mit hängenden Köpfen standen Klara und Kim vor Tipos Box. Auch Tipo ließ den Kopf hängen, als ob er verstanden hätte, dass alles vergebens gewesen war.

Klara folgte ihrem Vater in die Box, dann brach sie in Schluchzen aus. »In Hamburg hast du gegen Doping beim Pferderennen gekämpft, Papa«, stieß sie unter Tränen hervor. »Wie kannst du bloß so tun, als ob dich die Vorfälle auf der Trabrennbahn kaltlassen?«

Markus Eichhorn nahm seine Tochter in den Arm. Es war eine Sache, grundsätzlich gegen Doping zu kämpfen, und eine andere, persönlich in einen Fall verwickelt zu werden.

»Ach, Klara, du ahnst nicht, wie kompliziert solche Nachweise sind.« Sein erster Ärger war verflogen. »Ich bin sehr stolz auf dich, dass du dich so für ein Tier einsetzt, das kannst du mir glauben. Aber es gibt Gesetze. Und die sagen, dass man Pferde nicht stehlen darf.«

Er nahm Tipo am Halfter und führte ihn aus der Box. »Auch wenn es für einige besser wäre«, murmelte er und ging zum Ausgang.

Mit brennenden Augen starrte Klara ihm nach. Sie vergass sogar, ihm Thiessens Arzneitütchen zu zeigen. Sie hatte nicht damit gerechnet, dass ihr Vater Tipo zurückbringen würde.

Draußen hörte man Schritte, die sich in großer Hast entfernten. Die Reitermädchen hatten an der Tür gehorcht. Jetzt zogen sie es vor, sich zu verdrücken. Herrn Eichhorn in dieser Minute unter die Augen zu kommen, schien ihnen nicht ratsam.

Muli schickte ein heiseres Wiehern hinter Tipo her, als dieser aus dem Stall gebracht wurde. Tipo ließ sich problemlos auf den Hänger führen. Schweigend öffnete Markus Eichhorn seinen Geländewagen. Klara und Kim rutschten auf die Rückbank.

Während der kurzen Fahrt nach Seestedt sprach zunächst keiner.

Die Gedanken von Klara und Kim kreisten nur um eine Frage: Was würde mit Tipo geschehen, wenn er zurück auf die Rennbahn kam? Keins der Mädchen hatte Augen für die blühende Küstenlandschaft, durch die sie fuhren. Obwohl beide aus dem Fenster sahen, nahm keine von ihnen den roten Mohn am Weg wahr oder die weißen Margeritenfelder.

Markus Eichhorn richtete seinen Rückspiegel und sah darin Klaras tränenverschleierten Blick. Ihm war die Sache mit dem Traber auch nahe gegangen. Viel näher, als er vor den Mädchen zugeben wollte. Aber als Erwachsener konnte er sich unmöglich zum Komplizen eines Diebstahls machen. Außerdem musste er an seinen Reiterhof denken. Vielen Pferden ging es schlecht. Er konnte doch aus dem Friesenhof kein Tierheim machen. Dann war er ruck, zuck pleite und seine Familie saß auf der Straße.

Dr. Eichhorn seufzte. Damit durfte er Klara im Moment nicht kommen, sonst geriet sie völlig aus der Fassung. So sagte er lediglich: »Ich muss genau wissen, was auf der Rennbahn passiert ist. Damit ich euch verteidigen kann, wenn die mir dort die Hölle heißmachen.«

Kim knuffte ihre Freundin. Gab es eine Hoffnung?

Markus Eichhorn hörte sich aufmerksam an, was Klara stockend von Lutz Galle, Trainer Thiessen und Ulf Hanks berichtete. Von der Stacheldrahtpeitsche und den Drahtstücken, die Klara immer noch in ihrer Tasche aufhob. Von den Beruhigungsmitteln und der leeren Arzneitüte, die sie gefunden hatte. Wie sie Tipo heute Nacht entführt hatten.

Nur eins verschwieg Klara: dass Niels ihnen den Nachschlüssel besorgt hatte. Sie hatte so ein Gefühl, dass Niels mit seinen siebzehn Jahren schweren Ärger bekommen würde.

Der Geländewagen mit dem Pferdehänger rollte durch die Zitterpappel-Allee am Ortsbeginn von Seestedt. Ein paar Autos kamen ihnen entgegen und ein Zeitungsbote auf dem Fahrrad.

»Dass bei den Trabern nicht alles astrein ist, habe ich geahnt. Aber was ihr erzählt, ist schlimm«, sagte Dr. Eichhorn und schaltete herunter, weil die Rennbahn in Sicht kam. »Trotzdem – wir müssen Tipo zurückbringen. Danach werde ich sehen, was ich tun kann. Auch für den anderen Traber, den misshandelten. Ich kann mich doch hundertprozentig auf euren Bericht verlassen? Stimmt wirklich jedes Wort?«

»Jedes!«, riefen Klara und Kim empört. Als ob sie ihn anlügen würden!

Die Fahrt war zu Ende. Der Schlagbaum vor der Rennbahn stand oben. Markus Eichhorn zuckelte auf das Gelände. Vor den Stallungen parkte ein grün-weißer Streifenwagen.

»Na wunderbar, die Polizei ist auch schon da«, knurrte Dr. Eichhorn. Mit gemischten Gefühlen verließ er langsam sein Auto. Auch die Mädchen hatten es nicht eilig auszusteigen.

Vor den Ställen unterhielten sich vier Personen – zwei Polizisten in Uniform und zwei normal gekleidete Männer, die mit den Händen fuchtelten. Wie Barrieren standen hinter ihnen rote und weiße Sulkys. Von den langen Gabeldeichseln perlte Morgentau. So früh drang noch kein Sonnenstrahl bis hier vor.

»Der mit den rotblonden Haaren ist Trainer Thiessen«, raunte Klara ihrem Vater zu. »Der Dicke ist Tipos Besitzer. Lutz Galle, ein mieser Pferdeschinder, der den Trainer zwingen will . . .«

Der Blick ihres Vater stoppte sie. Markus Eichhorn gab sich einen Ruck und schritt auf die Gruppe zu. Die Polizisten unterbrachen ihr Gespräch.

Klara und Kim warteten hinter dem Pferdehänger, in dem sich Tipo ängstlich nach hinten umsah.

Sie hörten Herrn Eichhorn leicht und launig reden, einmal lachte er sogar. Die Mädchen bekamen mit, dass Trainer Thiessen den Diebstahl von Tipo angezeigt und die Polizei geholt hatte. Er sprach von einem defekten Türschloss.

Der blonde Beamte wiederholte laut, was er notiert hatte. Bei der Aufzählung der Straftaten lief es den Mädchen kalt den Rücken hinunter: »Diebstahl in besonders schwerem Fall, Hausfriedensbruch, Sachbeschädigung.«

Aber sie wollten doch nur Tipo retten!

Jetzt sprach wieder Dr. Eichhorn. Obwohl Klara und Kim nicht alles verstanden, wurde ihnen klar, dass Markus Eichhorn die Sache als Abenteuergeschichte hinstellen wollte. Kein Wort von Doping, kein Wort von Stacheldrahtpeitschen.

Vor Anspannung biss sich Klara auf die Lippen. Warum verschwieg ihr Vater die ungeheuerlichen Vorfälle? Dabei hatte er die Polizei vor der Nase! Das Wort »Kinder« fiel ein paarmal.

Ein nächtliches Erlebnisspiel sei alles gewesen, aus einer Kinderlaune heraus. Die Mädchen fanden das völlig unpassend, schließlich waren sie dreizehneinhalb, also fast vierzehn.

Herr Eichhorn rief jetzt: »Klara, Kim, kommt her!«

Mit gesenktem Blick gingen sie zu der Gruppe. Vor dem blonden Polizisten blieben sie stehen. Erstaunt musterte der Beamte die hochgeschossenen Mädchen. »Wie alt seid ihr?« Er hatte Jüngere erwartet, richtige Kinder. »Schon vierzehn?«

Kopfschütteln war die Antwort. Darauf wandte sich der Polizist an Galle und Thiessen. »Ich leite die Ermittlungen an den Staatsanwalt weiter.«

»Was kommt dabei heraus?«, wollte Lutz Galle wissen.

Der Polizeibeamte steckte den Kuli ein. »Das Verfahren wird

sicher eingestellt, weil die Mädchen unter vierzehn sind. Damit gelten sie als schuldunfähig. Erst ab vierzehn gibt es Ärger.«
Klara stieß Kim an. »Gut, dass wir nichts von Niels gesagt haben«, wisperte sie.
Kim brummte zustimmend.
»Dann hätten wir uns den ganzen Aufwand ja sparen können«, schimpfte Dirk Thiessen. Die Polizisten zuckten mit den Schultern, stiegen in ihren Wagen und entfernten sich langsam über den Sandweg.
Dr. Eichhorn entriegelte die Hängerklappe. Missmutig verfolgten Galle und Thiessen, wie er Tipo über die Rampe hinunterführte.

»Passen Sie nächstens besser auf Ihre Früchtchen auf«, bellte Galle. »Und was Tipo angeht – den hätten Sie behalten können. Der taugt nicht für die Rennbahn.«
Klara und Kim horchten auf. Ein Hoffnungsschimmer? Auch Tipo schien die Ohren zu spitzen. Er machte keine Anstalten, sich von den Mädchen wegzubewegen.
»Du brauchst doch noch ein Schulpferd, Papa«, drängte Klara.
»Ach bitte, Herr Eichhorn«, bettelte Kim.
Lutz Galle witterte ein Geschäft. Schlagartig änderte sich sein Ton. Er verwies auf Tipos ausgezeichnete Papiere und seine guten Hufe.
»Der wird nie Eisen brauchen. Und er ist erst drei – den können Sie einsetzen, bis Sie in Rente gehen. Angeritten ist er auch.«

Klaras Herz schlug so laut, dass sie fürchtete, jeder könnte es hören.
Auch Kim war aufgeregt. Sie wagte kaum Luft zu holen aus Angst, sie könnte dem Gespräch durch bloßes Atmen eine falsche Wendung geben.
Der Preis, den Lutz Galle nannte, war eine Unverschämtheit für ein Pferd, das er gerade noch als untauglich bezeichnet hatte. Klara schluchzte auf, als sie die Summe hörte. Sie wusste, dass ihr Vater das nicht bezahlen konnte.
Markus Eichhorn schüttelte den Kopf. »Ihr Tipo gefällt mir, aber der Preis ist völlig überzogen. Abgesehen davon – ich könnte ihn monatelang nicht einsetzen, bis er Zutrauen gewonnen hat. Ein verdorbener Traber ist als Schulpferd eine Gefahr.«
»Wie?« Trainer Thiessens Gesicht färbte sich dunkelrot. Lutz Galle stürzte sich auf Dr. Eichhorn und packte ihn am T-Shirt. »Was soll das heißen – verdorben?«
»Lassen Sie meinen Vater los.« Wie eine Löwin ging Klara dazwischen und trommelte mit den Fäusten auf den massigen Pferdebesitzer ein.
Markus Eichhorn strich sein blaues T-Shirt glatt. Er warf einen Blick zum Ausgang, wo er gerade noch die Rücklichter des Streifenwagens sah.
Dirk Thiessen nahm Tipo am Halfter, sah durch Klara hindurch und brachte das Pferd in den Stall.
Mit Tränen in den Augen starrte Klara Tipo nach. Was würde aus ihm?
»Was ist nun mit unserem Ferienjob?«, fragte Kim zögernd, obwohl sie die Antwort kannte.

»Ferienjob?« Feindselig funkelte Lutz Galle sie an. »Hast du sie noch alle? Raus!« Er zeigte auf den Schlagbaum am Ausgang. »Lasst euch hier nie wieder blicken.«

8. Kapitel
Schwarzer Orkan

Du fährst in die falsche Richtung!«, rief Klara vom Rücksitz, als ihr Vater von der Rennbahn ins Ortszentrum von Seestedt fuhr, statt nach Westerbüll abzubiegen. Eigentlich wollte Klara nie wieder mit ihm sprechen, weil er Tipo zurückgebracht hatte. Und weil er die Polizei nicht aufgeklärt hatte. Über Tipo und Paris Proud. Gestern noch hatte sie geglaubt, den besten Vater der Welt zu haben. Aber heute . . .

»Der Weg ist genau richtig«, sagte Dr. Eichhorn. Er bugsierte sein langes Gespann durch die Hauptstraße von Seestedt. Rechts und links der Fahrbahn parkten Lieferwagen, die Ware abluden, bevor die Geschäfte öffneten. Nur die Tür des Bäckerladens stand offen, davor bildete sich eine Schlange.

»Hier war ich im Frühjahr. Mit meiner Klasse«, stellte Kim

fest, als sie die Straße genauer in Augenschein nahm. »Drüben am Marktplatz, im ›Seestedter Tageblatt‹. Wir hatten ein Projekt: ›Schüler machen Zeitung‹. Wollen Sie etwa zur Zeitung, Herr Eichhorn?«

Markus Eichhorn stellte den Wagen vor einem hohen Gebäude ab, an dessen Giebel in Leuchtbuchstaben »Polizei« stand.

Klara fasste sich an den Kopf. »Endlich verstehe ich alles, Papa! Du willst die Leute von der Rennbahn erst jetzt anzeigen – damit sie sich in Sicherheit wiegen.«

Markus Eichhorn nickte. »Genau das habe ich vor.«

Klara riss die Tür auf, rannte um den Wagen herum und fiel ihrem Vater um den Hals. »Oh Papa, du bist super.«

Kim drückte ihm den Arm, das war für ihre Verhältnisse eine große Anerkennung.

In der Amtsstube der Polizei roch es nach verstaubtem Papier und Kaffee, der fauchend aus einer Maschine in eine blinde Glaskanne tröpfelte. Vor einem Regal mit Aktenordnern, von dem kümmerliche Grünpflanzen herabhingen, saßen drei Polizisten in Uniform. Auf den Tischen vor ihnen standen altmodische Schreibmaschinen. Ein schlanker Mann, Anfang dreißig, erhob sich und kam grüßend an den Tresen.

»Ich möchte Anzeige erstatten«, sagte Markus Eichhorn. »Wegen des Verdachts auf Straftaten.« Er zog seinen Personalausweis hervor und legte ihn auf den Tresen. »Es geht um Doping bei dem Renntraber Tipo. Der Verdacht richtet sich gegen seinen Besitzer Lutz Galle und Trainer Dirk Thiessen. Zweitens . . .« Markus Eichhorn unterbrach sich, während

der Polizist ein Formular in die Schreibmaschine einspannte, und fragte Klara: »Wie heißt der Trainer mit der Stacheldrahtpeitsche? Und das Pferd?«
Atemlos nannte Klara die Namen. Bei dem Wort Stacheldrahtpeitsche hoben die Beamten im Hintergrund die Köpfe und sahen sich an.
»Ich stelle Strafanzeige gegen den Trainer Ulf Hanks wegen Tierquälerei. Er hat gestern im Training das Pferd Paris Proud mit einer Stacheldrahtpeitsche geschlagen. Meine Tochter Klara hat für beide Fälle Beweisstücke gesichert. Stacheldraht und eine Medikamentenpackung.«
Klara holte Tipos Arzneitütchen hervor und zog ihre Socken mit dem Draht aus der Tasche. Sie gab dem Polizisten aber nur zwei Stücke. Ein Stück behielt sie. Man konnte nie wissen, wie die Dinge sich entwickelten.
Der Beamte tippte auf seiner alten Schreibmaschine, fragte noch eine Menge Einzelheiten und vermerkte Klara und Kim als Zeugen.
»Werden die jetzt verhaftet?«, wollte Klara wissen.
Mit einem Ruck zog der Polizist das Formular aus der Maschine und fingerte einen Stempel aus einer Metallhalterung. »Die Anzeige geht weiter an die Kripo. Von den Kollegen fährt jemand zur Rennbahn und sieht sich die Pferde an. Zusammen mit einem Tierarzt.«
»Mein Vater ist Tierarzt, er kann doch mitfahren.«
Der Beamte ließ den Stempel auf das Papierstück niedersausen. »Könnte er. Aber wir brauchen einen offiziellen Tierarzt. Einen, mit dem die Polizei als Sachverständigen zusammenarbeitet.«

Kim stemmte die Arme in die Seiten. »Glauben Sie etwa, dass Herr Eichhorn schummelt?«
Markus Eichhorn legte den Arm um Kim, die den Polizisten wütend anfunkelte.
»Kim, bitte. Das ist schon okay.« Dr. Eichhorn lehnte sich über den Tresen. »Die werden Sie nicht in die Ställe lassen«, gab er zu bedenken. »Ich kenne mich auf Rennbahnen aus, hab früher damit zu tun gehabt. Man rückt dort besser gleich mit einem Durchsuchungsbeschluss an. Sonst sind sie gewarnt – und die Pferde sind verschwunden, bis Sie wiederkommen.«
Der Polizist machte sich eine Notiz und nickte. »Wir laden die Beschuldigten vor. Und Sie hören von uns. Vielleicht noch heute.«
Halbwegs erleichtert verließen sie das Amt.
»Die Vorfälle sind jetzt aktenkundig«, sagte Dr. Eichhorn. »Die werden sich hüten, den Pferden noch einmal etwas anzutun. Das können sie sich nicht erlauben.«
»Trotzdem – ich hätte Tipo lieber bei uns im Stall, Papa.«
Klara dachte gar nicht daran aufzugeben. Ohne Punkt und Komma redete sie auf ihren Vater ein, während sie zum Auto gingen.
Dr. Eichhorn raufte sich die Haare. »So einer wie Tipo wird nie ein gutes Schulpferd. Ihr habt ihn doch erlebt. Seine Aufregung, sein Misstrauen . . .«
Er schloss den Wagen auf. »Tipo ist aus dem seelischen Gleichgewicht geworfen. Ein verdorbener Traber wie er braucht lange, bis er jemand vertraut.«
Er ließ die beiden einsteigen, sah sich um, wo er mit dem

angekuppelten Pferdehänger wenden konnte, und fand eine Möglichkeit auf dem Parkplatz des »Seestedter Tageblattes«.

Kim lehnte sich über den Fahrersitz nach vorn. »Im Sommer brauchen Sie ihn ja noch nicht einzusetzen. Stellen Sie ihn einfach auf die Weide.«

»Und im Winter haben wir Zeit genug, ihn ordentlich auszubilden«, fügte Klara hinzu.

»Schluss jetzt! So gut ich verstehen kann, dass ihr jedem misshandelten Pferd helfen wollt – was ist, wenn Tipo wirklich auf dem Friesenhof steht?« Dr. Eichhorn quälte sich mit seinem Hänger durch die zugeparkte Hauptstraße und fuhr Richtung Westerbüll. »Dann wollt ihr als nächstes Paris Proud zu uns holen. Der Friesenhof ist kein Tierheim, Kinder. Versteht das doch.«

Aber das wollten Kim und Klara nicht hören. Endlos diskutierten sie weiter mit Markus Eichhorn. Er war heilfroh, als er endlich das heimische Reetdach erblickte.

Dr. Eichhorn sah auf die Uhr, als er ausstieg. Gleich neun. Das Frühstück konnte er vergessen. Seine erste Gruppe wartete schon, er kam gerade rechtzeitig zum Reitunterricht. Markus Eichhorn drehte sich noch einmal zu den Mädchen um, er hatte das Gefühl, ihnen zum Abschluss etwas sagen zu müssen.

»Es hilft nichts, wenn man ein paar verstörte Tiere aufnimmt. Man muss dafür kämpfen, dass es nirgendwo mehr Missstände gibt – keine schlechte Tierhaltung, keine brutale Ausbildung, kein Doping. Ihr wisst, dass ich euch unterstütze. Hätte ich sonst die Traberleute angezeigt?«

Klara murmelte etwas und folgte ihrem Vater in den Stall. Sie musste mit ihm unter vier Augen sprechen. Denn es gab ein weiteres Problem neben den Pferden: Das Geld vom Rennbahn-Job fiel flach. Sie, Klara, kam ohne den Verdienst klar, aber Kim nicht. Vielleicht konnte ihr Vater helfen?

Kim blieb unterdessen unschlüssig in der Einfahrt stehen. Sie wusste nicht recht, wohin. Wenn sie jetzt nach Hause ging, in den »Seehund«, musste sie ihrer Mutter den Tag über helfen. Dabei hatte Kim ihre ganze Überredungskunst gebraucht, um in den Ferien freizubekommen. Frei für die Trabrennbahn und für die gut bezahlte Arbeit.

Kim seufzte und stieg aufs Rad. Zu Hause wollte sie die Zeitung durchfilzen, ob irgendwo kurzfristig Arbeit angeboten wurde. Aber es wäre wohl ein Wunder, wenn sie gleich Ersatz finden würde.

Das Wunder geschah kurz darauf, dank Klaras Hilfe.

»Kim«, rief Herr Eichhorn hinter ihr her, als sie gerade losfuhr, und winkte sie zum Stall zurück. »Hast du Lust, die nächsten Wochen auf dem Friesenhof auszuhelfen? Unsere Ferienkurse sind voll, ich könnte Unterstützung gebrauchen. Natürlich gegen anständige Bezahlung.«

Kim ließ ihr Rad fallen und umarmte Herrn Eichhorn.

Bereits nach dem Mittagessen war Kim Behrens voll dabei. Sie half so fachgerecht beim Putzen der Pferde, als hätte sie schon immer zu den Betreuern gehört.

Die Nachmittags-Reitstunden fanden draußen statt. Noch war es heiter, aber die Sonne schien grell, man musste mit einem Sommersturm rechnen. Auf dem Außenplatz mühten sich sechs Mädchen ab, ordentlich aufzusitzen. Klara ging zu jeder einzelnen Reiterin und half ihr beim Festziehen des Sattelgurtes. Ihr Vater lehnte am Zaun und gab Kommandos, während die Reiterinnen, die als zweite Gruppe dran waren, kichernd über der Bande hingen und Bemerkungen abgaben.

Die Blätter der Silberpappeln begannen zu säuseln. Der Wind frischte auf und fuhr durch die Zweige.

Die Abteilung ritt gerade an, als sich vom Leuchtturmweg zwei Männer in Jeans und Pullovern näherten. Sie nahmen Kurs auf Markus Eichhorn. Kräftiger Wind wehte ihnen entgegen und trieb ihnen Sandschleier ins Gesicht. Die Männer rieben sich vorsichtig Sand aus den Augen, als sie sich vorstellten.

»Tierarzt Grote.«

»Kommissar Jäger. Sind Sie Dr. Eichhorn?«

Die Mädchen an der Bande bekamen lange Ohren, als sie das hörten, und drängten sich näher. Es konnte nur um die Trabrennbahn gehen.

»Bin ich. Hatten Sie Erfolg?« Markus Eichhorn schüttelte den Besuchern die Hände und rief in die Reitbahn: »Teresa, übernimm du auf Flicka die Führung. Setz dich an die Spitze der Abteilung. Passt alle gut auf! Beine am Pferd lassen! Denkt dran, der Wind reitet mit.«

»Erfolg? Teilweise«, sagte Kommissar Jäger und betrachtete die Mädchen, die ihn gespannt anstarrten, als hätten sie ein Recht auf Erklärung. »Ich darf natürlich keine Ermittlungsergebnisse ausplaudern.« Er zögerte. »Aber die halbe Rennbahn hat unseren Einsatz mitgekriegt, jeder dort weiß Bescheid. Also: Trainer Ulf Hanks war angetrunken, als wir kamen. Er hat alle rebellisch gemacht und wollte uns nicht in den Stall lassen. Auch nicht, als ich ihm den Durchsuchungsbeschluss unter die Nase hielt.«

Wissbegierig lauschten die Mädchen. Vergessen waren die Pferde auf dem Reitplatz, von denen sie normalerweise keinen Blick ließen. Jetzt war der Besuch interessanter.

»Letzten Endes rückte der Trainer aber doch die Stallschlüssel heraus und ich konnte den Traber Paris Proud untersuchen«, sagte Tierarzt Grote. »Ich darf hier keine Einzelheiten erzählen, nur so viel: Ein Segen, dass Ihre Tochter Klara den Stacheldraht als Beweis gesichert hat. Ist sie hier?«

Klara hörte ihren Namen und kam vom Reitplatz an die Bande. »Sind Sie von der Kripo? War Tipo gedopt?« Sie strich ihr Haar zurück, das der Wind ihr sofort wieder ins Gesicht wehte.

Die Männer wechselten einen raschen Blick. Tierarzt Grote räusperte sich. »Er – also Tipo – ist weg. Leider.«

»Wie bitte?«, fragte Klara ungläubig.

In knappen Sätzen berichtete Kommissar Jäger, was auf der Trabrennbahn passiert war. Trainer Thiessen und andere Trainer waren aus ihren Ställen nach draußen gestürzt, als der betrunkene Ulf Hanks pöbelte. Obwohl der Kripomann keine Polizeiuniform trug, roch Dirk Thiessen den Braten. Mit halbem Auge hatte Kommissar Jäger gesehen, wie Thiessen in aller Hast einen Rappen auf einen

Hänger zerrte. Der Traber entwischte ihm aber auf der Laderampe.

»Im gestreckten Galopp stürmte das Pferd Richtung Ausgang, sprang über den Schlagbaum und war weg.« Der Kommissar nahm an, dass es Tipo war. Jedenfalls fehlte der Traber, als sie im Stall von Thiessen nachsahen.

Markus Eichhorn lachte bitter auf. »Der wollte das Pferd Hals über Kopf verstecken, um einer Kontrolle zu entgehen. Jede Wette. Beruhigungsmittel lassen sich nur kurze Zeit nachweisen. Das wissen die Trainer natürlich.«

»Und wo ist Tipo jetzt?« Klara war kurz davor, in Tränen auszubrechen.

Bedauernd zuckte der Polizist die Achseln. »Wir haben eine Meldung an alle Steifenwagen durchgegeben. Wenn die Kollegen ihn finden, werden wir sofort informiert, damit wir die Dopingprobe nehmen können. Keine Sorge, Klara, Tipo ist sicher auf eine Wiese gelaufen und frisst sich satt.«

Klara blickte vor sich in den Sand. »Tipo steht bestimmt auf keiner Wiese. Er mag nicht allein sein. Und wenn jetzt noch Sturm aufkommt . . .«

Kommissar Jäger legte Klara die Hand auf die Schulter. »Kopf hoch, Mädchen, wir finden Tipo. Aber jetzt noch mal zu dem anderen Traber, Paris Proud. Wir laden seinen Besitzer Peter Pavel für morgen ins Polizeipräsidium vor. Du hattest uns ja den Namen gegeben, Klara. Du hast dir wirklich viel gemerkt, alle Achtung. Peter Pavel ist Opernsänger in Hamburg.«

»Peter Pavel?« Erstaunt zog Dr. Eichhorn die Augenbrauen

hoch. »Der Sänger hat einen ausgezeichneten Ruf in Hamburg. Wissen Sie, wir haben lange dort gewohnt. Ich kann mir nicht vorstellen, dass er von der üblen Behandlung seines Trabers wusste.«

»Dazu darf ich mich nicht äußern«, sagte Kommissar Jäger.

Er wäre auch gar nicht dazu gekommen – denn von einer Sekunde zur anderen herrschte auf dem Reitplatz helle Aufregung.

Luna und Magic tippelten über den Reitplatz. Aufgeregt spielten ihre Ohren. Die Friesen, sonst die nervenstärksten Pferde auf dem Hof, tänzelten plötzlich in der Reitbahn. Vergeblich bemühten sich ihre Reiterinnen, sie zu lenken. Die anderen Pferde ließen sich von der Spannung anstecken. Nervös warfen sie die Köpfe hoch und sicherten mit bebenden Nüstern. Lautes Schnauben drang über den Hof.

»Was haben die Pferde bloß?«, fragte Markus Eichhorn und sah sich um. »Das ist nicht nur der Wind. Sie wittern etwas. Vielleicht sind Jungbullen ausgebrochen?«

Das passierte nicht selten, aber diesmal waren es keine Bullen. Im nächsten Moment wusste Markus Eichhorn, was seine Pferde in Panik versetzte. Ein Orkan fegte über den Friesenhof. Aber kein Orkansturm – nein, es war ein Rappe!

Wie von Sinnen stürmte er heran, jagte am Stall vorbei und schoss auf den Reitplatz zu. Mit einem Sprung setzte er über den niedrigen Zaun und raste in die Reitbahn. Er war schweißbedeckt, sein nasses Fell klebte am Körper. Mit wil-

den Bocksprüngen mischte sich der Schwarze unter die Schulpferde.
Die Mädchen am Zaun wichen zurück. Sonst hatten sie keine Angst vor Pferden, auch nicht vor fremden, aber dieses flößte ihnen Furcht ein. Verschreckt drängten sie sich zusammen.
Jetzt stürzte sich der Rappe auf Flicka und biss ihr in den Hals. Quiekend sprang die Stute zur Seite. Teresa verlor das Gleichgewicht und rutschte schreiend aus dem Sattel. Flicka stürmte zu den anderen Schulpferden.
Mit geblähten Nüstern schossen die Pferde nach links und rechts und buckelten über den Platz. Luna bäumte sich wiehernd auf.
»Hilfe«, wisperte Emma mit blutleeren Lippen und klammerte sich an Lea. »Das Pferd bringt uns alle um.«
»Dummes Zeug«, sagte Lea und klopfte Emma auf den Rücken. »Der Schwarze ist irgendwo ausgebrochen und regt sich auf. Mein Vater fängt ihn ein und fertig.«
Dr. Eichhorn ließ seine Besucher stehen und lief auf den Platz. Er erwischte Flicka am Zügel und brachte sie zum Stehen.
Teresa rappelte sich auf und betrachtete verdattert das Pferd, das alle aufmischte.
»Bist du okay? Kannst du Flicka festhalten?«, fragte Markus Eichhorn. »Dann kümmere ich mich um das verrückte Pferd dort drüben.«
Teresa nickte und nahm Flickas Zügel.
Klara starrte auf den Reitplatz. »Tipo!«, schrie sie plötzlich. »Es ist Tipo!«

»Ja, stimmt! Er ist es!«, rief auch Kim aufgeregt und zerrte Kommissar Jäger am Ärmel. »Der weiße Stern auf der Stirn! Und sehen Sie, sein schwarzes Halfter mit dem Messingplättchen.«

Die Schulpferde waren immer noch in Alarmstimmung, sie trippelten seitwärts und waren bereit, Hals über Kopf loszurennen. Plastiktüten trudelten über den Platz und verstärkten die Aufregung der Pferde zusätzlich.

»Kreist Tipo vorsichtig ein. Aber langsam!«, sagte Markus Eichhorn mit ruhiger Stimme. Er beschattete seine Augen, weil er gegen die stechende Sonne wenig sah. Im Schneckentempo machten sich Klara und Kim auf den Weg in die Mitte des Reitplatzes. Von der anderen Seite folgte Tierarzt Grote.

Ein paarmal bekam Klara Tipo fast zu fassen, aber kurz bevor sie sein Halfter ergreifen konnte, schlug er plötzlich Haken. Noch immer war der Traber völlig kopflos. Mit bebenden Nüstern schnaubte er und schnorchelte aufgeregt, seine Augen waren weit aufgerissen.

»Wenn der unter Beruhigungsmitteln steht, dann möchte ich nicht wissen, wie er sich ohne benimmt«, sagte Kommissar Jäger trocken und wischte sich Schweißperlen von der Stirn.

Plötzlich schoss Tipo auf die Barriere aus Menschen und Pferden zu, die instinktiv zurücksprangen, und stürmte hindurch.

Mit großen Sprüngen galoppierte er zum Stall hinüber, stoppte am offenen Tor und verschwand dann in der Stallgasse. Drinnen hörte man helles Wiehern von den Pferden, die auf die nächste Reitstunde warteten. Es klang eher überrascht als angstvoll.

Sobald Tipo außer Sicht war, kamen die Schulpferde auf dem Reitplatz zur Ruhe. Von fern hörte man jetzt deutlich das Rollen der Brandung. Der Wind trieb das Donnern der sich brechenden See bis zum Friesenhof vor.

»Abteilung aufmarschieren und absitzen!«, rief Dr. Eichhorn. »Ich kümmere mich um den Traber. Behalte du die Reiter im Auge, Lea.«

»Geht in Ordnung«, antwortete Lea.

»Ihr kommt mit«, ordnete Markus Eichhorn an und schob Klara und Kim vor sich her zum Stall. Die Ferienmädchen, die bisher wie versteinert an der Bande gestanden hatten, folgten ihnen. Emma ging zögernd hinterher.

An der Stalltür drehte sich Markus Eichhorn um. »Wartet hier«, wies er die Ferienmädchen an. »Und bleibt von der Tür weg. Kann sein, dass der Traber wieder nach draußen rennt.«

Klara schob sich mit Kim an ihrem Vater vorbei auf die Stallgasse. Zunächst konnten sie kaum etwas erkennen, weil sie aus der gleißenden Sonne kamen. Doch allmählich belebte sich die Dunkelheit. Auf Zehenspitzen näherte sich Klara den Boxen. Angestrengt suchten ihre Augen die Stallgasse ab. Keine Spur von Tipo. Wo war er? Zum Hintereingang hinaus?

»Da ist er«, flüsterte Kim auf einmal und zeigte auf die Box neben Muli. In der Dämmerung des Stalls erkannte man erst nur den weißen Stern auf der Pferdestirn.

Klara machte ein paar Schritte auf die Box zu. Zitternd

drückte sich der Traber an die Wand. Das Maultier rieb seine Nase an der Trennwand und grummelte. Tipos Atem ging schnell und stoßweise.

Klara drehte sich zu ihrem Vater um. Mit gepresster Stimme sagte sie: »Papa, er will bei uns bleiben.«

Halb laut sagte Markus Eichhorn: »Der Traber hat tatsächlich den Weg zu uns wiedergefunden. So wie er aussieht, ist er die ganze Strecke gerannt. Ein Glück, dass er nicht auf die Straße gelaufen ist!«

Durch das Gewusel bahnte sich Tierarzt Grote eine Schneise zu Markus Eichhorn. »Am besten untersuche ich Tipo sofort, Herr Kollege«, schlug er vor. »Ich muss als Sachverständiger einen Bericht für die Polizei schreiben und nehme ihm Blut für die Dopingprobe ab. Hoffentlich finden wir noch Reste des Medikaments.«

Er packte seinen Arztkoffer aus und betrat Tipos Box. Sofort zog der Traber seinen Körper wie eine Ziehharmonika zusammen. Als der Tierarzt ihn berührte, machte er sich stocksteif. Dr. Grote deutete auf das Messingschild am Halfter. »Hier steht sogar sein Name drauf, Tipo. Kein Zweifel, das ist das gesuchte Pferd.«

Mit großer Anspannung duldete Tipo die Untersuchung. Dr. Grote horchte Herz und Lunge ab, prüfte die Zahl der Atemzüge, fühlte den Puls und untersuchte den Pferdekörper auf Wunden und die Beine auf Prellungen.

»Ein toller Hecht«, murmelte er, als er seine Geräte wieder einpackte. »Nicht ein einziger Kratzer. Der ist nicht blindlings durchs Gelände gelaufen, sondern offenbar auf den Wegen geblieben. Intelligenter Bursche.«

Die Reitermädchen trauten sich nun näher, gegenseitig schubsten sie sich durch die Stallgasse und kreisten Markus Eichhorn ein.
»Bitte, Herr Eichhorn, behalten Sie ihn doch.«
Es war Emma Hansen, die besonders herzzerreißend bettelte. Auch die anderen bestürmten den Reitlehrer. Ein paar Mädchen hängten sich an seine Weste.
Genervt hob Dr. Eichhorn die Arme. »Unter den Augen der Polizei soll ich ein Pferd stehlen?«
Kommissar Jäger lehnte sich über die Boxentür und betrachtete den Rappen. »Hab schon öfter mit Trabern zu tun gehabt. Wenn sie mit Sachverstand trainiert werden, sind sie fit und zäh«, sagte er mit einem Seitenblick auf Markus Eichhorn. »Sie halten endlose Ausritte aus, ohne müde zu werden.«
»Haben Sie gehört, Herr Eichhorn?«, rief Emma.
Klara griff nach Emmas Hand und drückte sie, als wollte sie die Finger zerquetschen.
Markus Eichhorn verdrehte die Augen. »Wollen auch Sie mir diesen Traber aufschwatzen, Kommissar Jäger?«
Der Polizist nahm die Hände hoch. »Nein, ich bin streng neutral. Ich meinte das ganz allgemein. Ohne jeden Hintergedanken.« Er musterte Tipo. »Wir müssen das Pferd ohnehin an seinen Besitzer zurückgeben. Zumindest bis nach der Gerichtsverhandlung«, fügte Kommissar Jäger hinzu und spähte durch die Stalltür auf den Hof, wo einige Pferdehänger abgestellt waren. »Wie ist es, Herr Eichhorn, leihen Sie uns einen Hänger? Dann bringen wir Tipo gleich zurück auf die Rennbahn.«

Klara schluchzte auf, als das Wort »Rennbahn« fiel, und noch mehr, als Tierarzt Grote Tipo wegführte. Muli drückte seine Backen an die Trennwand und wieherte heiser, als der Traber die Box verließ.

»Muli will auch, dass Tipo hierbleibt«, sagte Klara.

Markus Eichhorn strich ihr übers Haar und machte dann, dass er aus dem Stall kam.

Mit feuchten Augen sah Klara hinter Tipo her, dann drehte sie sich abrupt um. Sie wollte nicht mit ansehen, wie er auf den Hänger gebracht wurde. Emma nahm Klaras Hand und begann zu weinen. Die anderen Mädchen sahen zu Boden, ihnen war hundeelend.

Nur Kim behielt die Nerven. Energisch strich sie durch ihr kurzes Haar und sagte: »Hört auf zu weinen, das bringt uns nicht weiter. Wir brauchen einen genialen Einfall. Etwas, das ganz Westerbüll und Seestedt gegen die Methoden auf der Rennbahn aufbringt.«

Klara blickte hoch, halb hoffnungsvoll, halb niedergeschlagen. »Du meinst – Flugblätter verteilen?«

Kim lächelte geheimnisvoll. »Nein, ich habe da eine andere Idee. Etwas, das mehr knallt als Flugblätter. Ich sage nur: Seestedter Tageblatt. Du weißt doch, die Zeitung, die wir mit der Schule besucht haben. Der Redakteur erinnert sich bestimmt noch an unsere Klasse. Der muss uns helfen.«

Kim winkte die Mädchen zum Haus. »Können wir von deinem Zimmer aus telefonieren, Klara?«

9. Kapitel
Pferde-Redaktion

Mit spitzen Fingern zog Uli Lettermann die Pinnnadeln aus dem letzten Foto, das noch an der Wand über seinem Schreibtisch hing. Sorgfältig legte er das Bild in einen Karton mit anderen Aufnahmen.

Uli Lettermann, ein zweiundvierzigjähriger, gemütlicher Mann mit Vollbart, arbeitete als Redakteur beim »Seestedter Tageblatt«. Im Moment konnte man allerdings nicht von arbeiten sprechen. Seit heute Morgen kam er nicht zum Schreiben, weil sein Büro von einer Malerfirma heimgesucht wurde. Schränke und Schreibtische lagen unter Folie.

In der Zimmerecke stand ein Maler auf einer Trittleiter und strich die Decke. Bis zum Abend musste Uli Lettermann alle Wände freiräumen, die morgen drankamen.

Redakteur Lettermann griff zu einer Kaffeetasse, die er unter seinem Schreibtisch in Sicherheit gebracht hatte, und betrachtete dabei das oberste Foto, auf dem eine Schulklasse zu sehen war. Er schmunzelte. Vor ein paar Monaten war diese siebte Klasse aus Westerbüll in seiner Redaktion gewesen. Er erinnerte sich genau an die aufgeweckten Zwölf- und Dreizehnjährigen der Projektgruppe »Schüler machen Zeitung«.

Unter der Abdeckplane schrillte das Telefon.

»Kann ich die Plastikfolie hochnehmen?«, rief Uli Lettermann dem Maler zu.

»Kriechen Sie lieber darunter«, gab der Meister von der Leiter zurück. »Ich kann nicht garantieren, dass Ihr Schreibtisch keine Farbe abkriegt.«

Uli Lettermann zog die Folie hoch und nahm den Hörer ab. »Das ist Gedankenübertragung«, sagte er verblüfft, als Kim Behrens aus Westerbüll sich meldete. »Gerade habe ich das Foto von eurem damaligen Redaktionsbesuch vor mir.«

Er erinnerte sich gut an das hochgewachsene Mädchen mit dem Kurzhaarschnitt. Kim war eine von denen gewesen, die das Zeug zur Reporterin hatten, denn sie verfolgte hartnäckig ihr Ziel. Jeder Spur war sie nachgegangen. Auch dann noch, wenn ihre Klassenkameraden längst die Lust verloren hatten.

Kim kam sofort zur Sache. »Wir brauchen Ihre Hilfe, Herr Lettermann. Es geht um einen Skandal auf der Trabrennbahn.«

Dann erzählte sie. Im Hintergrund wisperten Mädchenstimmen.

Uli Lettermann regte sich fürchterlich auf, als er von dem traurigen Schicksal der beiden Rennpferde hörte. Doch nach der ersten Wut kam der Journalist in ihm durch. »Wenn ich dich richtig verstehe, habt ihr Angst, dass Pferdebesitzer Galle den Tipo wegschafft, um weitere Untersuchungen zu verhindern. Man muss also schnell handeln.«
»Genau.«
»Hm. Da steckt ein Aufmacher drin. Das setzt allerdings gründliche Nachforschungen voraus.«
»Was müssen Sie denn nachforschen?«, fragte Kim aufgebracht. »Glauben Sie, dass ich schwindele?«
»Kim, bis jetzt habe ich dich für eine gute Reporterin gehalten. Du weißt doch: Man muss immer beide Seiten hören. Also auch die Trainer und die Pferdebesitzer.«
»Die lügen doch sowieso.«
Uli Lettermann seufzte auf und hob die Plastikplane höher an. Insgeheim dachte er wie Kim. Wenn es um Doping und Wetten ging, war alles möglich. Allmählich beschlug die Folie, ihm wurde heiß darunter. »Ich kann nicht einfach jemand beschuldigen, Kim. Aber ich könnte mich unter einem Vorwand auf der Trabrennbahn umsehen. Außerdem werde ich unser Zeitungsarchiv durchforsten. Vielleicht hat es früher schon Skandale auf der Rennbahn gegeben.«
Weiße Farbe tropfte von der Decke auf die Kunststoffhaut über Uli Lettermanns Kopf. Irritiert schielte er auf den Tropfen, der sich auf der Abdeckplane über seinem Gesicht verteilte.
»Wäre gut, wenn du mit deiner Freundin Klara zu mir in

die Redaktion kommen könntest. Mit dem Stacheldrahtstück. Allerdings herrscht hier das Chaos. Wir haben die Maler.«

Kim beriet sich kurz mit Klara.

»Wenn wir nicht in die Redaktion kommen können, muss die Redaktion eben zu uns kommen«, schlug sie vor. »Packen Sie doch alles ein, was Sie über Traber finden, und fahren Sie damit zum Friesenhof.«

An Uli Lettermanns Ohr drang Geschrei.

»Oh ja, er soll kommen!«

»Dann sind wir alle dabei!«

Der Redakteur blätterte unter seiner Abdeckfolie im Terminkalender. »Morgen Nachmittag um vierzehn Uhr auf dem Friesenhof, okay?«

Mit der Behauptung, dass die Ferienmädchen nachmittags Pferde zeichnen wollten, brachte Klara ihren Vater am nächsten Morgen, einem Samstag, dazu, den Reitunterricht vorzuziehen. Um vierzehn Uhr standen alle Pferde wieder auf der Weide und Markus Eichhorn fuhr zu einem Turnier.

Nachts war der Sturm abgeflaut, es klarte auf. Als Uli Lettermann eintraf, sah man bereits wieder blauen Himmel, der einen schönen Nachmittag verhieß.

Kim und Klara fingen den Redakteur vor dem Parkplatz ab und lotsten ihn zur Pferdeweide. Sie wollten nicht riskieren, dass Meike Eichhorn ihn sah, Uli Lettermann ansprach und die ganze Sache vermasselte.

Mit beruflicher Neugier sah sich Uli Lettermann auf dem

Friesenhof um, als er mit seinem Aktenkoffer in der Hand zur Wiese ging. Hinter Klara und Kim kroch er unter dem Elektrozaun hindurch und stiefelte mit ihnen zum Ende der Weide, wo ihn eine Gruppe Reitermädchen erwartete. Wie Hühner auf der Stange hockten sie auf einem gefällten Birkenstamm, der dort zum Beknabbern für die Pferde lag.

Magic und Luna unterbrachen das Grasen, als sie den Mann mit dem Koffer erspähten. Neugierig trotteten die beiden Friesen heran. Die anderen Pferde ließen sich beim Fressen nicht stören. Nur das Maultier Muli, das mit den Shettys Rambo und Zorro auf einer anderen Weide stand, schickte ein Wiehern herüber, was in Klaras Ohren klang wie »Ich will auch hören, was los ist«.

»Das hier ist wohl eine spezielle Pferderedaktion. Hallo, zusammen!«, begrüßte Uli Lettermann die Mädchen. Er legte seinen Silberkoffer auf den Stamm und ließ die Schlösser aufschnappen.

Luna steckte ihren Kopf vor und stöberte mit der Nase im Koffer. Zwei Mappen rutschten heraus. Erschreckt machte Luna einen Sprung zur Seite. Zeitungsausschnitte und Computerausdrucke verteilten sich auf dem Gras. Magic beugte sich hinunter und beschnupperte Blatt für Blatt. Eins fasste er sogar mit den Lippen.

»Das sind ja richtige Zeitungspferde«, schmunzelte Uli Lettermann, als er seine Unterlagen wieder einsammelte. Beherzt zog er Magic das Blatt aus dem Maul. Den Mädchen hielt er einen riesigen Packen Papier hin. »Zwei Kilo Traber-Skandale.«

Aufgeregt rutschten alle näher zusammen. Sie brannten vor Ungeduld, etwas zu entdecken, womit man Tipo und Paris Proud helfen konnte.

Klaras Blick fiel auf zwei knallige Überschriften: »Wettbetrug: Sieger-Traber war gedopt!« und »Verwahrloste Traber gefunden!«.

Uli Lettermann schob ihr weitere Zeitungsausschnitte zu: »Was dürfen Menschen mit Pferden anstellen?« – »Traber-Skandal! Tierquälerei aus Geldgier!«

Die Mädchen wurden immer einsilbiger, je mehr sie sich in die Artikel vertieften. Alles verstanden sie nicht, aber so viel wurde ihnen klar: Wenn auf Trab- oder Galopp-Rennpferde gewettet wird, finden sich immer Besitzer, die ihre Tiere gnadenlos verheizen. Leute, die ihre jungen Pferde in den Kampf schicken, die noch gar nicht die Nerven haben, um den knallharten Wettbewerb durchzustehen. Es geht eben um viel Geld.

Kim suchte zwischen den Papierstapeln, bis sie mehr über Doping fand. Sie las, dass man aufgeregten Pferden verbotene Beruhigungsmittel gibt. Dass kranke Pferde heimlich Medizin bekommen, damit sie ihre Schmerzen nicht spüren und volle Leistung bringen. Dass die Verletzung sich dadurch verschlimmert, nimmt man in Kauf.

Uli Lettermann blätterte in den Unterlagen.

»Was ihr mir erzählt habt, passt zu den Geschichten, die ich hier lese«, stellte er fest.

Voller Abscheu las Klara vor, was Trabertrainer ausgesagt hatten, die wegen Tierquälerei vor Gericht standen. Welche Methoden sie kennen, um ein Pferd zum Sieg zu treiben.

»Mit der spitzen Stiefelhacke tritt man dem Pferd ins Hinterteil. Beim Training versetzt man dem Traber Elektroschocks. Man befestigt Stacheldraht an der Peitsche oder abgekniffene Hufnägel. Im Rennen braucht der Fahrer das Trabrennpferd dann nur ein wenig mit der normalen Peitsche zu berühren und es rennt in panischer Angst vor neuen Schmerzen los.«

Klara schnürte es die Kehle zu. Sie dachte an Tipo, der schutzlos in seiner Box stand. An Paris Proud und die Peitsche. Unwillkürlich tastete sie nach dem letzten Stück Stacheldraht in ihrer Tasche.

Hoffentlich hat der Polizeibesuch auf der Rennbahn Erfolg gehabt, dachte sie beklommen. Wenn es doch nur eine Garantie dafür gäbe.

Umständlich putzte sich Klara die Nase. Ihr war zum Heulen zumute. Den anderen ging es ebenso. Schweigend beugten sie sich über die Zeitungen und studierten die Artikel.

Erst als lautes Motorengeräusch vom Hof herüberdrang, blickten die Mädchen hoch. Sie waren dankbar für die Ablenkung. Vor dem Stall sahen sie einen schwarzen Personenwagen mit Pferdehänger, der ruckartig vor- und zurücksetzte. Der Fahrer lehnte sich weit aus dem Seitenfenster. Offenbar wollte er einparken, kannte sich aber nicht mit Anhängern aus.

Klara sprang auf, sie war froh, dass sie keine weiteren Horrorberichte lesen musste. »Ich sehe nach, wer das ist und was er will. Papa ist ja nicht da.« Mit wehenden Haaren rannte sie über die Wiese zum Stall hinüber.

Die anderen stapften zum Zaun, um Klara zu beobachten. Endlich lockerte sich die gedrückte Stimmung. Uli Lettermann atmete auf. Hatte er den Mädchen zu viel zugemutet? Er machte sich Vorwürfe, dass er ihnen die Artikel über Tierquälerei gezeigt hatte.

»Möchte wissen, wen Klara aufgabelt«, sagte Kim und wandte den Blick nicht vom Hof. »Und vor allem, ob ein Pferd im Hänger steht. Und was für eins.«

Lea sinnierte: »Ob der in unsere Tierarztpraxis will? Mama behandelt doch keine Pferde. Nur Kleintiere – Katzen, Hunde, Kaninchen, Meerschweinchen.«

»Vielleicht hat er zweihundert Meerschweinchen im Hänger.« Teresa kicherte und wedelte mit einer Zeitungsseite. Sie suchte immer nach einer Möglichkeit, die anderen zum Lachen zu bringen.

Der Besucher stieg nun aus, ein großer breitschultriger Mann, und ging mit Klara zum Heck.

Klara kletterte auf die Stoßstange des Hängers und schlug die Plane zur Seite. Einen Moment lang blieb sie stehen und steckte den Kopf in den Innenraum. Dann sprang sie mit einem Satz auf die Erde und fiel dem Fremden um den Hals. Ihren Jubelschrei hörte man bis zum Gatter.

Die Mädchen auf der Weide sahen nicht, was Klara sah, und wechselten verdutzte Blicke. »Ich fürchte, meine Schwester ist übergeschnappt«, sagte Lea.

Kim zog eine Grimasse. »Ich schätze, Klara freut sich über das Pferd im Hänger. Vielleicht ist es ja . . .« Zögernd fuhr sie fort: »Tipo? Tipo, den Lutz Galle ihr schenkt, weil er das Theater mit der Polizei satt hat? Aber nein. Der Mann auf

dem Hof sieht nicht aus wie Lutz Galle. Außerdem verschenkt einer wie der keine Pferde.«
Dann sagte Kim noch, aber ganz leise, sodass es nur Uli Lettermann hinter ihr hörte: »Es wäre so schön, wenn mal ein Traum wahr würde.«
Teresa schlug vor: »Warum gehen wir nicht hin und sehen nach, was los ist?«
Da winkte Klara ihre Freundinnen auch schon zu sich. Sie jagten los, als könnten sie einen Preis gewinnen, eine überholte die andere. Am Ende gewann Lea, wie immer, wenn es um Schnelllauf ging. Uli Lettermann schlenderte als Letzter heran.
Klara strahlte übers ganze Gesicht, als die Truppe keuchend vor ihr stehen blieb. »Das ratet ihr nie!«, rief sie.
Der unbekannte Mann neben Klara strahlte auch, als er sagte: »Fünf Euro für die schnellste richtige Antwort.« Er hielt Teresa fest, die sofort an ihm vorbei zum Hänger flitzte. »Halt, ihr dürft erst nach der richtigen Antwort reinsehen.« Seine Stimme war wohlklingend und kräftig, sie schallte über den ganzen Hof.
Abschätzend musterten die Mädchen den Mann mit dem dunklen Haar und den blitzenden Augen. Aus dem Hänger drang das Scharren von Hufen.
Kim registrierte blitzschnell das Hamburger Nummernschild. Als sie dann noch im Auto Faltblätter mit der Aufschrift: »Spielprogramm für die Hamburger Oper« entdeckte, ahnte sie etwas. Etwas Wunderbares, Unglaubliches. »Sind Sie etwa der Opernsänger aus Hamburg? Den die Polizei heute verhören wollte?«

Anerkennend klopfte der Mann Kim auf die Schulter und zog den versprochenen Geldschein aus der Tasche. »Du bist ein schlaues Mädchen.«
Klara umarmte Kim stürmisch. »Das ist sie, Herr Pavel. Das ist meine Freundin Kim, mit der ich auf der Rennbahn war. Von der ich Ihnen vorhin erzählt habe.«
»Und wer ist da drin? Ihr Pferd?« Teresa ließ sich nicht länger festhalten und hüpfte um den Hänger herum.
Die anderen kamen hinterher und machten sich an der Plane zu schaffen.
Klara legte einen Finger auf die Lippen. »Ja, stimmt, da drinnen steht Paris Proud. Seid ruhig, ihr verrückten Hühner. Er ist sowieso schon aufgedreht genug.«
Peter Pavel berichtete, wie er, der nichts mit Pferden im Sinn hatte, an Paris Proud geraten war. Den französischen Traber hatte er in Frankreich geschenkt bekommen, als ungewöhnliche Dankesgabe nach einem Konzert. »Bis dahin wusste ich kaum, wo bei einem Pferd vorn und hinten ist.« Ablehnen konnte Peter Pavel das Geschenk nicht, dann wären die Franzosen beleidigt gewesen. Also behielt er den Vierbeiner. Kollegen rieten ihm, den Traber in einen Trainingsstall zu bringen. Das schien auch ihm die beste Lösung.
Bedauernd breitete Peter Pavel die Arme aus. »Ich muss zugeben, dass ich mir den Trainer nicht sorgfältig genug ausgesucht habe. Mein armes Pferd. Aber ich mache alles wieder gut.«
Kämpferisch stemmte Lea ihre Arme in die Seiten. »Hoffentlich ist das keine faule Ausrede.«

»Paris Proud darf zur Erholung ans Wattenmeer, nach Cuxhaven«, platzte Klara heraus. »Herr Pavel bringt ihn heute noch hin. Die Polizei ist einverstanden.«
Klara sagte das so stolz, als hätte sie selbst dafür gesorgt. Aber sie konnte sich tatsächlich auf die Schulter klopfen. Dank ihrer Beobachtung und ihrer Stacheldraht-Beweisstücke war Trainer Hanks aufgeflogen. Wer weiß, wie lange er sonst weiterhin Pferde misshandelt hätte?
Uli Lettermann stellte sich dem Sänger vor. Er fragte ihn, ob er mit einem Artikel im »Seestedter Tageblatt« einverstanden sei.
»Wir als Zeitung«, erklärte Uli Lettermann, »können die Trainer nicht einfach beschuldigen. Wir können aber berichten, dass der bekannte Opernsänger Peter Pavel seinen Traber von der Rennbahn holt. Das sorgt für Aufmerksamkeit.«
Zuerst äußerte Peter Pavel Bedenken, aber als Klara ihm den Stacheldraht zeigte, änderte er sofort seine Meinung. Der Sänger war schockiert, als er das Marterwerkzeug sah.
Uli Lettermann griff nach seiner Kamera und schoss ein Foto von Peter Pavel vor der Ladeklappe des Hängers. Von Paris Proud sah man nur das Hinterteil und den dichten Schweif, der über der Tür hing.
»Das Bild ist wie ein Symbol«, stellte Uli Lettermann zufrieden fest, als er seinen Fotoapparat einpackte. »Der Traber verlässt die Rennbahn – man sieht ihn nur noch von hinten.«
»Und Tipo?«, fragte Klara leise.

»Auch für deinen Tipo wird der Artikel nützlich sein.« Uli Lettermann nahm seinen Archivkoffer unter den Arm. »So ein Bericht ist ein Warnschuss für alle Trainer. Die werden vorsichtig sein, wenn sie merken, dass wir sie beobachten. Ich fahre jetzt heim und schreibe. Schaut am Montag ins Tageblatt.«

Nach zwei schlaflosen Nächten konnten die Mädchen es kaum erwarten, am Montagmorgen die Zeitung zu kaufen. Die Sonne kroch gerade erst am Horizont empor, als Klara, Kim und Lea zum Kiosk am Deich radelten.

Mit dem druckfrischen Tageblatt verzogen sie sich auf die Bank unterm Leuchtturm, wo sie vor dem Seewind geschützt waren. Fieberhaft blätterten sie die Zeitung durch. Endlich fanden sie den Artikel:

»Was ist los auf der Trabrennbahn? Hamburger Sänger holt sein Pferd aus dem Stall!«

Geschickt hatte Uli Lettermann direkte Vorwürfe an die Trainer vermieden, sondern nur über den Opernsänger Peter Pavel geschrieben. Und über seinen Traber, den er ins Nordseewatt schickte, weil er Erholung dringend nötig hatte. Wer zwischen den Zeilen lesen konnte, erkannte den Sprengstoff, der in den Sätzen steckte.

Klara faltete die Zeitung zusammen und stand auf. »Wenn sich ein Pferd dringend erholen muss, ist es logischerweise krank oder verletzt. Das kapiert ja wohl der Dümmste.«

Sie fuhren zurück zum Friesenhof. Weil es noch so früh war, misteten sie alle Boxen aus und waren schon fertig, als Markus Eichhorn um sieben Uhr im Stall erschien. Sie hatten sich geeinigt, Herrn Eichhorn die Neuigkeiten über Paris Proud zu verschweigen. Erst einmal wollten sie von Uli Lettermann erfahren, wie sein Bericht angekommen war. Zum Beispiel, ob die Leute von der Trabrennbahn wutentbrannt in der Redaktion erschienen waren.

Den ganzen Vormittag über versuchten sie, Uli Lettermann anzurufen. Aber niemand meldete sich in der Redaktion des »Seestedter Tageblattes«. Kunststück – Uli Lettermann saß im Auto und fuhr zur Trabrennbahn.

Unterwegs dachte er daran, dass sein heutiger Artikel eingeschlagen war wie eine Bombe. Schon am frühen Morgen riefen empörte Tierfreunde bei ihm an. Sie berichteten von Scheußlichkeiten, die sie in den letzten Jahren von der Trabrennbahn gehört hatten. Uli Lettermann beschloss, der Rennbahn einen Besuch abzustatten und dort weiter nachzuforschen.

Es war noch früher Vormittag, also Trainingszeit, als er ankam. Uli Lettermann hoffte, etwas Auffälliges aufzuspüren.

Als er vor den Stallungen auftauchte und Fragen stellte, schlug ihm offene Feindseligkeit entgegen. Viele Trainer drehten sich einfach um, wenn er sie ansprach, andere pöbelten und beschimpften ihn. Lettermann hätte gern ein paar Fragen an Trainer Dirk Thiessen gestellt. Aber in seinem Trainingsstall traf er ihn nicht an. Dafür sah er Tipo. Der schwarze Traber stand reglos in seiner Box und Uli Lettermann fotografierte ihn. Für alle Fälle.

Kaum saß er mittags wieder an seinem Schreibtisch beim

»Seestedter Tageblatt«, bestellte ihn sein Chefredakteur zu sich. Unmissverständlich sagte der ihm, dass er keine Problemstorys über die Trabrennbahn wünsche. Uli Lettermann erfuhr auch warum.
Zwei Traberbesitzer – sie besaßen große Modegeschäfte in Seestedt – hatten Wind von den Nachforschungen bekommen und riefen beim Tageblatt an. Sie drohten, in der Zeitung keine Anzeigen mehr aufzugeben, falls ein »böser« Artikel über die Trabrennbahn erscheine.
Man wollte die Anzeigenkunden nicht verärgern, denn auf die Einnahmen mochte das »Seestedter Tageblatt« nicht verzichten. Das hieß: keine kritische Story über die Traber.
Als Uli Lettermann das Büro seines Chefs verließ, sagte er bitter: »Geld geht überall vor Tierliebe.«
Der Redakteur ärgerte sich schwarz über den Maulkorb, den sein Chef ihm verpasst hatte. Nur weil die Traberbesitzer viel Einfluss besaßen, durfte man eine Schweinerei nicht aufdecken? Nein, damit wollte er sich nicht kampflos abfinden.
Während Uli Lettermann die Treppe zu seinem Büro hinunterging, zerbrach er sich den Kopf, was er tun könnte. Kim und die anderen Mädchen würden maßlos enttäuscht sein, wenn die Trabergeschichte scheiterte.
Im zweiten Stock holte Uli Lettermann aus der Fotoredaktion die Bilder von der Trabrennbahn ab und blätterte die Ausbeute flüchtig durch.
Als er kurz darauf vor seinem Computer saß, griff er immer wieder zum Bilderstapel und betrachtete das Foto von Tipo.

Erst wusste er gar nicht warum, aber dann merkte er, dass seine traurigen Augen ihn nicht losließen. Kurzerhand drehte er das Bild um. Aber es half nichts, Tipos Blick verfolgte ihn.

Wenn es ihm schon so ging, dachte Uli Lettermann, obwohl er dieses Pferd gar nicht kannte – wie sehr mussten Kim und Klara um den Traber bangen? Die beiden würden alles dafür geben, um Tipo zu kaufen. Kims geflüsterte Worte gingen ihm nicht aus dem Kopf: »Es wäre so schön, wenn mal ein Traum wahr würde.«

Redakteur Lettermann seufzte. Tipo von der Rennbahn freizukaufen, musste ein Traum bleiben. Leider. Erneut musterte er Tipos Foto und grübelte. Konnte er nicht doch etwas für den Renntraber tun? Und für die Mädchen vom Friesenhof?

Uli Lettermann strich sich über den Bart. Ein Teil des Problems ließ sich mit Geld lösen. Während ein guter Traber sehr teuer war, kostete ein untauglicher nicht mehr als tausendfünfhundert bis zweitausend Euro. Das hatte er auf der Rennbahn herausgefunden und im Internet überprüft.

Uli Lettermann schwirrte ein Plan durch den Kopf. Er zog seine Brieftasche hervor und überschlug die Summe der Euroscheine. Es war ein großer Betrag, wie er ihn normalerweise nicht bei sich trug. Die zweitausendeinhundertundfünfundsiebzig Euro gehörten aber nicht ihm, sondern der gesamten Redaktion. Vorgesehen war das Geld für den Besuch eines Musicals. Der Chef des »Seestedter Tageblattes« lud zu diesem Betriebsausflug ein, denn er war ein großer

Musicalfan. Letzte Woche hatte er Uli Lettermann das Geld für neunundzwanzig Eintrittskarten gegeben, die er in St. Peter-Ording kaufen sollte.

Wenn die ganze Redaktion auf den Ausflug verzichtete, rechnete Lettermann aus, hatte er Tipos Kaufpreis zusammen. Ganz in Ordnung wäre diese Geheimaktion nicht, dachte er ohne schlechtes Gewissen, das Geld war ausdrücklich für das Musical bestimmt. Aber dass sein Boss nicht über die Rennbahn berichten wollte, war schließlich auch nicht okay.

Genüsslich malte sich Uli Lettermann sein Gesicht aus, wenn er ihm sagen würde: »Unsere Redaktion ist sehr tierlieb. Wir geben das Geld lieber für ein misshandeltes Pferd aus als für ein paar Stunden Musik.«

Lettermann griff zum Hörer und telefonierte mit allen Kollegen in der Redaktion. Schließlich musste jeder seinem Plan zustimmen.

Kurze Zeit später ging es in seinem Büro zu wie in einem Taubenschlag, Tür auf, Tür zu. Mitarbeiter flatterten herein, verteilten sich diskutierend auf Schreibtischen und Aktenschränken und ließen sich die Geschichte von Tipo erzählen und von den Pferdebesitzern, die verhindern wollten, dass der Skandal veröffentlicht wurde.

Mit Engelszungen redete Uli Lettermann auf seine Kollegen ein. »Ein freigekaufter Traber ist wichtiger als ein Musikabend.« Er beschwor sie alle, die Redakteure und Grafiker, Fotografen und Sekretärinnen. »Über diese gute Tat freut ihr euch noch, wenn ihr in Rente geht. Und der Chef verdient einen Denkzettel.«

Die Sache lief problemloser ab, als er gedacht hatte. Alle nahmen Anteil am Schicksal des Trabers, den sie mit Dopingmitteln vollpumpten. Einige Kollegen sträubten sich ein bisschen, auf die wertvollen Musicalkarten zu verzichten. Aber auch die ließen sich letzten Endes überzeugen. Lettermanns Kollegen gingen wieder an ihre Arbeit.

Als er allein war, betrachtete er noch einmal Tipos Foto. Plötzlich fand er seine Augen nicht mehr traurig.

Zufrieden griff er ein letztes Mal zum Telefon und suchte im Namensregister unter F nach Friesenhof. Pfeifend tippte Uli Lettermann die Nummer ein und rief Klara Eichhorn an.

Es war bereits Abend, als er Klara erreichte. Markus Eichhorn war soeben nach Hamburg abgefahren.

Klara saß mit Lea, Kim und Emma in der Wohnküche beim Essen, als sie den Anruf vom »Seestedter Tageblatt« erhielt. Der Apparat lag neben ihrer Teetasse. Klara ging meistens ans Telefon, wenn ihre Mutter in der Tierarztpraxis arbeitete.

An den anderen Tischen unterbrachen die Ferienmädchen das Essen, als sie Klara mit Uli Lettermann reden hörten. Ungeduldig rutschten sie über die lange Bank unterm Fenster zu Klara hinüber. Sie balgten sich um die besten Plätze und krochen fast in den Hörer. Teresa stieß dabei eine Teetasse um, die zwanzigste in ihren Ferien.

Sosehr die Mädchen die Köpfe verrenkten, sie schnappten nichts auf. Plötzlich stieß Klara einen gellenden Schrei aus. Mit einem wahren Freudengeheul sprang sie von der Bank auf und fiel allen um den Hals, die in ihrer Nähe saßen.

»Sie kaufen Tipo frei«, jubelte sie, »die Redaktion hat Geld für ihn gesammelt! – Wie, Herr Lettermann? Ja. Okay, ich frage schnell. Bleiben Sie dran.«
Sie drückte Lea das Telefon in die Hand. »Ich sause rasch zu Mama in die Praxis. Ich soll fragen, ob unsere Eltern Tipo aufnehmen. Als Geschenk.«
Über den Verbindungsflur stürmte Klara in das menschenleere Wartezimmer und riss die Praxistür auf.
»Die Redaktion will Tipo kaufen!«, schrie sie, bevor sie ihre Mutter irgendwo sah. »Wir können doch ein neues Schulpferd gebrauchen. Geschenkt, verstehst du, Mama? Geschenkt!«
Abrupt blieb Klara stehen, als sie den Steuerprüfer erblickte, der ihrer Mutter am Schreibtisch gegenübersaß. Ungehalten klopfte er mit dem Kugelschreiber auf die Tischplatte und starrte Klara an.
»Eine Schenkung ist steuerlich folgendermaßen zu behandeln. Der Beschenkte muss unverzüglich . . .«
Meike Eichhorn unterbrach den Mann. »Schon gut, wir lassen uns kein Pferd schenken.«
Mit flackerndem Blick sah sie Klara an. Bei allem Verständnis für ihre Tochter – aber in diesem Augenblick war ihr überhaupt nicht nach Unterbrechungen zumute. Der Mann vom Finanzamt nervte sie schon genug. Immer wieder rief er an, kündigte seinen erneuten Besuch an und verlangte ständig andere Aktenordner. Frau Eichhorn kam kaum zu ihrer Arbeit in der Tierarztpraxis. Und nun platzte auch noch Klara mitten in ein verzwicktes Steuergespräch herein.

Es fehlte nicht viel und Meike Eichhorn hätte einen Schreikrampf gekriegt.
Klara witterte die dicke Luft. Ihre Mutter konnte sie für heute vergessen.
»Schon gut. War nur ein Scherz, Mama«, murmelte sie und zog die Tür zu. »Ich wusste ja nicht, dass dein Steuerfuzzi schon wieder da ist.«
Sie lief zurück in die Küche und nahm Lea das Mobilteil aus der Hand. Ihre Schwester hatte angeregt mit dem Redakteur geplaudert. Klara presste das Telefon ans Ohr. »Herr Lettermann? Meine Eltern freuen sich riesig. Wir treffen uns morgen früh auf der Trabrennbahn. Wegen der Uhrzeit rufen wir Sie noch an . . . Herr Lettermann? Sie sind ein klasse Typ.«
Die Küche erbebte unter Begeisterungsgeschrei, als Klara fertig war. Außer sich vor Freude rannten die Mädchen umher und sprangen über Tische und Bänke. Teresa warf zwei Teekannen um und verdarb ihre letzte saubere Hose. Aber das interessierte keinen.
»Ist Mama wirklich einverstanden?«, erkundigte sich Lea, als der Trubel sich etwas legte. Sie wundete sich über die rasche Zustimmung.
Klara druckste herum. »Nicht direkt.«
»Also gar nicht.«
Klara hob die Arme. »Es passte nicht. Der Steuerfuzzi saß bei ihr. Ich regle das morgen früh mit Papa.«

10. Kapitel
Ausgekochte Bande

Klara stellte ihren Wecker auf fünf Uhr. Je eher sie ihrem Vater die wahnsinnige Neuigkeit überbringen konnte, desto besser.

Kim Behrens sprang in der »Pension Seehund« noch früher aus dem Bett. Sie zog es vor, sich aus dem Staub zu machen, bevor ihre Mutter aufstand. Wenn Frau Behrens ihre Tochter sah, fielen ihr sofort tausend Aufgaben ein, die sie im »Seehund« erledigen sollte. Darum schlich sich Kim heimlich davon.

Als Klara aus der Haustür trat, wartete ihre Freundin bereits. Gemeinsam liefen sie zum Parkplatz, wo ihr Vater damit beschäftigt war, einen Pferdehänger zu reparieren. Er saß in der Morgensonne auf der heruntergeklappten Laderampe und klebte die Gummiauflage nach, die sich gelöst hatte.

Als zwei lange Schatten über ihn fielen, sah er auf. »Ihr seid früh dran. Gibt es etwas Wichtiges?«
»Allerdings.« Klara stieß ihre Freundin an. »Sag du es, Kim, du kannst dich kürzer fassen.«
Ohne lange um den heißen Brei zu reden, erklärte Kim Markus Eichhorn, dass die Redaktion des »Seestedter Tageblattes« Tipo kaufen und dem Friesenhof schenken wollte.
Klara wühlte in ihren Taschen nach der Telefonnummer von Uli Lettermann und hielt ihrem Vater den Zettel hin. »Er kommt sofort mit dem Geld zur Rennbahn, wenn du ihn anrufst.«
Erwartungsvoll trat sie von einem Bein auf das andere.
Ungläubig sah Markus Eichhorn zu den Mädchen hoch. Die Neuigkeit verschlug ihm erst einmal die Sprache.
»Das habt ihr fein eingefädelt. Erpressung ist das!« Herr Eichhorn saß immer noch auf der Ladeklappe, die offene Tube in der Hand. »Wenn ich Tipo auf der Rennbahn lasse, bin ich schuld, wenn er Dopingmittel bekommt – das wollt ihr mir doch einreden. Hab ich recht? Eine ausgekochte Bande seid ihr.«
Bei der Standpauke ihres Vaters bemerkte Klara ein Zucken in seinen Mundwinkeln. Er spielte den Empörten nur! Das musste sie ausnutzen.
»Papa, hör auf zu predigen. Freu dich lieber, dass dir jemand ein Schulpferd schenkt!«
Markus Eichhorn griff sich an den Kopf. »Ein Schulpferd? Ich höre wohl nicht richtig. Du glaubst doch nicht, dass ich deinen verrückten Traber jemals im Reitunterricht einsetzen kann?«

»Papa!«
Markus Eichhorn stieß einen Seufzer aus. Dass Mädchen einen so in die Zange nehmen konnten! Sie schoben ihm den schwarzen Peter zu. Er steckte in einem Zwiespalt, aus dem er nicht herauskam.
Klebstoff tropfte ihm auf die Hand. Er rieb ihn an der Ladeklappe ab und schraubte die Tube zu. Wenn Tipos Rettung an ihm scheiterte, würde er keine ruhige Minute mehr haben. Das war Markus Eichhorn klar. Nahm er aber den Traber auf, wusste er nicht, was er mit ihm anfangen sollte. Der verängstigte Tipo für Ferienkinder? Ebenso gut konnte er in seinen Reitstunden Kampfstiere einsetzen!
Markus Eichhorn strich sich übers Haar. Seine Finger blieben kleben, vorsichtig musste er sie von den Haaren lösen. Andererseits, dachte er und betrachtete die ausgezupften Haare, hatten sich so viele Menschen für Tipo eingesetzt. Durfte er da noch Nein sagen? Auch wenn er das Pferd nicht gebrauchen konnte? Er ging seinen Bekanntenkreis durch. Sicher fand er jemand, der den Traber aufnahm. Ja, er musste es versuchen.
»Ich bin zu gut für diese Welt«, murmelte Markus Eichhorn und schlug sich auf die Knie. »Worauf wartet ihr noch?« Er deutete auf den Hänger. »Fegt den Boden und hängt das Heunetz auf.«
Kim und Klara tauschten ungläubige Blicke.
»Was haben Sie gesagt, Herr Eichhorn?«
Kim meinte, nicht richtig zu hören. Wie konnte er das Drama um Tipo mit dem Satz beenden: »Hängt das Heunetz

auf«? Sie hatte sich den Augenblick völlig anders vorgestellt, wenn ein Traum wahr wird. Mit zuckenden Blitzen. Donner müsste grollen. Die Erde beben. Und nun endete der Kampf um den Traber ganz unauffällig und leise?

Auch Klara verschlug es die Sprache.

Markus Eichhorn ging zum Haus. Er wollte Uli Lettermann anrufen, um ihn zur Rennbahn zu bestellen.

Kim rief hinter ihm her: »Heißt das wirklich, wir holen Tipo auf den Friesenhof?«

Markus Eichhorn wandte sich auf der Treppe um. »Packt die Transportgamaschen ein.«

»Hast du gehört?« Klara hatte ihre Sprache wiedergefunden.

Nun brüllte sie in einer Lautstärke, die im Stall die Fenster klirren ließ: »Packt die Transportgamaschen ein!« Übermütig drehte sie Kim im Kreis herum und trällerte: »Packt die Transportgamaschen ein . . .«

Die beiden waren selig. Keine rechnete damit, dass noch etwas schiefgehen könnte.

Seit zwanzig Minuten marschierte Uli Lettermann auf dem Hof der Rennbahn auf und ab und beobachtete das Eingangstor. Er wartete auf die Leute vom Friesenhof. Endlich rumpelte ein grüner Geländewagen mit Hänger herbei. Auf der Autotür stand: »Friesenhof – das Reiterparadies am Meer«.

Markus Eichhorn parkte sein langes Gespann zwischen zwei Sportpferdetransportern.

Klara beugte sich über den Fahrersitz und wies auf den

Mann mit Bart, der auf ihr Auto zukam. »Das ist er, das ist Uli Lettermann«, sagte sie aufgeregt.
Herr Eichhorn stieg aus und ging dem Redakteur entgegen. »Einfach klasse, wie sich Ihre Zeitung für Tipo starkgemacht hat. Danke.«
Die Mädchen stießen sich an. Auf dem Friesenhof hatte sich das vorhin ganz anders angehört. Sie hatten Worte wie »ausgekochte Bande« im Kopf.
Verlegen winkte Uli Lettermann ab. Der Dank war ihm peinlich, er wollte ja nicht nur Tipo retten, sondern auch seinem Chef eine Lehre erteilen.
Kim und Klara waren in Hochstimmung. Kichernd malten sie sich aus, wie Thiessen gucken würde, wenn sie Tipo kauften. Ausgelassen hüpften sie neben den Männern her.
»Als ich vorhin im Stall von Trainer Thiessen war«, sagte Uli Lettermann und zeigte auf das Gebäude, das sie ansteuerten, »wurde Tipos Box ausgemistet, bis auf den nackten Beton. Tipo konnte ich nirgends entdecken. Ist doch seltsam.«
Wie vom Blitz getroffen blieben Klara und Kim stehen. Klara schossen Tränen in die Augen.
»Ich halte das nicht mehr aus«, schluchzte sie und verbarg ihr Gesicht an Kims Schulter. »Erst ist alles schrecklich. Dann hat man wieder Hoffnung. Und jetzt war doch alles umsonst.«
»Nichts war umsonst!« Kim packte ihre Freundin und schüttelte sie. »Wir geben jetzt nicht auf. So kurz vor dem Ziel. Mir nach!« Sie griff nach Klaras Arm und rannte mit ihr zum Stall.

»Halt! Wo wollt ihr hin? Wartet doch!«, rief Markus Eichhorn ihnen nach. Aber die beiden hörten ihn gar nicht.
Thiessens Stalltür stand weit offen, einige Pferde dösten in den Boxen und schraken auf, als die Mädchen auf die Stallgasse stürzten. In Tipos Box war ein dünner Mann damit beschäftigt, Strohreste aus den Ecken zusammenzufegen.
»Wo ist Tipo?«, stieß Klara hervor.
Ohne aufzublicken, brummte der Dürre: »Unterwegs nach Neuenbüttel. Zum Bäder.«
Klara umklammerte Kims Handgelenk. Bäder! So hieß der Pferdemetzger. Klara hatte das Gefühl, als beginne die Stallgasse unter ihr zu schwanken. Waren sie zu spät gekommen?
»Seit wann ist Tipo weg?«
Der Dürre kehrte die letzten Strohhalme auf eine Schaufel und zuckte gleichmütig die Schultern. »Weiß nicht. Jedenfalls soll ich die Box leer machen.«
»Wir fragen nebenan«, flüsterte Kim und schob Klara nach draußen. »Rasch!«
Sie stolperten um die Nachbarställe, aber kein Trainer war zu sehen. Erst im übernächsten Querweg entdeckten sie einen blonden Mann im Fahreroverall, der einen Sulky zum Stall schob. Sie kannten den Blonden nicht und hofften, dass der Mann sie nie bei ihrem Ferienjob gesehen hatte. Mit klopfendem Herzen sprach Klara den Blonden an.
»Ich arbeite bei Trainer Thiessen«, schwindelte sie. Ihr Atem ging stoßweise, sie verhaspelte sich fast. »Herr Thiessen

musste weg, ich soll Sie fragen, ob der . . .« Sie hustete und brach in Schweiß aus. Sie konnte das schreckliche Wort nicht aussprechen. Hilfe suchend blickte sie zu Kim, die ihr zur Seite sprang.

»Herr Thiessen will wissen, ob der Bäder schon da war. Wegen Tipo.«

»Ach so, ihr meint den Pferdemetzger. Ja, er hat ihn abgeholt.« Der Mann setzte den Sulky ab und sah auf die Uhr. »Zehn Minuten ist das her. Höchstens.«

»Gut«, murmelte Kim mit zitternder Stimme. »Ich richte es aus.«

Wie gelähmt stand Klara da, als sie die schreckliche Wahrheit hörte. In ihrem Kopf dröhnte dumpfes Trommelfeuer. Der Fahrer drehte sich um, er schien misstrauisch zu werden.

Kim schubste ihre Freundin vorwärts. »Weg hier, es geht um Minuten!«

Sie lief los, und da kamen auch Klaras steife Beine wieder in Gang. Hinter Kim hastete sie zum Auto. Schnell, noch schneller! Sie jagten vorwärts, als ginge es um ihr eigenes Leben. Sie rannten zum Geländewagen, zu dem Uli Lettermann und Markus Eichhorn gerade zurückgingen, weil sie die Mädchen nicht in Thiessens Stall gesehen hatten.

»Wirf den Motor an, Papa!«, schrie Klara außer Atem. »Bäder aus Neuenbüttel hat Tipo abgeholt. Vor zehn Minuten. Wir müssen hinterher.«

Kim stolperte über eine herumliegende Peitsche und fiel fast hin.

Sie konnte sich gerade noch an der Kühlerhaube abfangen.
»Wer ist Bäder?« Uli Lettermann sah verwirrt aus.
»Pferdemetzger«, sagte Markus Eichhorn grimmig und schwang sich auf den Fahrersitz. »Tipos Besitzer und sein Trainer wollen mit allen Mitteln verhindern, dass ihr Pferd noch einmal auf Doping getestet wird.«
Als Klara im Auto saß, wurde ihr das Ausmaß der Geschichte erst richtig bewusst. Kreidebleich hockte sie auf der Rückbank und verkrampfte ihre Hände ineinander, dass es schmerzte. Ihr Kopf dröhnte noch immer, ihr Mund war trocken und ihre Zunge fühlte sich an wie ein Radiergummi. Diese quälende Ungewissheit! Ohne aufzublicken, murmelte sie: »Wir schaffen es, wir schaffen es.«
Niemand wagte, laut zu reden. Angespannt starrten sie durch die Windschutzscheibe auf die endlose Straße vor sich. Kein Pferdehänger in Sicht. Doch jede Kurve brachte neue Hoffnung. Kam eine Biegung in Sicht, streckten alle die Köpfe nach vorn. Ein Hinweisschild schoss an ihnen vorbei: »Nach Neuenbüttel 4 km«.
»Da!« Aufgeregt trommelte Klara gegen die Scheibe. Ein Hänger vor ihnen! Markus Eichhorn drückte aufs Gas. Doch als sie sich näherten, erkannten sie ein fuchsrotes Pferd. Fehlalarm!
Weiter. Bis Neuenbüttel war es nicht mehr weit. Die nächste Kurve. Wieder ein Hänger vor ihnen.
»Schneller, Papa!«
Herr Eichhorn beschleunigte und sah auf den Tacho. »Mädchen, mehr darf ich nicht mit dem Hänger.«

Zitternd beugte sich Klara nach vorn. »Papa, es geht um Leben und Tod.«
Markus Eichhorn erhöhte die Geschwindigkeit gerade so viel, dass es nicht gefährlich wurde, und näherte sich allmählich dem vorderen Wagen. Im Hänger erkannte man ein dunkles Pferd. Über der Ladeklappe baumelte ein dichter, schwarzer Schweif.
»Tipo!«, schrien Klara und Kim gleichzeitig.
Markus Eichhorn setzte zum Überholen an, während Uli Lettermann den Arm aus dem Seitenfenster streckte und dem Fahrer ein Zeichen gab, rechts anzuhalten.
Die Autos rollten hintereinander aus. Sofort sprangen die vier aus Eichhorns Wagen nach draußen. Der Mann im gestoppten Wagen blieb am Steuer sitzen und öffnete die Fahrertür einen Spalt.
Während Markus Eichhorn und Uli Lettermann mit dem Fahrer redeten, rannten die Mädchen zum Hänger. Mit fliegenden Fingern entriegelte Klara die Klappe. Langsam senkte sich die Rampe auf den Parkstreifen hinab.
Verstört riss Tipo die Augen auf und verdrehte sie nach hinten. Ist heute nicht schon genug passiert?, fragte sein furchtsamer Blick. Erst dieser fremde Mann, der ihn vorhin abgeholt hatte, dann dieser enge Wagen, in dem er eingesperrt war und der so merkwürdig roch. Jetzt hantierte jemand hinter ihm an der Klappe. Erregt scharrte Tipo mit den Hufen und schlug mit dem Schweif. Er wollte weg, nur weg. Fliehen. Aber er war im Hänger festgebunden.
Doch dann stellte Tipo die Ohren auf. Er horchte und nun

wagte er es, sich umzusehen. Ein großes blondes Mädchen stieg zu ihm in den Hänger.

»Na, mein Tipo, habe ich dir nicht mein Traber-Ehrenwort gegeben, dass ich dich von der Rennbahn hole?«

Diese Stimme kannte er! Den Ton hatte er in guter Erinnerung.

Langsam kam das Mädchen näher – es war Klara. Nun stand sie vorn im Hänger neben seinem Kopf und hielt ihm ein Honigleckerli hin.

Behutsam beschnupperte der Traber ihre Hand, bevor er den Würfel mit den Lippen aufnahm.

Unverwandt sah Tipo das blonde Mädchen an. Klara sprach leise auf ihn ein und plötzlich hatte sie das Gefühl, als belebe sich Tipos Erinnerung, als bringe er alles wieder zusammen: ihre Stimme, ihre Sprache, den Geruch ihrer Haut und den Geschmack des Leckerlis.

Tipo atmete tief ein. Dann schnaubte er. Verhalten nur, leise und kurz. Als traue er sich nicht zu glauben, was er sah. Zu glauben, dass sein blondes Zweibeiner-Mädchen wieder da war. Klara, die auf der Trabrennbahn so freundlich zu ihm gewesen war.

Klara und Tipo – sie bemerkten nicht, dass Markus Eichhorn und Uli Lettermann vor dem Hänger standen. Das Geschäft mit dem Metzger war schnell besiegelt gewesen, das Geld vom »Seestedter Tageblatt« hatte den Besitzer gewechselt. Nun warteten die Männer darauf, dass Kim ihnen die Transportgamaschen brachte, damit sie Tipo verladen konnten.

Gerührt betrachteten sie Klara und den Traber. Kim kam um

die Ecke und reichte Herrn Eichhorn die Gamaschen. Dann stellte sie sich leise neben Uli Lettermann.

»Danke«, sagte sie und drückte seine Hand ganz fest.

11. Kapitel
Der kleine Prinz

Oh, ist der schön!«
Lachend und schwatzend drängten sich die Ferienmädchen hinter Klara auf die Stallgasse. Sie führte Tipo in seine neue Box. Klara strahlte übers ganze Gesicht, als sie die Tür hinter ihm schloss.
Natürlich war der schwarze Traber an diesem Morgen Gesprächsthema Nummer eins auf dem Friesenhof. Ein Spalier aus Reiterinnen hatte am Leuchtturmweg gewartet, als Eichhorns Geländewagen mit dem Hänger von Neuenbüttel zurückkam.
Während Markus Eichhorn gleich ins Haus gelaufen war, um Vorbereitungen für den Reitunterricht zu treffen, dachte kein einziges Mädchen im Moment an Reitkappe und Gerte. Dafür war Tipos Rettung zu aufregend gewesen.

Lea hängte sich über Tipos Boxentür und versuchte, ihn mit der Hand zu berühren, aber er stand zu weit weg.

»Was für schöne Augen er hat!«, sagte Lea zu Emma, die sich mühsam durch das Dickicht der Ferienmädchen vorgekämpft hatte.

»Stimmt. Und guck mal, dieser weiße Stern auf seiner Stirn!«

Inzwischen nahm die Unruhe im Stall beängstigende Formen an. Nicht nur weil die Mädchen schrien und kicherten, nein, auch die Pferde machten Krach. Um diese Uhrzeit wurden sie sonst für den Reitunterricht gesattelt. Die Pferde begriffen nicht, warum es heute eine Programmänderung gab. Sie polterten mit den Hufen gegen die Türen. Bonny und Joker wieherten schrill, die Fjordpferde Ibsen und Flicka liefen mit hochgereckten Köpfen in ihren Boxen umher. Der neue Stallgenosse löste Aufregung aus. Nur die Friesen blieben ruhig, sie nahmen den Mitbewohner gelassen hin.

Der Traber selbst war alles andere als gelassen. Ängstlich verkroch er sich ans Ende der Box. Die vielen Stimmen flößten ihm Furcht ein, die Aufregung seiner Artgenossen machte ihm zusätzlich Angst. So einen Tag wie den heutigen musste er erst einmal verkraften. Er drehte sich zur Wand um und zeigte allen sein Hinterteil. Am liebsten wollte er in Ruhe gelassen werden.

Aber da hatte Tipo die Rechnung ohne das Maultier nebenan gemacht. Muli freute sich mächtig über seinen schwarzen Nachbarn. Er wanderte an den Stäben entlang und versuchte alles, um mit Tipo Kontakt aufzunehmen. Ein paar-

mal schickte er Tipo sein heiseres Wiehern hinüber und wackelte mit seinen Riesenohren, was er nur bei extrem guter Laune tat. Muli brummelte und grummelte, schnoberte mit den Lippen an den Trennstäben entlang, wendete und begann seine Werbungstour erneut, bis sich Tipo ihm endlich zuwandte. Sofort drückte Muli seine breite Backe an das Gitter und schnaubte. Was das hieß, war leicht zu verstehen: »Komm her, Traber, lass uns Freunde sein!«
»Ich kann gut verstehen, dass Muli mit Tipo schmusen will.« Emma lachte. »Er sieht total wuschelig aus.«

Doch Tipo war kein Kuscheltier.
»Eher eine Mischung aus Kaktus und Zitterpappel«, fand Markus Eichhorn.
Was er befürchtet hatte, erwies sich bald als wahr. Der Traber hatte Angst vor jeder Kleinigkeit. Kein Gedanke daran, ihn jemals im Unterricht einzusetzen. Dabei war Tipo früher hin und wieder geritten worden. Markus Eichhorn hatte probiert, ihm einen Sattel aufzulegen, und das funktionierte gut. Davor schien Tipo keine Angst zu haben. Aber das Reiten konnte gefährlich werden, weil der Traber unberechenbar war. Den Stress auf der Rennbahn vergass Tipo nicht so schnell. Ständig schien er sich an die Vergangenheit zu erinnern. Leider wusste man nie, welches Ereignis ihn als Nächstes aus der Fassung bringen würde.
Selbst das Putzen war keine einfache Übung wie bei anderen Pferden. Am Kopf ließ sich der Traber überhaupt nicht anfassen.

Markus Eichhorn meinte: »Traber sind eigentlich brav und gut erzogen. Aber Tipo hat schlechte Erfahrungen gemacht. Er besitzt überhaupt kein Selbstvertrauen. In Menschenworten ausgedrückt: Er hält sich für minderwertig.«

Die Schwierigkeiten hielten an, auch noch nach einigen Tagen.

»Dabei hat bei seiner Rettung alles so harmonisch ausgesehen«, sagte Klara deprimiert zu ihrem Vater. »Wieso ist er jetzt so voller Angst?«

»Damals stand er total unter Stress«, erklärte Markus Eichhorn. »Aber jetzt kehrt der Alltag ein. Nun zeigt sich, dass Tipo kein Grundvertrauen zu Menschen hat. Ob man das je reparieren kann?«

Klara war sehr niedergeschlagen. So hatte sie sich Tipos Einzug auf dem Friesenhof nicht vorgestellt. Ständig saß ihr die Angst im Nacken, dass ihr Vater den Traber wieder weggeben würde.

Auch die Ferienmädchen liefen bedrückt herum. Ihr Kursus ging zu Ende und der Abschied rückte näher. Unerträglich wurde die Abreise dadurch, dass keine wusste, was aus Tipo wurde. Wie sehr hatten sie alle mit ihm gehofft und gebangt. Wie überwältigend war der Tag seiner Rettung gewesen! Aber nun gab es doch kein richtiges Happy End.

Besonders Teresa haderte mit dem Schicksal. Verbittert warf sie am Abreisetag ihre Sachen in den Koffer, während Klara auf ihrem Bett saß und Teresas E-Mail-Adresse notierte.

»Das Leben ist ungerecht. Warum muss ich zurück nach Ber-

lin? Und du darfst auf dem Friesenhof bleiben und um Tipo kämpfen?«, fragte Teresa.
Etwas später, als ihre Eltern sie abholten, beschwor sie Klara: »Schreib mir, was aus Tipo wird. Ich wette, du schaffst es, aus ihm ein klasse Reitpferd zu machen.«
Klara nickte zwar, aber insgeheim fürchtete sie genau wie ihr Vater, dass aus Tipo nur schwer ein Schulpferd werden würde. Zu groß war sein Misstrauen, das stellte sie jeden Tag aufs Neue fest. Abends beispielsweise. In den Boxen reihum ließen sich nach und nach alle Pferde ins Stroh fallen und dösten. Nur der Traber blieb stehen und sicherte mit gespitzten Ohren nach allen Seiten.
Manchmal ergriff Klara ein Gefühl der Panik. Konnte sie es überhaupt schaffen? Zwar glimmte ab und zu Hoffnung auf, wenn Tipo sie interessiert ansah und sich schnaubend putzen ließ. Dann wieder konnte Klara ihn noch so sehr umschmeicheln – Tipo nahm sie gar nicht wahr. Den Blick gegen die Wand gerichtet, stand er unnahbar vor ihr. Eingeschlossen in ein Gefängnis aus Furcht und Einsamkeit. Wie sollte das enden?
Hätte Klara gewusst, dass ihr Vater sich heimlich um Tipo kümmerte, wäre ihr viel wohler ums Herz gewesen.
So aber fiel sie aus allen Wolken, als ihr Vater sie eines Morgens mit der Frage überraschte: »Willst du es nachher mit Tipo im Reitunterricht versuchen? Heute sind nur wenige Mädchen dabei, alles gute Reiterinnen.«
Klara bekam den Mund nicht wieder zu. Markus Eichhorn schmunzelte. »Jetzt kann ich es dir verraten: Ich habe Tipo jeden Abend ein wenig in der Halle geritten. Gelehrig ist er,

das muss ich sagen, denkt gut mit. Allerdings ist er schreckhaft.«
»Oh Papa!« Klara flog ihrem Vater um den Hals. »Warum hast du uns nichts davon erzählt? Dann ist er vielleicht schon bei unserem Reiterfest dabei?« Sie hätte die ganze Welt umarmen können. Welche Sorgen hatte sie sich gemacht, dass er Tipo weggeben würde!
Klara konnte die Reitstunde kaum erwarten. Umringt von ihrem Vater, von Kim, Lea und Emma stand sie wenig später in der Stallgasse und sattelte Tipo.
Lea fand das goldene Stirnband der neuen Trense kitschig, Emma und Klara gefiel es. »Mit dem Band sieht Tipo aus wie ein kleiner Prinz«, fand Emma.
»Hoffentlich benimmt er sich in der Halle wie ein Prinz«, sagte Markus Eichhorn.
Klara winkte ab. »Du wirst dich wundern, wie gut Tipo geht.«
Doch sie hatte sich zu früh gefreut. Die Stunde wurde eine einzige Katastrophe.
Kaum saß Klara im Sattel, stürzte Tipo los und biss das Fjordpferd Ibsen, das arglos in seine Nähe kam. Gleich darauf machte Tipo eine scharfe Kehrtwendung und raste buckelnd durch die Halle, stoppte ruckartig, um gleich wieder loszustürmen.
So ging es weiter. Klara kam nicht dazu, einen klaren Gedanken zu fassen. Kam ein Pferd in Tipos Nähe, schlug er danach. Hörte er eine Gerte, schoss er kopflos durch die Halle. Die Reiterinnen wahrten ängstlich Abstand vor dem neuen Pferd.

Eine Zeit lang hielt sich Klara gut. Aber nach zehn Minuten schaffte Tipo es doch: Er wand sich wie ein Aal und buckelte sie aus dem Sattel. In hohem Bogen landete Klara auf dem Boden. Aufgeregt schnorchelnd galoppierte Tipo zwischen den Pferden umher, die gleichfalls nervös wurden. Aber die Reiterinnen behielten sie unter Kontrolle. Klara rappelte sich auf.

»Durchparieren zum Schritt!«, rief Markus Eichhorn, während er sich über die Bande in die Halle schwang.

»Alles okay?«, fragte er Klara und strich Sägespäne von ihrer Kappe.

Sie nickte. Ihre linke Hüfte schmerzte, aber Klara hätte sich eher die Zunge abgebissen, als das zuzugeben.

»Warum ging Tipo denn bei dir so gut, Papa, und jetzt läuft nichts mehr? So schlecht reite ich doch nicht.«

Sorgenvoll musterte Markus Eichhorn den Traber, der mit zitternden Flanken schweißnass in der Halle stand.

»Bisher war ich immer allein mit ihm in der Halle«, gab er zurück. »Ich dachte, Tipo ließe sich zusammen mit anderen besser reiten. Aber dein kleiner Prinz traut keinem über den Weg. Er hat gelernt: Jedes Pferd ist Konkurrenz – und er muss rennen, rennen, rennen.«

Bange sah Klara ihn an. »Und jetzt?«

Ohne Kommentar machte sich Markus Eichhorn daran, Tipo einzufangen. Dass ihr Vater die Frage bewusst überhörte, war für Klara schlimmer als eine Antwort. Aus dem Schweigen hörte sie: Ein Pferd wie Tipo kann ich nicht auf dem Hof behalten.

Nach diesem Tag fand Klara nachts keinen Schlaf. Unruhig

wälzte sie sich von einer Seite auf die andere. In ihrem Kopf tauchte immer dasselbe Bild auf: Tipo stand mit bebenden Flanken in der Reithalle. Das ganze Pferd ein einziger Ausdruck von Furcht.

Ich hätte nie geglaubt, dass es so schwer ist, sein Vertrauen zu gewinnen, dachte Klara. Warum musste sie sich ausgerechnet in ein so schwieriges Pferd wie diesen Traber verlieben? Reichte ihr nicht ihre verschmuste Friesenstute Luna? Und Muli? Mit dem Gedanken an die Pferde schlief Klara endlich ein.

Am nächsten Morgen hielt sie Kriegsrat mit Kim.

»Es müsste doch mit dem Teufel zugehen«, meinte Kim, »wenn es keine Ratschläge von Fachleuten gibt, die sich mit verstörten Pferden auskennen. Dein Vater muss Bücher darüber haben.«

Markus Eichhorn freute sich, als die Mädchen ihn danach fragten. Er suchte Titel wie »Pferdeverhalten«, »Pferdeseele«, »Problempferde« heraus. »Achtet besonders auf die Kapitel ›Wie man ein neues Pferd eingewöhnt‹«, empfahl er.

Klara und Kim studierten jeden Band gründlich. Sie lasen alles genau durch und warteten einen Morgen ab, an dem völlige Ruhe im Stall herrschte.

Dann öffneten sie die Boxentüren von Muli und Tipo und spannten zwei Stricke in die Öffnung. So konnten sich die beiden kennenlernen, aber nicht aus der Box laufen oder sich schlagen.

Klara und Kim hockten sich auf Strohballen vor die offenen Türen, lasen, knabberten Nüsse und beachteten die Tiere bewusst nicht.

Tagelang wiederholten sie diesen Ablauf. Tipo verharrte immer hinten in seiner Box.
Aber eines Morgens machte er ein paar Schritte nach vorn, streckte seinen Kopf vor und schnupperte an Klaras Gesicht. Regungslos blieb sie sitzen, als sie seine Nüstern auf der Stirn spürte. Tipos erster Vertrauensbeweis! Auf einmal schien ihr alles möglich.
Markus Eichhorn strahlte mit Klara um die Wette, als sie von dem ersten Erfolg erzählte. »Vielleicht wird aus Tipo doch noch ein netter kleiner Prinz?«
Langsam ging es voran mit Tipo, wenn auch nicht mehr als einen winzigen Schritt jeden Tag.
Muli bemühte sich rührend um die Freundschaft von Tipo. Er leckte ihm über den Nasenrücken, beknabberte seine Mähne und zupfte am Halfter des Trabers. Es dauerte lange – doch allmählich erwiderte Tipo die Nettigkeiten. Auf der Weide wich er nicht von Mulis Seite.
Die beiden waren Freunde geworden. Als Herr Eichhorn das erkannte, wollte er es erneut mit Tipo als Reitpferd probieren. Muli sollte als »Beruhigungspartner« neben ihm gehen.
Kim durfte Muli reiten. Sie stellte sich geschickt an und erntete ein dickes Lob von Markus Eichhorn. Solange Muli neben Tipo ging, buckelte und bockte der Traber nicht. Es war ein Anfang.
»Vielleicht können wir Tipo bei unserem Sommerfest vorstellen. Vorsichtshalber ohne Reiter. Wir führen ihn nur durch die Halle«, überlegte Markus Eichhorn. »Viele Leute aus Westerbüll wissen, dass wir einen verstörten Traber auf-

genommen haben. Ob Tipo so ruhig ist, dass er Zuschauer erträgt? Das entscheiden wir erst kurz vor dem Fest.«

Am Tag vor dem Reiterfest herrschte hektische Betriebsamkeit auf dem Friesenhof. Es gab viel vorzubereiten.

Völlig aufgelöst rannte Klara in der Reithalle mit einem Hammer hin und her. Sie war dabei, eine Girlande an die Tribüne zu nageln. Kaum hatte sie einen halben Meter befestigt, löste sich das Birkengrün hinten wieder.

»Das schaffen wir nie bis morgen.« Entnervt ließ Klara den Hammer sinken. »Ich drehe noch durch.«

»Immer die Ruhe, Schwester.« Lea hob ihren Besen, um den schmutzigen Rand der Bande abzufegen. Staubwolken wirbelten hoch, Lea hustete und drehte den Kopf zur Seite. »Die Ferienmädchen helfen uns, sobald der Ausritt vorbei ist.« Feixend zeigte sie mit dem Besen auf Klara und auf Kim, die im Eingang lehnte und eine Maske anprobierte. »Durchdrehen könnt ihr beiden morgen. Wenn ihr versteht, was ich meine.«

Klara seufzte und wechselte einen Blick mit Kim. Logisch verstand sie das. Lea meinte das Kostümreiten, bei dem Klara und Kim morgen als Paar mitmachen wollten. Klara auf Tipo, Kim auf Muli. Tipos erster Auftritt vor voll besetzter Tribüne! Hundert Zuschauer wurden erwartet. Klara hatte allen Grund, nervös zu sein.

Todesmutig hatten Kim und sie sich auf die Nennungsliste gesetzt. Bei der Prüfung im Paarreiten ging es darum, welchen Eindruck man mit Kostüm, Märchen und Reitfiguren auf den Turnierrichter machte.

Markus Eichhorn hatte versucht, Klara die Sache auszureden. »Das kann Tipo noch nicht. Warte doch ein halbes Jahr. Unterschätze nicht die Zuschauerkulisse.«
Aber Klara gab ihrem Vater keine Chance. Stur übte sie mit Kim den Märchenritt ein. »Mehr als runterfallen kann ich nicht«, sagte Klara jedes Mal, wenn er sie von ihrem Plan abbringen wollte.
Noch am vorletzten Tag sträubte sich Markus Eichhorn gegen Tipos Auftritt am Fest. Kim war es, die es doch noch schaffte, ihn zu überreden. Bis zum Schluss hatte sie ihr Ass aufgehoben, nun zog sie es aus dem Ärmel. Kim sagte: »Uli Lettermann kommt mit allen Redakteuren vom ›Seestedter Tageblatt‹. Er liest unser Märchen vor, während wir reiten. Was glauben Sie, wie enttäuscht er ist, wenn Klara nicht auf Tipo sitzt.«
Was sollte Markus Eichhorn darauf sagen? Schließlich hatten die Leute von der Zeitung ihm Tipo geschenkt.
»Wenn es denn sein muss«, brummte Herr Eichhorn.

In der Nacht vor dem Reiterfest bekam keines der Mädchen ein Auge zu. Flüsternd huschten sie zwischen den Zimmern hin und her.
Um sechs Uhr morgens standen alle übermüdet im Reiterdress auf der Stallgasse. Die ersten Prüfungen begannen um acht, sobald der Turnierrichter ankam. Rufe und Anordnungen flogen über den Platz, Bitten und Scherze.
Zuschauer trafen ein. Niels Ingwersen war einer der Ersten, natürlich kam auch die Clique aus Westerbüll – Emma, Nelly, Jette, Mascha. Aus Hamburg reiste Opernsänger Peter Pa-

vel an. Auch Kommissar Jäger erschien, er brachte die gute Nachricht mit, dass das Strafverfahren im Gange war.
Ab Mittag kamen ständig mehr Besucher. Das sonnige Wetter lud viele Leute aus Westerbüll zu einem Spaziergang zum Friesenhof ein. Bald platzte die Tribüne der Reithalle aus allen Nähten.
Nachmittags fuhren die Redakteure aus Seestedt vor. In der Reithalle begannen gerade die Vorführungen der Märchenpaare. Wer noch nicht dran war, ritt sein Pferd auf dem Hof warm.
Uli Lettermann sah sich nach Klara und Kim um. Als er sie in einem Reiterpulk auf dem Hof erkannte, winkte er mit einem Schreibblock, dann folgte er seinen Kollegen in die Reithalle.
»Gut, dass er da ist.« Kim stieß einen Seufzer aus. »Ohne seinen Text sähen wir alt aus.«
Alle anderen ritten zu fetziger Musik. Nur Klara und Kim mussten darauf verzichten – ihr Proberitt mit Musik war in einer Katastrophe geendet. Bei den ersten Tönen war Tipo in Panik durch die Halle gerast. Markus Eichhorn erklärte sich das so: »Auf der Rennbahn spielt man zu Beginn die Amboss-Polka. Musik bedeutet für Tipo: Jetzt geht der Stress los.«
Also musste eine gute Geschichte her. Redakteur Lettermann hatte eine anrührende Erzählung geschrieben, sie handelte von Vertrauen und Freundschaft. Es ging darum, dass ein Verlierer nicht ewig ein Verlierer bleiben muss. Dass er es schaffen kann, wenn er Freunde findet. Es war Tipos Geschichte und die von Muli, Klara und Kim. Den

Schluss hatte Uli Lettermann mit dem Märchen »Der kleine Prinz« gemischt. Das passte, denn das war ja Tipos Kosename.

Klara spielte den kleinen Prinzen. Silberspray glitzerte auf ihren blonden Haaren, sie steckte in einem weißen Gewand, das über und über mit Sternen bedruckt war. Kim trug eine Maultiermaske mit langen Ohren, Handschuhe aus Fell und einen engen Sportdress, auf den sie grauen Kunstpelz genäht hatte. Kim sah aus wie ein Maultier auf zwei Beinen.

Sechs verkleidete Paare hatten inzwischen ihre Märchenritte gezeigt. Als Abschlusspaar waren Klara und Kim dran.

Ein letztes Mal ordneten sie ihre Kostüme, dann ritten sie über den Hof zur Reithalle. Ein Raunen ging durch die Mädchenreihen am Eingang.

»Ihr seht super aus«, stellte Lea bewundernd fest und half Klara, Tipos Sattelgurt nachzuziehen.

Tipo trug seinen Kopf hoch, als wolle er stolz die goldene Krone zeigen, die Klara in seinem Zaumzeug befestigt hatte. Klara beugte sich vor, um die Ansage ihres Vaters drinnen zu hören.

»Jetzt kommt unser letztes Paar – Kim auf unserem Maultier Muli und Klara auf Tipo.«

Unruhig rutschte Klara im Sattel hin und her. Ihre Knie zitterten vor Lampenfieber. Vor hundert Zuschauern auf Tipo reiten, so etwas nennt man Größenwahn, dachte sie nervös.

Ihr Vater setzte die Ansage fort.

»Die meisten haben von Tipos trauriger Geschichte auf der Trabrennbahn gehört. Und wie die Redaktion des ›Seestedter Tageblattes‹ ihn buchstäblich in letzter Minute gerettet hat.«

Herzlicher Applaus empfing Klara und Kim, als sie in die Halle einritten. Die Zuschauer waren aufgedreht, sie unterhielten sich laut, Kinder trampelten begeistert auf den Holzboden, als das schöne Paar hereinkam. Einen Moment lang fürchtete Klara, Tipo würde ihr buckelnd davonjagen. Durch die Stiefel spürte sie, wie sein Herz hämmerte. Der Traber war angespannt vom Mähnenkamm bis zur Schweifrübe.

»Beweg ihn!«, rief Lea ihr halb laut zu.

Klara trabte an und tatsächlich beruhigte sich Tipo – und Klara ebenfalls.

Uli Lettermann begann auf der Tribüne mit dem Vorlesen. Er erzählte von einem Maultier, das mit unendlicher Geduld das Vertrauen eines furchtsamen Trabers gewinnt. Und von zwei Mädchen, die das verstörte Pferd ins Herz schließen. Die gegen alle Hindernisse kämpfen, um es zu retten.

Klara und Kim ritten dazu in Zirkeln und Schlangenlinien, sie kamen sich nah und trennten sich wieder.

Das Publikum war still geworden. Dies war eine ergreifende Vorstellung, ganz anders als die sportlichen zuvor. Verstohlen wischte sich Kommissar Jäger die Augen, als Uli Lettermann den Schluss vorlas, den er aus dem Märchen »Der kleine Prinz« übernommen hatte:

»Man sieht nur mit dem Herzen gut. Das Wesentliche ist für die Augen unsichtbar.«

Klara und Kim trabten ein großes Herz in der Hallenmitte. Als sie nebeneinander stehen blieben, schmiegte sich Muli an Tipo und schnaubte. Das hatten sie nicht geprobt – aber besser hätte kein Regisseur den Schluss erfinden können. Einige Sekunden herrschte Stille in der Halle, dann brandete Beifall auf wie bei keinem Paar vorher.

Selig sahen sich Kim und Klara an. Wie warmer Regen rieselte der Applaus auf sie herunter.

Klara schwebte auf Wolken. Sie hatte es allen gezeigt, die nicht an Tipo glauben wollten. Klara dachte an die Trabrennbahn, an Lutz Galle und Dirk Thiessen, an die Polizei und wie sie Tipo bei Nacht und Nebel gestohlen hatten.

Sie war vollkommen in Gedanken versunken und bekam nicht mit, dass alle Teilnehmer des Reiterfestes neben ihr zur Siegerehrung aufmarschierten. Verschwommen hörte sie Wertnoten und Platzierungen. Erst als der Richter mehrfach das Wort »Kostümreiten« wiederholte, kehrte Klara in die Wirklichkeit zurück. Der Richter hielt das Mikrofon und lächelte sie an.

»Beim ersten Platz waren wir uns alle einig«, sagte er.

Auf einmal schlug Klaras Herz bis zum Hals. Warum sah der Richter sie so an? Bedeutete das etwa . . . Nein, das konnte nicht sein. Andere ritten besser als sie.

Bevor sie mit Kim sprechen konnte, fuhr der Richter fort: »Für die bewegende Geschichte von Vertrauen und Freundschaft, die ihr so zauberhaft geritten habt, geht der erste Platz an Klara und Kim. Bitte reitet zur Siegerehrung eine Pferdelänge vor.«

Die Zuschauer erhoben sich und spendeten Applaus.

Glücklich drückte Klara ihr Glitzerhaar in Tipos Mähne und schlang die Arme um seinen Hals. »Du bist der Sieger, klei-

ner Prinz. Die Nummer eins! Du hast gewonnen«, flüsterte sie.
Tipo hob den Kopf und sah sich um. Seine Nüstern zuckten. Das Erstaunen war ihm deutlich anzusehen. Jetzt erst schien er zu merken, dass er ganz vorne stand, auf dem Siegerplatz. Dort, wo auf der Rennbahn immer die anderen standen. Neben ihm war nur sein Freund Muli.
Argwöhnisch drehte sich Tipo zu Klara um. War nicht alles ein Versehen?
Klara lachte. »Kannst es ruhig glauben, Tipo. Du bist die Nummer eins.«
Da senkte Tipo den Kopf und schnaubte – zweimal, dreimal, viermal. Als ob er endlich verstanden hätte. Seine schwarzen Augen leuchteten.
Was in seinem Kopf vorging, war leicht zu erraten: Er, Tipo, hatte es geschafft. Tipo, der Verlierer. Einer, den man schon abgeschrieben hatte . . .

Angst um Magic

Inhalt

1. Kapitel
Zickenalarm

Benimm dich, Leon.«
Energisch hielt Nelly Ingwersen ihren großen Hund zurück. Doch der Leonberger stemmte sich gegen das Halsband und bellte aufgebracht zum Friesenhof hinüber, wo übermütiges Lachen und Kreischen zu hören waren.
Neugierig sah Nelly ihre Schulfreundin Lea an, die auf dem Reiterhof zu Hause war. »Wer lärmt da drüben so? Die Klasse aus Berlin, die diese Woche zu Gast bei euch ist?«
Lea Eichhorn nickte, während sie den rotbraunen Hund bestimmend aufforderte Ruhe zu geben. »Fünfzehn Mädchen sind es diesmal. Seit vorgestern.«
Mit leisem Knurren legte Leon sich schließlich vor Leas Füße nieder.
Stirnrunzelnd blickte Lea in Richtung der Ahornbäume am anderen Ende des Hauses. Dahinten tat sich etwas, sonst

würde die ganze Klasse nicht im Rhythmus klatschen. »Vierzehn von denen sind ziemlich okay, aber die Fünfzehnte! Mit der wird das eine nervige Woche.« Kopfschüttelnd zeigte Lea zu einer der Baumkronen. »Da drüben ist sie. Valerie. Guck mal, die macht sich schon wieder wichtig. Ja, spinnt die denn?«

Ziemlich weit oben im Baum hing ein blondes Mädchen an einem Ast und zählte laut. Die ganze Klasse war um den Stamm versammelt und grölte. »Spring doch, wenn du dich traust«, rief jemand von unten hoch. Mit einem Triumphschrei ließ Valerie sich plötzlich fallen und landete auf dem Sandweg. Lea und Nelly stockte der Atem. Aber sofort rappelte sie sich wieder auf – anscheinend war sie unverletzt.

Leon war mit einem Satz aufgesprungen und bellte erneut. Besänftigend kraulte Nelly ihm den Nacken. »Da habt ihr aber ein verrücktes Huhn im Haus. Dein Vater ist sicher total begeistert.«

Lea zuckte die Schultern. »Solange sie sich beim Reiten anständig benimmt, sagt er nichts.«

In diesem Moment lösten sich die Zuschauer vom Ahornbaum und eine Horde dreizehn- und vierzehnjähriger Mädchen stürmte an Lea und Nelly vorbei zum Stall, um die Pferde für den Reitunterricht zu putzen.

Die Haustür des weißen Friesenhauses flog auf und Reitlehrer Markus Eichhorn trat heraus. Wie immer hatte Leas Vater es eilig. Er schob sich rasch den Rest einer Banane in den Mund, während er über den Hof zum Stall ging. Kaum war Herr Eichhorn aus der Tür, klebte sich ein blondes, hoch auf-

geschossenes Mädchen an seine Seite. Offenbar hatte sie auf den Reitlehrer gewartet.
»Da, die Nervensäge Valerie Wendland«, flüsterte Lea Nelly zu. »Jetzt siehst du sie aus der Nähe.«
Die Vierzehnjährige redete wie ein Wasserfall auf Leas Vater ein und fuchtelte unentwegt mit den Armen. Der Ärger stand ihr ins Gesicht geschrieben.
»Dieses lahme Hoppeln auf dem Reitplatz ist mir zu öde«, quengelte sie. »Ich will endlich Renngalopp reiten.«
Lachend klopfte Markus Eichhorn ihr auf den Rücken. »Du musst erst mal normal reiten lernen, Valerie, dann kommen die anspruchsvolleren Lektionen.«
Zornig schüttelte Valerie seine Hand ab. »Dann will ich wenigstens springen lernen. Und zwar auf Magic.«
Markus Eichhorn zwinkerte seiner Tochter und Nelly im Vorübergehen zu. Er sprach so laut, dass Lea seine Antwort hören musste. »Friesen springen nicht, die sind viel zu schwer dafür. Und außerdem reitet unseren Magic fast nur Lea, weil sie ihn am besten kennt.«
Lea nickte zufrieden und streckte Valerie hinter ihrem Rücken die Zunge raus, als sie mit ihrem Vater im Stall verschwand. »Ausgerechnet Magic will sie! Meinen süßen Magic. Nur über meine Leiche. Übrigens Nelly: Was ist eigentlich mit Leon?«
Nelly nahm die Hundeleine kürzer, strich das lange Fell in Leons Nacken zur Seite und zeigte auf eine geschwollene Stelle. »Sieht so aus, als hätte er sich einen Dorn in die Haut gerissen.« Sie sah auf die Uhr. »Gleich drei, ich muss zu deiner Mutter in die Praxis.« Meike Eichhorn hatte sich

im rechten Teil des Friesenhofes eine Tierarztpraxis eingerichtet.
Nelly zog ihre Shorts zurecht und überzeugte Leon mit einem Leckerli, ihr zu folgen.
In der Stalltür erschien der Kopf von Markus Eichhorn. »Lea, führst du gleich die Abteilung an?«, rief er seiner Tochter zu. »Dann mach dir Magic fertig.«
Lea warf Nelly einen triumphierenden Blick zu. »Klar, Papa.« Sie trabte los zum Stall, vor dem ein Gerüst aus Stangen und Brettern einige Fenster versperrte. Wird Zeit, dass die Handwerker fertig werden, damit das Gerüst wieder verschwindet, dachte Lea, als sie daran vorbeilief. Sonst turnt Valerie noch darauf herum und macht die Pferde verrückt.
Als Lea Magics Box betrat, hörten die Mädchen auf zu putzen und flüsterten respektvoll. Lea musste lächeln. Neue Reitschüler erstarrten jedes Mal vor Ehrfurcht, wenn sie die Box des mächtigen Magic betrat. Weil sie Valeries Blick auf sich spürte, übertrieb Lea es heute besonders mit ihrer Begrüßung. Sie schmuste mit Magic, küsste ihn, tätschelte seine Backen. Und Magic spielte mit, schnaubte und rieb seinen Kopf an ihr. Jeder konnte sehen, dass Lea und Magic zusammengehörten.
Als Lea kurze Zeit später Magic über den Hof zum Reitplatz führte, verließ Nelly gerade die Tierarztpraxis.
Sofort drängte der große Friese zu Nelly hinüber. »Hallo Junge, spinnst du?«, rief Lea verblüfft. Eifersucht meldete sich in ihr. Normalerweise interessierte sich Magic nicht für andere, wenn er neben ihr ging. Aber als Lea merkte, dass ihr Pferd gar keine Augen für Nelly hatte, sondern nur für Leon,

beruhigte sie sich. Erleichtert sah sie zu, wie Pferd und Hund sich liebevoll über die Nasen leckten. Ein Hund als Konkurrent? Das ging in Ordnung.

»Was meint Mama zu Leons Schwellung?«

Nelly winkte ab. »Insektenstich. Harmlos.«

Wie aus dem Erdboden gestampft stand plötzlich Valerie hinter ihnen, am Zügel hielt sie Joker. Der Haflinger war einwandfrei gesattelt und aufgetrenst. Talent für den Umgang mit Pferden hat sie ja, dachte Lea wenig begeistert, während sie sich abwehrend vor Magic stellte. Normalerweise freute sie sich über jeden Reitschüler mit einem Händchen für Pferde. Aber nicht bei Valerie. Die hatte bei Lea verspielt, weil sie so penetrant hinter Magic her war.

Direkt vor Lea blieb Valerie stehen und sah sie frech an. »Morgen nehme ich Magic, darauf kannst du Gift nehmen. Und wenn du zehnmal die Tochter des Reitlehrers bist.«

Ohne eine Antwort abzuwarten, ging sie mit erhobenem Kopf weiter. Wütend starrte Lea hinter Valerie her. Das blonde Haar wehte aufreizend um ihre Schultern.

»Zickenalarm«, knurrte Lea.

Nelly unterdrückte ein Lachen und wandte sich zum Hofausgang. »Du bist wirklich nicht zu beneiden. Bis morgen auf dem Schulhof.«

Inzwischen hatte Valerie den Reitplatz erreicht und Lea beeilte sich, ihr zu folgen. Nach und nach erschienen die anderen Mädchen mit ihren Pferden.

Bevor alle aufmarschiert waren, saß Valerie schon im Sattel. Betont gelangweilt, ließ sie Jokers Zügel los und strich ihr blondes Haar zurück. Lea platzte fast, weil sie nichts sagen

durfte; das hätte sich ihr Vater verbeten. Auf dem Reitplatz war Markus Eichhorn der Chef. Mit hochgezogenen Brauen sah er Valerie an.
»Valerie, das geht nicht. Du musst eine Reitkappe aufsetzen.«
»Warum?«
»Zur Sicherheit. Die Frisur muss verdeckt sein. Was glaubst du, wie gefährlich das ist, wenn deine Haare sich in Zweigen verfangen.«
Wortlos griff Valerie in die Tasche ihres Sweatshirts, zog eine modische Baseballkappe hervor und setzte sie auf.
»Das reicht nicht.«
Für Valerie war der bestimmte Ton von Leas Vater noch lange kein Grund, die Diskussion zu beenden. »Ich weiß gar nicht, was Sie wollen. Das Haar ist doch verdeckt.«
Allmählich reichte es Markus Eichhorn. Er nahm den Zügel von Jokers Hals und machte eine eindeutige Handbewegung. »Hoffentlich bist du bald in deinem Zimmer und holst die Reitkappe. Die dient nämlich auch als Sturzhelm, wenn du fällst.«
»Pah, ich falle nicht.«
Jetzt mischte sich Elke Siekmann ein, die Lehrerin der achten Klasse. Die schlanke Frau mit dem Fransenschnitt lehnte am Zaun und beobachtete ihre Schülerinnen. »Valerie, wir haben schon in Berlin darüber gesprochen. Du musst dich in die Gruppe einfügen, sonst . . .«
Was sonst passierte, ließ sie offen. Aber die Tatsache, dass Valerie zähneknirschend aus dem Sattel glitt und zum Friesenhof lief, sagte alles. Lea kannte derartige Drohungen von anderen Klassenfahrten – wer aus der Reihe tanzte, wurde nach Haus geschickt. Höchststrafe.

Mit Unbehagen sah Lea dem blonden Mädchen nach. Sie hatte das Gefühl, dass Valerie Wendland noch für reichlich Unruhe sorgen würde. Valerie war das schwarze Schaf der Klasse, das stand für Lea fest. Schon bei der Zimmerverteilung hatte sie das geahnt. Wer ins Hafizimmer einquartiert wurde, direkt neben dem Betreuerraum, den wollte der Lehrer in der Nähe haben.

Die anderen beiden aus dem Hafizimmer sahen auch nicht wie Lämmer aus. Die dreizehnjährige Isa, die sich schrill schminkte und die dreizehnjährige etwas pummelige Beate, die sich ständig angegriffen fühlte und patzige Antworten gab.

Als der Reitunterricht zu Ende war, atmete Lea auf. So lange wie heute war ihr die Stunde sonst nie vorgekommen. Lea war froh, als sie Magic zurück in den Stall bringen konnte. Obwohl sie wenig Lust dazu hatte, half sie den anderen – bis auf Valerie – beim Absatteln und verzog sich danach in ihr Zimmer unterm Dach.

Erst zum Abendessen kam Lea herunter, nicht freiwillig, sondern weil sie ihrer Mutter versprochen hatte zu helfen. Aus dem Esszimmer lärmte ihr die Berliner Klasse entgegen. Durch die offene Tür sah sie, dass drinnen die Hölle los war. Wie entfesselt tobten die Mädchen über Tische und Stühle. Endlich erschien Frau Siekmann und sprach ein Machtwort.

»Sofort an eure Plätze. Jede an den Tisch, der zu ihrem Zimmer gehört.«

Die Tische am Fenster trugen die Namen der Ferienräume: Hafitisch, Kaltbluttisch, Shettytisch, Fjordietisch, Friesentisch. Kreischend stürzten die Mädchen sich auf ihre Stühle.

Weil Lea auf keinen Fall in die aufgedrehte Horde geraten wollte, drückte sie sich hastig durch die Küchentür. Ihre Mutter und Frau Siekmann waren damit beschäftigt, Aufschnittplatten auf einem Servierwagen unterzubringen. Lea versuchte, nicht auf den Lärm im Esszimmer zu achten, während sie Brötchen in Körbe verteilte. Aber sosehr sie sich auch anstrengte – es war unmöglich, Valerie zu überhören.

Gerade fuhr Valerie einer Klassenkameradin über den Mund, die von einer Dampferfahrt auf der Havel schwärmte.

»Dampferfahrt? So ein Babykram. Mach lieber Rafting. Mit dem Schlauchboot durchs Wildwasser, das nenne ich spannend.« Aus ihrer Hosentasche kramte Valerie eine Prospektseite hervor und knallte sie auf den Tisch. Neugierig beugte die Runde sich über das Bild, auf dem Leute mit Sturzhelmen sich in einem Schlauchboot festklammerten. »Auf so etwas spare ich schon lange. Da musst du durch Stromschnellen, die schleudern dich fast an die Felsen. Wenn du über Bord gehst, ist das richtig gefährlich, so reißend sind die Flüsse. Aber die Havel in Berlin – pah.«

Lea lauschte. Das andere Mädchen schwieg. Bis in die Küche meinte Lea zu spüren, dass sie sich wegen ihrer schlichten Bootsfahrt schämte. Wer galt schon gern als lahm?

Gegen Valerie kam der Rest der Klasse nicht an, so viel kriegte jeder in der Küche mit. »Schrecklich, diese Angeberei. Ist sie immer so?«, fragte Leas Mutter.

»Leider ja. Valerie sucht unentwegt nach Abenteuern.« Frau Siekmann hob die Hände. »Ich muss aufpassen, dass sie auf Reisen nicht über die Stränge schlägt. Ständig will sie sich wichtig machen, aber gerade dadurch bleibt Valerie eine Außenseiterin in der Klasse.«

Meike Eichhorn nickte und holte das Gurkenglas aus dem Kühlschrank. »Darum redet sie beim Reiten ständig vom Springen und von Renngalopp. Bring doch bitte die Brötchen rein.« Der letzte Satz galt Lea.

Mit einem Griff packte Lea vier Körbe gleichzeitig und bog um die Ecke zum Essraum. In diesem Moment setzte Valerie noch einen drauf. »Wenn ich zurück nach Berlin komme, mache ich Bungeejumping. Aus einhunderdreißig Metern Höhe.«

Beifall heischend sah sie sich um.

Als Lea die Brötchenkörbe auf die Tische verteilte, schlug sie die Augen nieder, um Valerie nicht ansehen zu müssen. Zum ersten Mal, seit sie auf dem Friesenhof wohnte, kam sie sich gedemütigt vor, weil sie die Reitermädchen bedienen musste. Das lag nur an Valerie. Wenn sie doch bloß die Klappe halten würde, dachte Lea.

Mit beiden Ellenbogen stützte Beate – das rundliche Mädchen neben Valerie – sich auf den Tisch und zog ihren Rollkragen bis zu den Ohren hinauf. Trotz der Wärme trug Beate immer Rollis, weil sie hoffte, dass der hochgezogene Kragen von ihrem runden Gesicht ablenkte. »Und wenn das Seil reißt?«, gab Beate zu bedenken. »Dann bist du tot. Matsch.«

Valerie setzte ein überlegenes Lächeln auf. »Das ist ja gerade das Irre! Ein megagenialer Kick, wenn du in die Tiefe springst, wenn dir das Blut in den Kopf schießt und du weißt nicht – hält das Seil?«

Bewundernd hing Beate an ihren Lippen. »Wahnsinn. Ehrlich gesagt – probieren möchte ich es auch mal.«
Die ganze Zeit hatte Lea heruntergeschluckt, was sie gern gesagt hätte, aber nun musste es heraus. »Bungeejumping mit vierzehn? Das ist doch nie im Leben erlaubt.« Sie packte einen Stapel Servietten auf den Hafitisch und versuchte, herablassend auszusehen.
Valerie musterte sie kühl. »Du hast doch keine Ahnung. Man darf mit vierzehn, wenn die Eltern unterschreiben.«
Am liebsten hätte Lea sich die Zunge abgebissen. Warum mischte sie sich ein? Sie hatte wirklich keinen Schimmer, ab wann der Sprung erlaubt war. Interessiert rieb Isa sich das Kinn. »Ich dürfte also auch bald?«
Valerie beugte sich vor. »Klar. Sobald du vierzehn bist. Dauert ja nicht mehr lange.« Dann flüsterte sie Isa und Beate zu: »Ihr bekommt den Sprung bei meinem Vater billiger, wenn ich ihn frage. Er vermittelt solche Sachen und ich kann ihn um den Finger wickeln.«
Ein Köder, dachte Lea grimmig, die die leisen Worte verstanden hatte. Damit will sie die beiden auf ihre Seite ziehen. Mit zusammengepressten Lippen verließ sie das Esszimmer. Auf einmal wurde Lea bewusst, dass man auf einem Reiterhof auch unangenehme Wochen durchstehen muss.

2. Kapitel
Verbotener Nachtausflug

Nach dem Essen rückte Markus Eichhorn mit einer Überraschung heraus: Die Ferienklasse durfte die Pferde zur Weide hinterm Haus führen. Normalerweise machte er das abends selber. Unter freiem Himmel konnte sich die Herde dann vom Reitunterricht erholen. Erst morgens pflegte Herr Eichhorn die Pferde zum Füttern wieder in den Stall zu holen.
Es dämmerte schon, als Markus Eichhorn in die Hände klatschte und damit das Signal zum Aufbruch gab. Es war ein klarer Spätsommerabend, silbern schimmernde Wolkenschleier hingen als feine Gespinste am Himmel.
Lag es an der feierlichen Abendstimmung? Jedenfalls gab es keinen Streit, als sich herausstellte, dass nicht jedes Mädchen ein Pferd zum Führen hatte. Einträchtig marschierten sie im Gänsemarsch mit den Pferden zur Weide.
Am Zaun wartete Klara, Leas große Schwester. Sie hatte

schon ein paar Tiere auf andere Koppeln gebracht, die Shettys Rambo und Zorro, Traberwallach Tipo und Maultier Muli. Die vier standen auf einer kargen Wiese, da sie normales Gras in Mengen nicht vertrugen.

Klara schaltete den Stromgeber für den Elektrozaun ein und öffnete das Gattertor. Kaum hatten die Pferde das saftige Grün erreicht, blieben sie stehen und schlugen ihre Zähne ins Gras.

»Puh, wie langweilig, die fressen ja nur.« Das kam natürlich von Valerie.

Ärgerlich sah Lea sich um. Alle anderen Mädchen freuten sich über das friedliche Bild der grasenden Herde, nur Valerie Wendland hatte wieder etwas zu meckern. »Soll Magic Kopfstand machen, damit du zufrieden bist?«, fuhr Lea sie über die Schulter an. »Fass doch den Elektrozaun an, wenn du Abwechslung brauchst.«

»Lea«, tadelte ihr Vater.

Tatsächlich ging Valerie auf die Herausforderung ein, und bevor Herr Eichhorn sie zurückhalten konnte, rannte sie zum Zaun und fasste die stromgeladenen Bänder an. Mit einem Aufschrei ließ Valerie wieder los, hielt aber gleich darauf ihre Hand hoch und prahlte: »Na und? Das ist doch nichts!«

Ihre Klassenkameraden stöhnten genervt auf und drehten sich weg. Markus Eichhorn schimpfte mit Valerie, aber mit Lea auch, weil sie Valerie gereizt hatte.

»Können wir nicht ein Mitternachtspicknick auf der Weide machen?«, fiel Isa plötzlich ein. Sie versuchte, die ärgerliche Stimmung zu vertreiben.

»Oh ja, Herr Eichhorn.« Sofort drängte sich die ganze Klasse um den Reitlehrer.

Aber Markus Eichhorn wehrte ab. »Sicher, das wäre spannend. Geht aber nicht. Nachts darf niemand die Weide betreten. Viel zu gefährlich. Ein kleiner Schreck und die Pferde stürmen los. Wie schnell könnten sie in ein Loch treten und sich verletzen. Außerdem . . .«, mit einer Armbewegung umfasste er die Kuhweiden nebenan, »außerdem steckt so ein Massengalopp an. Sofort rennen die Kühe von Bauer Lüttjohann mit und die könnten sich ebenfalls die Beine brechen. Es bleibt beim Nein.«

Eichhorns Einwände schmeckten den Mädchen nicht, obwohl sie die Gründe verstanden. Nach einigem Hin und Her erlaubten Frau Siekmann und Herr Eichhorn ein Picknick im Kaltblutzimmer und die Truppe zog versöhnt zurück zum Friesenhof.

Bis kurz nach elf Uhr durften alle Mädchen zusammen bei Cola und Chips im Kaltblutzimmer sitzen, dann scheuchte Frau Siekmann sie in ihre eigenen Räume. Aber Ruhe herrschte noch lange nicht. Aus dem Kaltblutzimmer kam bis weit nach Mitternacht unterdrücktes Gekicher. Doch schließlich übermannte die Müdigkeit auch die »Kaltblüter«.

Ein paar Stunden blieb alles ruhig. Über dem Friesenhof lag noch schwarze Nacht, da setzte im Hafizimmer leises Rumoren ein. Ein gleichmäßiges, knarzendes Geräusch. Jemand öffnete die Schiebetür des Kleiderschranks. Im Halbschlaf zog Isa sich die Decke über die Ohren, doch als das leise Knarren anhielt, knipste sie mit klopfendem Herzen den Strahler am Bett an.

Das Licht fiel auf ein Mädchen, das am Schrank hantierte: Valerie! »Mach das Licht aus, du Idiotin«, fauchte sie ihre Zimmerkameradin an, die aus dem oberen Etagenbett verdutzt auf sie heruntersah.

»Valerie?«, murmelte Beate schlaftrunken. Von der plötzlichen Helligkeit war sie aufgewacht. »Was hast du vor?«

Isa schaltete die Leuchte aus und tastete nach der Taschenlampe, die neben ihrer Matratze lag. Der kleine Lichtkegel suchte Valerie und fand sie in gebückter Haltung am Tisch, wo sie ihre Joggingschuhe anzog.

»Ich muss raus hier.« Flüsternd streifte Valerie sich eine Kapuzenjacke über. »Ich gehe jetzt joggen. Dieses bisschen Hoppeln auf den Ponys hält mich nicht fit, ich brauche Bewegung.«

Isa griff sich an den Kopf. »Bist du verrückt? Mitten in der Nacht?« Sie richtete sich im Bett auf und leuchtete Valerie mitten ins Gesicht. Geblendet schloss die ihre Augen und riss die Hände hoch. »Wir dürfen nicht raus, das hat Frau Siekmann ausdrücklich verboten«, wisperte Beate aus dem unteren Bett. »Außerdem hört die Siekmann dich garantiert, wenn du über den Flur gehst. Sie wohnt doch direkt neben uns.«

Schweigend schüttelte Valerie den Kopf und zeigte auf die Glastür zur Terrasse. »Nicht wenn ich durch den Garten gehe.« Valerie machte einen Schritt nach draußen, blieb einen Moment stehen und schaute wachsam nach rechts und links. Ihr schien noch etwas einzufallen, denn sie kam ins Zimmer zurück und trat dicht vor das Hochbett von Isa und Beate. »Wehe, ihr verratet etwas. Dann ist euer Bungeejumping gestrichen.«

Auf Zehenspitzen schlich Valerie zum zweiten Mal nach draußen und verschwand lautlos ins Dunkel.
Mit einer Mischung aus Bewunderung und Ärger sahen Isa und Beate auf die angelehnte Tür. »Aus Valerie wird man nicht schlau«, stellte Isa fest. »Joggen will sie? Das glaube ich im Leben nicht.«

3. Kapitel
Die Nervensäge

Sei still, du Quälgeist.«
Ein Schlag auf die Taste beendete das schrille Piepen des Weckers. Sechs Uhr früh. Verschlafen rollte Lea aus dem Bett und tappte mit nackten Füßen an ihr Fenster im Dachgeschoss. Gähnend zog sie das Rollo hoch. Der Friesenhof lag unter ihr, friedlich und ruhig. Über den hinteren Weiden hing milchiger Dunst. Aus dem Frühnebel ragten nur die Friesenpferde heraus, die Ponys sah man gar nicht.
Lea behielt die Koppel im Auge, während sie in Hose und Schuhe schlüpfte. Duschen konnte sie immer noch. Morgen. Gerade als Lea ihre widerspenstigen Haare zusammenband, trat Markus Eichhorn aus dem Stall und machte sich auf den Weg zur Weide.
Sofort klopfte Lea gegen die Scheibe und bedeutete ihrem Vater, dass sie nach unten kommen wollte. Sie zerrte ein enges T-

Shirt über den Kopf, schloss leise die Tür hinter sich und sauste auf dem Treppengeländer nach unten. Ihre Eltern sahen es nicht gern, wenn sie die wackelige Stange hinunterrutschte – aber einen Tipp, wie man geräuschloser die knarrende Treppe überwinden sollte, hatten sie auch nicht.

Mit tiefen Zügen atmete Lea die Morgenluft ein, als sie zur Weide lief. Sie liebte die Stunde vorm Frühstück, wenn sie mit ihrem Vater die Pferde von der Koppel holte. Besonders in harten Zeiten wie diesen – sie musste gleich in die Schule, während die Ferienmädchen galoppieren durften. Wenn dann noch so eine Nervensäge wie Valerie dabei war, die ihr Magic abspenstig machen wollte, fand Lea das Leben schreiend ungerecht. Um ihren geliebten Friesen zumindest morgens für sich zu haben, hatte sie den Wecker auf sechs Uhr gestellt.

Das Gattertor stand offen. Begleitet von Lea und ihrem Vater, trotteten die Pferde gemächlich zum Stall und sortierten sich in ihre Boxen ein. Lea schloss die Türen hinter den Pferden. Bei Magic blieb sie noch einige Zeit stehen und tätschelte ihm liebevoll die Backen, was dieser freundlich grummelnd genoss.

Plötzlich stutzte Lea. Was waren das für dunkle Flecken in Magics Fell? Brust und Flanken sahen so aus, als hätte das Pferd stark geschwitzt. Wieso schwitzen Pferde im Spätsommer?, dachte Lea. Nachts ist es doch jetzt nicht mehr warm. Ein Blick in die Nachbarboxen sagte ihr, dass auch die anderen Pferde nasse Stellen im Fell hatten.

»Ihr bekommt doch keine Grippe?«, fragte Lea besorgt. Aber als sie sah, mit welchem Appetit Magic seinen Hafer fraß, ließ sie den Gedanken wieder fallen.

Lea verriegelte Magics Boxentür. Während sie zu den Fjordpferden ging, beschloss sie ihren Vater sicherheitshalber über das feuchte Fell zu informieren. Schließlich war er Facharzt für Großtiere, auch wenn er fast nur noch als Reitlehrer arbeitete. Sie an seiner Stelle würde Fieber messen.
Markus Eichhorn verließ gerade Flickas Box.
»Die Pferde haben sich wohl tüchtig im nassen Gras gewälzt«, sagte er und schaltete das Fieberthermometer aus, das er in der Hand hielt. »Vorsichtshalber habe ich bei Ibsen und Flicka Fieber gemessen.« Mit einem Desinfektionstuch wischte er das Thermometer ab. »Alles normal. Keine Infektion. Kannst beruhigt zur Schule fahren.«
»Da hatten wir ja den gleichen Gedanken«, sagte Lea stolz. »Infektion.« Insgeheim gratulierte sie sich dazu, so klug zu sein wie ein studierter Tierarzt. Sie warf noch einen letzten Blick auf Magic, bevor sie mit ihrem Vater zum Frühstücken ins Haus ging.
Wenn Lea und Markus Eichhorn geahnt hätten, was in der Nacht wirklich passiert war, wäre ihnen das Frühstücksbrötchen im Halse stecken geblieben.

Später dachte Lea oft, es war eine Fügung des Himmels, dass sie ihrer Freundin Jette an diesem Dienstag in der Schule ganz nebenbei von den nassen Pferden erzählte. Sonst wäre vermutlich noch Schlimmeres passiert.
Jette Jacobs, Leas Schulfreundin aus der Parallelklasse, liebte es, verdächtigen Spuren nachzugehen. Allerdings fand Jette in Leas Bericht zunächst wenig Anzeichen für eine Schurkentat. Für eine künftige Kommissarin gab es keine

heiße Spur, die man weiterverfolgen musste ... zumindest im Moment nicht. Aber die Geschichte ging ihr trotzdem nicht aus dem Kopf.

Am Nachmittag machte Lea sich auf dem Friesenhof nützlich. Doch was sie auch tat – immer hing ihr Valerie im Nacken. Um Ruhe zu haben, zog sich Lea in einem unbeobachteten Moment hinters Stallgebäude zurück. Sie wollte ein paar Sättel einfetten und hievte sie auf dafür vorgesehene Pfosten. Hier würde Valerie sie nicht suchen, hoffte Lea. Doch kaum hatte sie mit der Arbeit begonnen, tauchte Valerie Wendland an der Stallecke auf.

»Ich will mitmachen«, sagte sie. Es klang unverschämt, fast wie ein Befehl, auf jeden Fall nicht wie eine Bitte. Wortlos warf Lea ihr einen Lappen zu und schob die Sattelfettdose mit dem Fuß näher an sie heran. Viel lieber hätte sie Valeries Nase in die Dose gesteckt, aber das war nur so ein Wunschtraum ...

»Stell dich schon mal darauf ein«, sagte Valerie und setzte sich auf einen Pfosten, »dass ich heute Magic reite.«

»Wer sagt das?« Lea bearbeitete ihren Sattel, als verdiente er eine Tracht Prügel.

»Dein Vater.«

»Du lügst doch.«

Mit einem Satz sprang Valerie auf und knallte den Lappen in die offene Dose.

»Gestern hat er gesagt, ich habe Talent.«

»Ja, Talent, dich wichtig zu machen.«

Wütend stemmte Valerie die Arme in die Seiten. »Du glaubst wohl, du bist hier der Star! Wenn ich so lange reiten würde wie du, dann hätte ich Magic längst beigebracht zu springen.«

»Du bist wirklich selten blöd«, fauchte Lea zurück. »Friesen sind keine Springpferde, die sind viel zu schwer. Geht das nicht in dein Spatzenhirn?«

Solange dieses Mädchen auf dem Hof wohnte, würde sie keine ruhige Minute haben, das stand für Lea fest. Wenn doch endlich Samstag wäre, der Abreisetag! Aber heute war erst Dienstag. Fünf Tage musste sie es noch mit der Zicke aushalten – eine Ewigkeit.

Eine halbe Stunde später gab es schon den nächsten Ärger – diesmal mit ungeahnten Folgen. Lea traute ihren Augen nicht, als sie zwei Sättel in den Stall zurückbrachte: Valerie benutzte Magics Box als Kletterwand. Mit den Händen hing sie an der Metallschiene, über die die Räder der Schiebetür liefen, und versuchte, sich in die Höhe zu ziehen. Klar, dass die Klimmzüge alle Pferde in Unruhe versetzten. Gerade wollte Lea aus der Haut fahren, da erschien ihr Vater und Valerie sprang blitzartig auf die Füße.

Wieder einmal hatte Markus Eichhorn nichts mitbekommen. Er begann mit dem Einteilen der Pferde. Lea biss die Zähne zusammen. Sie war keine Petze! Ärgerlich ging sie nach draußen, um die letzten Sättel zu holen. Als Lea schwer beladen zurückkam, entdeckte sie Valerie, die missmutig den Haflinger Joker bürstete. Also doch Joker nicht Magic! Schlagartig besserte sich Leas Laune. Sie konnte sich auch nicht vorstellen, dass ihr Vater auf Valeries Gequengel einging.

Aufreizend pfeifend, stolzierte Lea mit Putzzeug und Trense

zu Magic. Doch was war mit seiner Tür? Sie klemmte fürchterlich. Erst mit einem kräftigen Ruck konnte Lea sie ein Stück zur Seite schieben. Später sollte die beschädigte Tür eine wichtige Rolle spielen – mit verheerenden Folgen. Hätte Lea das gewusst, hätte sie nur die Spur einer Ahnung gehabt, hätte sie sich natürlich sofort um die Reparatur gekümmert. So aber musterte sie nur wütend die Schiene über der Box. »Magics Tür ist kaputt«, rief sie Valerie zu. »Das kommt von deiner blöden Kletterei.«

Als Lea keine Antwort bekam, rächte sie sich auf ihre Art. Überaus zärtlich begrüßte sie ihren Friesen. »Mein Liebling«, säuselte sie. »Mein Schatz. Mein Schöner . . .« Sie turtelte und schmuste mit ihm, dass es jeder im Stall mitbekam. Obwohl sie es nicht sehen konnte, wusste Lea genau, dass Valerie vor Neid platzte. Und gleich würde sie, Lea, auch noch mit Magic am Kopf der Abteilung reiten . . . Das Leben konnte doch schön sein.

Tatsächlich konnte Valerie ihre Empörung darüber, dass sie erneut den Haflinger Joker reiten sollte, kaum verbergen. Während sie im Stall noch ihre Wut still in sich hineinfraß, moserte sie auf dem Reitplatz andauernd herum. »So ein lahmer Gaul wie euer Joker, der ist etwas für Pamperskinder«, maulte sie beim Aufsitzen.

Während alle anderen Mädchen mit ihren Pferden zufrieden waren, hörte Valerie nicht auf zu nörgeln. Zweimal vergriff sie sich derart im Ton, dass Frau Siekmann ihr verärgert zurief: »Zügele dich, Valerie.«

Während Lea die Abteilung anführte, hing sie ihren Gedanken nach. Alle beneiden mich, dass ich auf einem Reiterhof wohne, dachte sie, aber manchmal wünschte ich, ich wäre auch nur als Gast hier. Lea hatte das Pech, dass jedes Ferienmädchen ihren Liebling Magic gleich ins Herz schloss. Jede wollte ihn reiten. Nur gut, dass ihr Vater für sie Verständnis hatte. Meistens durfte Lea ihren Schatz allein betreuen. Doch wenn die Gruppen voll waren, ging Magic in den Reitstunden mit. Darüber bestand ein Abkommen mit ihrem Vater. Auch ihre Schwester Klara musste ihre Friesenstute Luna manchmal für den Reitunterricht abgeben.

Gewohnheitsmäßig drehte Lea sich in der Ecke des Reitplatzes um, um zu überprüfen, ob die Abteilung auseinanderfiel, aber alle Pferde gingen mit ordentlichem Abstand hintereinander. Unangenehm fiel ihr auf, dass Valerie besonders gut im Sattel saß.

Dummerweise merkte auch Valerie, dass sie nicht schlecht war. Die ganze Stunde über hing sie Reitlehrer Eichhorn in den Ohren, endlich mit dem Springen zu beginnen.

Um Ruhe zu haben, gab er schließlich nach: »Vielleicht sind am Ende der Reitwoche ein paar kleine Sprünge drin, auf unseren zuverlässigen Haflingern Bonny oder Joker. Die springen fast von allein.«

Valerie verdrehte die Augen und nahm wichtigtuerisch ihre Hände von den Zügeln. »Pah! Ich will richtig springen, mit großen Pferden, nicht mit den blöden Ponys.«

Vom Zaun warnte die Lehrerin: »Kein Wort gegen die Ponys, Valerie. Du beleidigst unsere Gastgeber. Entschuldige dich.«

Auch aus den Sätteln der Fjordpferde und Haflinger kam heftiger Protest. »Mach unsere süßen Ponys nicht schlecht.«

Kopfschüttelnd sagte Markus Eichhorn: »Auf Großpferden

springen, ohne Ausbildung? Willst du dir den Hals brechen, Valerie?«

»Besser, als mich zu Tode zu langweilen.«

Über die Ohren von Magic hinweg blickte Lea starr auf den Reitplatz und zwang sich, den Mund zu halten, dabei hätte sie Valerie liebend gern ein paar passende Wort zugebrüllt. »Bleib cool, Lea Eichhorn«, murmelte sie, obwohl ihr der Ärger bis in die Reitstiefel kroch. »Reg dich nicht auf, Lea. Samstag reist die Zicke wieder ab.«

Eins verstand Lea nicht: Warum blieb ihr Vater so ruhig? Weshalb holte er die aufgeblasene Nervensäge nicht aus dem Sattel und ließ sie Boxen ausmisten? Sie, Lea, hätte diese Valerie längst dazu verdonnert. Es kam nicht oft vor, dass Lea ihrem Vater etwas verübelte, aber heute hätte sie ihm gern ein paar Tipps gegeben, wie man mit aufsässigen Jugendlichen umging.

4. Kapitel
Spion im Wattenkrug

Wie sieht es aus, Jette, hast du etwas Zeit, in der Gaststube zu helfen?« Uwe Jacobs steckte den Kopf ins Zimmer seiner Tochter. »Gibt fünf Euro.« Als sie nickte, verschwand er gleich wieder.

Eigentlich hatte Jette keine Lust – aber wer wie sie später zur Polizei wollte, konnte keine Zeit verschwenden. Und für Jette gab es keinen besseren Ort, ihre Spürnase zu schulen, als die Gaststube des Wirtshauses ihrer Eltern.

Jette biss noch einmal von ihrem Apfel ab und schob den Rest in den Vogelkäfig. Sofort hüpften Kiwi und Emu an die Stäbe.

»Moinmoinmoin«, plapperte Kiwi. Behutsam streichelte Jette ihren Wellensittichen übers Gefieder und seufzte. Als angehende Polizistin war sie gezwungen, ständig die Augen offen zu halten.

Jette zog ein frisches weißes T-Shirt an und zupfte ihre dünnen Zöpfchen zurecht, die das dunkle Haar an der Schläfe bändigten.
Ein Polizistin ist immer im Dienst, dachte sie, als sie die Treppe hinuntersprang. Nie erlaubte Jette sich wie ihre Freundinnen Lea, Nelly, Mascha und Emma entspannt am Meer zu sitzen oder träumend im Schwimmbad zu liegen. Immer musste sie die Gangster von Westerbüll im Auge behalten – und die konnten überall sein. Die Cola am Kiosk war vielleicht vergiftet, der Bademeister ein gesuchter Drogenhändler, die Frau an der Kasse eine durchtriebene Diebin. Man musste auf alles gefasst sein.
Tiefes Lachen und das Klappern von Würfeln erfüllten den Gastraum, als Jette eintrat. Im Wattenkrug von Westerbüll traf man sich nach Feierabend zum Bier, zum Abendbrot oder zum Klönschnack. An wuchtigen Holztischen saßen Männer in blauen Hemden und Arbeitsjacken. Jette kannte die meisten – den dicken Maurer mit dem Cordhut, Bauer Lüttjohann, der neben dem Friesenhof wohnte, den hageren Seemann Leif Harding. Sein Rauhaardackel Kompass schnarchte unterm Tisch. Strandkorbvermieter Ingwer Ingwersen saß ebenfalls dabei, er war der Vater ihrer Freundin Nelly.
Jette nickte ihm zu, während sie sich zwei Teller mit Krabbenbroten griff, die neben der Theke bereitstanden.
»Wer kriegt Krabbenbrot?«, rief Jette in die Runde. In schrägen Streifen fiel Licht durch die Scheiben, wie eine Wolke hing dicker Zigarettenqualm unter der Decke. Den ganzen Tag hatte die Sonne auf den Fenstern gestanden, kein Wunder, dass es jetzt noch in der Gaststube brütend warm war.

»Du bleibst aber nur eine halbe Stunde, Jette«, rief ihre Mutter aus der Küche, wo sie weitere Krabbenbrote anrichtete. »Ich will nicht, dass du zu viel Rauch einatmest.«

Als angehende Kripokommissarin hatte Jette sich angewöhnt, die Gäste genau zu beobachten und die Gespräche an den Tischen zu verfolgen. Sie speicherte alles. Vorm Einschlafen rief sie ihre Erinnerungen wie Vokabeln ab. Was für eine Jacke trug Leif Harding? Was für ein Hemd Ingwer Ingwersen? Täglich rechnete sie damit, dass im Fernsehen nach einem Schurken gesucht wurde, der gerade im Wattenkrug saß. Natürlich kein Westerbüller, sondern ein Fremder. »Wer den muskulösen Mann gesehen hat, melde sich bei folgender Polizeidienststelle . . .«

Dann würde Jettes große Stunde schlagen! Heimlich träumte sie davon, wie sie die Nummer der Polizei wählte und cool sagte: »Sie können ihn verhaften, der Gesuchte sitzt im Wattenkrug von Westerbüll. Am Stuhl festgebunden mit Paketband.«

»Wer kriegt das Paketband?«, rief Jette ganz in Gedanken. Alle lachten und Jettes Ohren liefen rot an, während das Mädchen die zweite Fuhre Krabbenteller vor Leif Harding und Hannes Lüttjohann absetzte. Der stämmige Bauer wischte sich den Bierschaum von den Lippen und griff zum Besteck.

»Wie verrückt sind meine Kühe heute Nacht gerannt«, wetterte er und machte sich über sein Essen her. »Ich saß noch um kurz nach drei vor dem Fernseher, Boxkampf in New York, sonst hätte ich gar nichts bemerkt von dem Stampfen. Ich bin sofort raus auf die Weide, als ich das

Getrampel gehört habe. Die Pferde auf der Koppel vom Friesenhof sind auch herumgetobt, die Weide grenzt ja gleich an meine.«

Mit der Gabel zeigte Lüttjohann auf Jette. »Du bist doch jeden Tag bei Eichhorns. Haben die nichts davon gesagt?«

Stumm schüttelte Jette den Kopf und räumte leere Gläser ab. Nein, davon hatte Lea nichts erzählt. »Wenn das heute Nacht wieder losgeht, muss ich mit Eichhorns darüber reden. Ruck, zuck!, treten die Tiere in ein Kaninchenloch und brechen sich die Beine. Vielleicht hetzt ein streunender Hund über die Weide.«

Die große Uhr vor der gefliesten Wand schlug achtmal. Schwungvoll stellte Jette das volle Tablett auf dem Tresen ab und grinste. Im Frühjahr hatte sie dort drüben in der Standuhr gehockt, um einem Geheimnis auf die Spur zu kommen. Ob sie heute noch etwas Spannendes aufschnappen würde? Durch ihr Unterbewusstsein geisterten noch Bauer Lüttjohanns rennende Kühe. Gab es in dieser Angelegenheit möglicherweise etwas aufzudecken?

Gerade servierte Jette die letzten Krabbenbrote, als sie den dicken Maurer hörte: »Bring mir einen Klaren, Uwe. Eisgekühlt. Hier drinnen kommt man richtig ins Schwitzen.«

Wie angenagelt blieb Jette stehen und starrte in das glühende Gesicht des Maurers. »Man kommt ins Schwitzen«, hatte er gesagt. Wann wird es einem zu heiß?, fragte sich Jette und gab sich gleich darauf selbst die Antwort: Wenn es brütend warm ist. Oder wenn man sich ungeheuer anstrengt. Zum Beispiel, wenn man rennt . . . Erneut schwirrten ihr Bauer Lüttjohanns Satzfetzen durch den Kopf. »Meine Kühe sind wie verrückt gerannt. Und die Pferde vom Friesenhof haben auch getobt.«

Tobende Pferde! Lea hatte von verschwitztem Fell gesprochen! Was passierte nachts auf den Weiden? Was versetzte die Tiere in Aufruhr?

Jette stürmte die Treppe hinauf in ihr Zimmer. Eine Minute später hing sie am Telefon und rief Lea an.

5. Kapitel
Gänsehaut

Ungeduldig wippte Jette mit dem Fuß, während sie in den Hörer lauschte. Am anderen Ende nahm niemand ab. Durch die Vorhänge ihres Zimmers blitzte das Licht der Straßenlaterne, die sich zuckend einschaltete. Mit einer Hand griff Jette nach dem Tuch neben dem Vogelbauer und legte es für die Nacht über den Käfig. Wieso meldete sich niemand? Um diese Zeit? Zum wiederholten Mal wählte Jette die Telefonnummer von Lea Eichhorn.

Natürlich machte Jette sich darauf gefasst, dass sie Familie Eichhorn nur schwer davon überzeugen konnte, dass dunkle Gestalten ihr Unwesen auf den Weiden trieben. Nach ihrer Meinung waren Leas Eltern einfach zu gutgläubig. »In Westerbüll herrscht Frieden«, pflegten sie lachend zu sagen, wenn Jette meinte, Ganoven auf der Spur zu sein. »Westerbüll ist nicht Hamburg, Berlin oder Frankfurt.«

Purer Leichtsinn, so zu denken, fand Jette. Als waberte nicht in jedem Winkel Westerbülls das Verbrechen. Man musste eben nur genau hinsehen und sie, Jette, war entschlossen, das zu tun. Endlich knackte es in der Leitung.

»Markus Eichhorn.«

Ohne Einführung platzte Jette gleich heraus: »Auf Ihren Weiden jagen nachts die Pferde umher. Und bei Bauer Lüttjohann die Kühe. Bestimmt sind Verbrecher hinter denen her, die wollen Ihre Pferde stehlen und Lüttjohanns Kühe ebenfalls.«

»Das kann nur Jette Jacobs sein«, sagte Leas Vater gut gelaunt und lehnte sich an die Wand im Flur, wo das Telefon hing. »Wer sonst ist so gnadenlos auf Verbrecherjagd?«

Seinen Ton fand Jette völlig unpassend, schließlich wollte sie den Friesenhof vor einem Unglück bewahren, da konnte der Chef des Hofs ruhig ein wenig ernsthafter sein.

»Im Wattenkrug kriege ich eben vieles mit«, sagte Jette ungeduldig. »Ich an Ihrer Stelle würde auf jeden Fall nachts Wachen aufstellen, Herr Eichhorn.«

»Beweise«, sagte Leas Vater.

»Bauer Lüttjohann hat die rennenden Tiere selbst gesehen. Und Lea hat mir heute in der Schule von den verschwitzten Pferden erzählt. Das sind doch genug Beweise.«

»Hm. Gut gemeint, Jette, aber siehst du nicht Gespenster? Weil du so gern Detektiv spielst?«

Jette blieb nicht verborgen, dass Leas Vater ein Schmunzeln unterdrückte. »Und was war in den Sommerferien?«, fragte sie gekränkt. »Immerhin war ich es ja wohl, die in Ihrem Stall einen echten Kidnapper überführt hat.«

Das gab Herr Eichhorn zu. »Alles was recht ist, du hast kriminalistisches Gespür, Jette. Danke für deinen Tipp. Hm ... mal sehen, ob ich einen Pferdehüter für heute Nacht finde.«
Als Markus Eichhorn aufgelegt hatte, war er doch ein wenig beunruhigt. Jedenfalls mehr, als er Jette gezeigt hatte. Er tippte auf einen streunenden Hund, der die Herde gehetzt hatte. Jagende Hunde konnten Pferde in Lebensgefahr bringen, wenn die in Panik über die Koppel hetzten. Je länger Markus Eichhorn über die aufgeschreckte Herde nachdachte, desto sinnvoller erschien es ihm, heute Nacht ein wachsames Auge auf die Weide zu haben.
Während er noch überlegte, wie er das am besten bewerkstelligen könnte, stürmte Lea auf den Flur. Jette hatte ihr eine SMS geschickt, um Herrn Eichhorn keine Chance zu geben, ihr Telefongespräch unter den Tisch fallen zu lassen.
»Bitte Papa, lass uns Wache halten, Klara und mich.« Mit leuchtenden Augen hüpfte Lea vor ihrem Vater herum. »Wir nehmen unsere Handys mit zur Koppel, dann kann gar nichts passieren. Wenn Magic etwas zustößt, das wäre entsetzlich. Sag Ja, Papa!«
Einen Moment lang war Markus Eichhorn drauf und dran einzuwilligen, aber dann verwarf er die Idee wieder. Unmöglich, seine Töchter mussten ausgeschlafen in die Schule. Er selbst brannte nicht gerade darauf, sich eine Nacht um die Ohren zu schlagen. Morgen musste er fit sein, um die Berliner Klasse zu bändigen. Auch seine Frau brauchte ihren Schlaf. Aber vielleicht konnten sie sich die Wache teilen. Bevor Lea weiterbetteln konnte, wehrte er ab. »Wenn ihr morgen schulfrei hättet, okay. Aber nicht während der Woche.«

Verdrossen stieg Lea in ihr Zimmer hinauf und telefonierte mit Jette, um sich die Worte von Bauer Lüttjohann haarklein wiederholen zu lassen.

Sobald die Ferienkinder in ihren Räumen verschwunden waren, trug Markus Eichhorn einen Campingstuhl zur Weide und machte es sich am Zaun mit Keksen gemütlich. Eine Kanne Kaffee stellte er neben sich ins Gras. Es war stockfinster. Obwohl man kaum die Hand vor Augen sah, erkannten die Pferde den Stallchef und trotteten heran. Sie hofften auf Extraleckereien. Als Markus Eichhorn keine Anstalten machte, etwas herauszurücken, verzogen sie sich wieder.

Angestrengt horchte Leas Vater zur Kuhweide von Bauer Lüttjohann hinüber. Von dort kam ab und zu dumpfes Muhen. Er ließ die Taschenlampe aufblitzen und über die Wiese wandern, gelassen blickten die Pferde kurz vom Grasen hoch. Das Licht huschte über die Herde: Bonny, Joker, Ibsen, Flicka, Willem, Friso ... Magic und Luna suchte er zunächst vergebens, aber dann entdeckte er sie doch, regungslos dösten sie mit gesenkten Köpfen am Ende des Zauns.

Mit halbem Auge beobachtete Markus Eichhorn den Friesenhof, nach und nach sah er alle Lichter ausgehen. Nur im ersten Stock bei Lea und Klara brannte noch Licht. Markus Eichhorn lächelte. Er konnte wetten, dass seine Töchter sehnsuchtsvoll auf die nächtlichen Weiden starrten. Zu gern hätten sie ihm die Wache abgenommen.

Die nächsten dreißig Minuten zogen sich hin. Dann plötzlich schlug ein Hund an. Wie elektrisiert sprang Markus Eichhorn auf und lauschte nach allen Seiten. Es musste ein

großer Hund sein, der tiefen Stimme nach zu urteilen. War das der Übeltäter?
Mit der Taschenlampe machte Markus Eichhorn sich auf die Suche. Mit großen Schritten ging er den Weidezaun ab. Nichts zu sehen. Es hörte sich auch eher so an, als käme das Bellen vom Friesenhof. Er hob die Lampe und richtete sie auf den Weg zum Haus. Im Lichtschein tauchte ein rotbrauner Leonberger Hund auf. Beruhigt ließ Markus Eichhorn die Lampe sinken. »Leon«, rief er und beleuchtete den weißblonden Jungen am Ende der Leine. »Und Niels.«
Der hoch aufgeschossene Junge winkte, als er näher kam. Niels, der Bruder von Nelly Ingwersen, war mit Lea und Klara befreundet. »Tut mir leid, dass Leon gebellt hat.« Als der Hund zur Weide drängte, nahm Niels seine Leine kürzer. Leon hatte seinen Freund Magic erschnuppert und wollte ihn begrüßen. »Ich hab bei Klara rasch einige CDs gebrannt. Wollte nur kurz Hallo sagen. Hab gehört, hier gab es gestern einen Weideaufstand. Haben Sie schon einen Verdächtigen entdeckt?«
Markus Eichhorn lachte. »Du bist der erste, aber das ist wohl Fehlanzeige.«
Die beiden unterhielten sich kurz über streunende Hunde. Wenig später ging Niels mit Leon nach Hause. Weil danach nichts, aber auch gar nichts mehr passierte, fielen Markus Eichhorn immer wieder die Augen zu. Mehrmals sackte er im Stuhl zusammen und nickte ein. Als seine Frau ihn gegen zwei Uhr in der Nacht weckte, schreckte er mit einem kleinen Aufschrei hoch.
Leise lachend, stellte Meike Eichhorn eine Kanne Tee ins

Gras und legte ihre Taschenlampe daneben. »Geh schlafen, Markus«, sagte sie. »Ich sitze hier noch gut zwei Stunden ab, dann gehe ich auch ins Bett.«
Gähnend stand Markus Eichhorn auf und rieb sich den verspannten Nacken. »Danke für die Ablösung«, sagte er und gab seiner Frau einen Kuss, ehe er verschwand.
Mit angezogenen Beinen kauerte Frau Eichhorn ab zwei Uhr auf dem Campingsessel und nahm den Blick nicht von der Weide. Allmählich gewöhnten ihre Augen sich an die Dunkelheit und unterschieden die einzelnen Pferde. Sollte jemand inmitten der Herde auftauchen, egal, ob Hund oder Mensch, konnte es Frau Eichhorn nicht entgehen. Die Nacht war voller Geräusche. Wind raschelte in den Silberpappeln und spielte mit dem Gattertor, das unentwegt leise schepperte. Nur eins hörte Frau Eichhorn nicht: dass jemand lautlos wie eine Katze zum Gatter schlich und abrupt stehen blieb, als die Umrisse von Meike Eichhorn in der Dunkelheit sichtbar wurden. Auch das feine, metallische Klirren entging Frau Eichhorn. Es hörte sich an wie eine Trense, die leicht hin und her schwang. Dann war wieder Stille. Das Phantom trat den Rückzug an und tauchte im Schutz der Nacht unter . . .

6. Kapitel
Geheimnisse

Bis heute Mittag, mein Süßer, ich muss zur Schule.«
Lea drückte Magic einen Kuss auf die Backe. »Heute ist schon Mittwoch, Samstag gehörst du wieder mir allein.«
Sanft stieß Magic mit dem Kopf gegen Leas Arm, bevor er sich dem Heu in seiner Box zuwandte.
Als Lea sich umdrehte, traf sie der Schlag. Direkt hinter ihr stand Valerie Wendland in der Stallgasse. Am liebsten hätte Lea sich die Zunge abgebissen. Nie im Leben hätte sie zugegeben, dass sie die Abfahrt der Berliner Klasse herbeisehnte, wenn sie Valerie vorher entdeckt hätte.
Mit einem Blick über die Schulter vergewisserte sich Valerie, dass sie mit Lea allein im Stall war. Abgesehen von Markus Eichhorn, der hinten eine Box ausmistete. Hastig zog Valerie eine Tüte Möhren hervor, die sie unter ihrer Weste verborgen hatte. »Die sind für Magic«, sagte sie halb laut

und in ungewohnt liebenswürdigem Ton. »Habe ich gestern gekauft, weil ich ihn so gern leiden mag.«
Valerie druckste herum und starrte verlegen auf ihre Stiefel. Was sie noch sagen wollte, fiel ihr offensichtlich sehr schwer. Aber dann brachte sie die Frage doch über die Lippen: »Darf ich Magic die Möhren selber geben?«
Für einen Moment war Lea versucht, Valeries Bitte nachzugeben, so verblüfft war sie über die plötzliche Verwandlung. Hatte Valerie doch einen guten Kern? Mochte sie Magic wirklich und spielte nur vor ihrer Klasse die coole Draufgängerin? Wie das blonde Mädchen so vor ihr stand, mit hochgezogenen Schultern und dem Bund Möhren in der Hand, verspürte Lea sogar eine Spur von Mitleid. Sie erinnerte sich an ihre Zeit, als sie neu im Reitstall war, damals in Hamburg. Was hatte sie gelitten, wenn die älteren Mädchen dazwischengingen, wenn sie mit ihrem Lieblings-Schulpferd schmuste. So ähnlich musste es jetzt Valerie gehen.
Fast hätte Lea Ja gesagt, doch dazu kam es nicht mehr. Geduld war nicht Valeries Stärke, und als sie nicht gleich eine Antwort bekam, setzte sie wieder ihr arrogantes Grinsen auf. Sofort erstarb Leas Mitleid.
»Untersteh dich, Magic Möhren zu geben!«, zischte sie und drückte sich grußlos an Valerie vorbei, die ihr nach draußen zum Fahrradstand folgte. Lea zog ihr Rad heraus und fuhr los.
»Verschwinde bloß in die Schule, du Zicke«, rief Valerie ihr wütend nach, als Lea rasant in den Leuchtturmweg einbog. »Ich reite inzwischen deinen Süßen, damit du's weißt!«
Ehe Lea eine passende Antwort einfiel, war Valerie im Stall

verschwunden. Grimmig trat Lea in die Pedale und preschte über den verlassenen Leuchtturmweg. Ärger saß ihr in jeder Pore.

Was Valerie jetzt wohl machte? Ging sie in Magics Box und schmeichelte sich bei ihm ein? Jedes andere Mädchen hätte Lea kurzzeitig als Konkurrenz ertragen, nicht aber die Angeberin Valerie. Nein. Niemals! Insgeheim traute Lea ihr zu, dass sie in der vorletzten Nacht aufgestanden war, um die Pferde über die Weide zu jagen. Bloß um ein Verbot zu brechen und für Aufregung zu sorgen. Diese Vermutung behielt sie aber für sich, ihrem Vater durfte sie damit nicht kommen. Wenn Lea ehrlich war, war ihr Verdacht gegen Valerie durch nichts begründet, außer durch ihre Abneigung.

Bei Bäcker Sörensen unterm Leuchtturm bog Lea ab und steuerte die Bank am Deich an. Gestern Abend hatte sie sich mit Nelly, Mascha und Jette hier verabredet, um über das Ergebnis der Nachtwache zu berichten. Jedes Mal, wenn es mit ihren Freundinnen etwas zu besprechen gab, trafen sie sich vor der Schule an diesem Punkt. Lea sprang vom Rad und kaufte warme Croissants, mit denen sie Jette, Nelly und Mascha versorgte, als sie eintrafen.

»Niels hat deinen Vater gestern Abend getroffen. Hat er mir schon erzählt«, sagte Nelly, warf sich auf die Bank und biss mit Appetit in das Croissant. »Und? Hat er jemand erwischt?«

Lea schüttelte den Kopf. »Tote Hose. Kein Störenfried auf der Koppel weit und breit.«

Jette fand das äußerst unbefriedigend. Schließlich war sie es gewesen, die Markus Eichhorn zu der nächtlichen Aktion

gedrängt hatte. »Bleiben deine Eltern heute Nacht noch einmal auf, Lea?«, wollte sie wissen.
»Vermutlich nicht, sie wollen nur ab und zu einen Kontrollgang machen. Sie glauben, dass ein Hund über die Weiden gejagt ist. Oder dass ein Betrunkener Lärm gemacht hat. Jedenfalls glauben sie nicht, dass es jemand war, der wieder kommt.«
Jette fegte einige Krümel von der Hose. »Was würde ich dafür geben, wenn ich bei euch Wache halten könnte.« Für Jette war es eine unerträgliche Vorstellung, dass sich auf dem Friesenhof rätselhafte Dinge ereigneten und sie nicht dabei war.
Seufzend stand Mascha auf. »Du kannst ja tagsüber auf dem Friesenhof Mäuschen spielen«, sagte sie. »Aber ich, ich habe dazu keine Zeit, solange Emma krank ist.« Emma, die Fünfte in ihrer Clique, lag mit Fieber im Bett. Mascha fuhr deshalb jeden Tag nach Sanderhörn, um sich nachmittags um Emmas Ponys zu kümmern.
Verständnisvoll nickte Lea und beugte sich zu den Freundinnen vor. »Klara und ich werden heute Nacht heimlich Wache halten. Natürlich dürfen meine Eltern nichts davon wissen, sonst verbieten sie es.«
In der Ferne schlug die Kirchturmuhr von St. Peter-Ording halb acht. »Wir müssen los.«
Vor seinem Geschäft bepackte Bäcker Sörensen den Lieferwagen mit Broten, als die Mädchen auf ihre Räder stiegen. Lea winkte ihm zu. »Fast hätte ich es vergessen, Herr Sörensen – machen Sie zwanzig Käsebaguettes für den Friesenhof fertig? Ich hole sie nachmittags ab.«

Bei Einbruch der Dunkelheit sollte auf dem Reitplatz ein Fackelpicknick stattfinden, dazu hatten die Berliner sich Käsebaguettes gewünscht.

Vorher gab es normales Abendessen. Wie so oft half Lea in der Küche und versorgte die Gäste mit Säften. Beladen mit zwei schweren Krügen, trat Lea ins Esszimmer und blieb erstaunt stehen. Warum war es so ruhig? Das lauteste Geräusch kam aus der Ecke, wo Lehrerin Elke Siekmann die Gewichte der Standuhr hochzog. Das Uhrwerk röchelte und setzte sich dann in Gang. Sieben Schläge tönten durch den Raum.

Die Berliner Mädchen hatten die Stühle nah aneinandergerückt und steckten tuschelnd die Köpfe zusammen. Als Lea einen Saftkrug zwischen zwei Mädchen auf den Tisch schob, hob Valerie kurz den Kopf und warf Lea einen Blick zu, den sie nicht deuten konnte.

Mit einem unbehaglichen Gefühl ging Lea in die Küche zurück. »Kann ich dich allein lassen?«, fragte Leas Mutter. »Ich muss noch in der Praxis arbeiten. Papa kommt sofort und hilft dir. Ach, da bist du ja schon, Markus.«

Markus Eichhorn warf seine Weste über den Küchenstuhl und ließ sich darauffallen. Lea stellte ihrem Vater eine Tasse Tee hin. »Schon alles erledigt, Papa.«

Kaum war Meike Eichhorn gegangen, kam im Esszimmer Unruhe auf. Isa und Beate erschienen in der Küche und setzten sich ungefragt zu Markus Eichhorn an den Tisch. Der Rest der Klasse rottete sich in der Tür zusammen.

Herr Eichhorn blickte von seiner Teetasse auf. »Was gibt es, Mädels?«

Aus dem Schutz der Kühlschranktür linste Lea zu Isa und Beate hinüber. »Das Picknick heute Abend«, schnurrte Beate und legte den Kopf schief. »Wir würden es schrecklich gern auf der Weide zwischen den Pferden machen und nicht auf dem Reitplatz. Bitte, Herr Eichhorn.«

»In Berlin haben wir nie Gelegenheit zu so was«, flötete Isa und klimperte mit den getuschten Wimpern.

Lea kochte. Die beiden sollen bloß meinen Vater zufrieden lassen, dachte sie, sonst bekommen sie es mit mir zu tun.

»Was wollt ihr von Herrn Eichhorn?« Aus dem Esszimmer kam der Ruf von Elke Siekmann.

»Wir räumen danach alles wieder auf, lieber Herr Eichhorn«, fuhr Isa mit Kreidestimme fort, ohne sich um ihre Lehrerin zu kümmern. »Versprochen.«

Seufzend erhob Reitlehrer Eichhorn sich und schob die Mädchen vor sich her ins Esszimmer. Die Neugier trieb Lea ein Stück mit. »Mädchen«, sagte Markus Eichhorn geduldig. »Ich habe es schon ein paar Mal gesagt und es bleibt auch so: Die Weide ist nachts tabu.«

Ein Stöhnen der Enttäuschung ging durch die Klasse.

»Wie blöd.« – »Das ist gemein.«

Doch Markus Eichhorn ließ sich nicht umstimmen. »Ich habe mir den Boden angesehen, überall sind Kaninchenlöcher. Wenn die Pferde nachts beim kopflosen Galopp hineintreten, passiert ruck, zuck ein Unglück.«

Lea dachte daran, wie oft sie schon nachts auf der Weide gewesen war, allein oder mit ihrem Vater. Aber das war etwas anderes, denn Pferde erkennen vertraute Personen schon von Weitem und bleiben ruhig.

»Versprecht ihr, bei Dunkelheit vom Zaun wegzubleiben?«, hörte sie ihren Vater fragen.

Als keine überzeugende Antwort kam, knöpfte sich die Lehrerin ihre Klasse vor und jede Einzelne musste versprechen, abends nicht zur Koppel zu gehen. Misstrauisch ging Leas Blick in die Runde. Als Valerie drankam, bewegte auch sie zustimmend den Kopf.

Die Art, wie sie nickte, gefiel Lea nicht.

7. Kapitel
Irre Mutprobe

Spätabends, sobald das Picknick auf dem Reitplatz beendet war, zogen sich Lea und Klara zurück, um den Ablauf der Wache zu besprechen. Sie beschrifteten Lose und Lea zog den Zettel »Erste Wache«. Lea wollte kurz vor Mitternacht losgehen und Klara später zur Ablösung wecken. Während Klara schlafen ging, hielt Lea sich mit einem spannenden Buch wach.

Um sicher zu sein, dass die Berliner Klasse sie nicht bemerkte, schlich Lea kurz vor vierundzwanzig Uhr zur Terrasse und warf von dort einen Blick auf die Ferienzimmer. Die Fensterfront war nahezu dunkel und das letzte Licht erlosch in diesem Moment im Betreuerzimmer. Gut so, dachte Lea und machte sich auf den Weg.

Obwohl Lea hier zu Hause war, kam es ihr doch unheimlich vor, bei Nacht allein zur Weide zu gehen. Ihre Joggingschuhe machten auf den Pflastersteinen fast keinen Laut. Umso deutlicher hörte sie jedes andere Geräusch. Ein paar Mal blieb Lea stehen und lauschte. Jedes Rascheln, jedes Knistern ließ sie aufhorchen, alles klang so anders als bei Tage. Selbst der Wind, der in den Kletterrosen flüsterte, bekam auf einmal eine neue Bedeutung.

Lea umfasste die Taschenlampe fester. Falls sie sich verteidigen musste, würde sie die Leuchte als Waffe einsetzen. Mit dem Ellenbogen tippte sie an ihre ausgebeulte Jackentasche, um sich zu vergewissern, dass ihr Handy darin steckte.

Nach kurzer Zeit erreichte Lea das Gattertor und kletterte auf die andere Seite. Ihre Lampe ließ sie ausgeschaltet, als sie die Weide betrat. Sosehr Lea sich auch anstrengte, auf Anhieb machte sie nur die hellen Pferde und die blonden Mähnen der Haflinger und Fjordies aus.

Schritt für Schritt marschierte Lea am Weidezaun entlang, ohne etwas Auffälliges zu bemerken. Sie wollte schon zurückgehen – doch halt ... was war das? Die Pferde hoben ihre Köpfe vom Gras und blickten alle in dieselbe Richtung.

Abrupt blieb Lea stehen. Ihr Herz schlug schneller. Aufmerksam beobachtete sie die Herde. Um sie weiter im Auge zu behalten, ging Lea jetzt rückwärts auf das Gatter zu. Langsam setzte sie Fuß hinter Fuß. Regungslos standen Joker und Bonny, Flicka und Ibsen mit gespitzten Ohren auf der Koppel. Vorsichtig machte Lea kleine Schritte zurück zum Ausgang. Plötzlich ging es nicht weiter. Lea war gegen ein Hindernis gestoßen. Ein siedend heißer Blitz durchzuckte sie. Es war nicht das Gattertor, das sie stoppte, das spürte

Lea sofort. Es fühlte sich an wie ein Rücken. Ein menschlicher Rücken!

Wie gelähmt verharrte Lea auf der Stelle, nicht fähig sich umzudrehen. Wer stand hinter ihr? War es ein Verbrecher? Womöglich mit Waffe? Tausend Gedanken schossen Lea durch den Kopf. Würde er sie als Geisel nehmen? Mit trockener Kehle wisperte Lea: »Bitte, tun Sie mir nichts, ich bin doch erst zwölf.«

Dann nahm sie allen Mut zusammen und äugte nach hinten.

»Herr Lüttjohann«, sagte sie verblüfft. Ein Stein fiel Lea vom Herzen, als sie den Nachbarn erkannte. Ausgerüstet mit einer Schaufel stand der Bauer im blauen Overall auf der Weide, die Schirmmütze in den Nacken geschoben, fest entschlossen, jeden Kuh- und Pferdedieb in die Flucht zu schlagen.

»Lea, du!« Er holte tief Luft. »Tut mir leid, dass ich dir solche Angst eingejagt habe, mir flattern auch die Nerven.« Er schulterte die Schaufel und zeigte auf die Weide. »Ich wollte nachsehen, ob heute wieder jemand für Aufruhr sorgt. Gestern war ja alles still, aber wer weiß . . .«

Allmählich beruhigte sich Leas Herzschlag. Die Pferde kannten den Bauern. Kein Wunder, dass sie auf seinen Besuch nur verhalten reagiert hatten.

»Bin ich froh, dass Sie es sind, Herr Lüttjohann. Andererseits – den Schurken haben wir nun immer noch nicht entdeckt.«

Der Mann mit der Schaufel nickte. Er wunderte sich, dass Markus Eichhorn seine zwölfjährige Tochter nachts allein auf die Weide ließ. »Ist dein Vater nicht hier?«

»Papa ist noch drinnen, er kommt gleich nach.«
Mit der Ausrede gab Hannes Lüttjohann sich zufrieden. Bevor er ging, versprach der Bauer, um vier Uhr den Wecker zu stellen, um erneut nach dem Rechten zu sehen.
Lea beschloss, noch eine halbe Stunde zu bleiben, ehe sie Klara weckte. Eigentlich muss ich auch ins Bett, dachte sie mit einen Anflug von Schuldbewusstsein. Morgen schreiben wir in der ersten Stunde eine Mathearbeit. Obwohl sie in Mathe keine große Leuchte war, fühlte Lea sich ausnahmsweise gut vorbereitet und mit dieser Sicherheit wischte sie alle Gewissensbisse beiseite.
Lea stapfte zum anderen Ende der Weide. Nach und nach gewöhnten sich ihre Augen an das Dunkel und Lea erkannte sogar vage die Umrisse der Friesen.
Magic bemerkte seine Freundin sofort und grummelte leise, als sie näher kam. Eine Welle der Zuneigung durchflutete Lea und plötzlich musste sie einfach laufen, um schneller bei ihm zu sein. Zärtlich schlang sie ihre Arme um seinen Hals. »Wenn dir etwas zustößt, drehe ich durch«, murmelte sie und gab ihm einen Kuss auf die weichen Nüstern.
Magic senkte den Kopf und schüttelte die Mähne, als wollte er sagen: »Mach dir keine Sorgen um mich. Ich bin groß und stark, mir passiert nichts.«
»Hoffentlich hast du recht«, sagte Lea. Sie antwortete Magic immer, wenn sie meinte, ihn zu verstehen. Lea streichelte seine breiten Backen, dann ging sie zum Zaun zurück und stieg über das Gatter. Obwohl alle Außenlaternen rund um den Friesenhof brannten, beleuchteten sie nur die Wege direkt am Haus. Der Rest des Hofes lag in totaler Finsternis.

Lea fröstelte. Nicht weil es kühl war, sondern weil ihr die Angst im Nacken saß. Der Schreck über den Zusammenstoß mit Lüttjohann steckte ihr noch in den Gliedern. Hastig passierte sie das dunkle Wegstück am Garten. Als Lea endlich die Haustür erreichte, war sie heilfroh.

Auf leisen Sohlen schlich sie die Treppe zu Klara hoch und schlüpfte in ihr Zimmer. Gleichmäßige Atemzüge kündeten davon, dass ihre Schwester tief und fest schlief. Weil sie das Licht nicht anschalten wollte, tastete Lea sich mit den Händen an den Möbeln entlang. Auf halbem Weg bekam sie etwas Rundes zu fassen, es war glatt, zu glatt, um es festzuhalten. Der Gegenstand rutschte Lea aus der Hand und zerbrach klirrend am Boden.

Quiekend fuhr Klara hoch.

»Sei ruhig, ich bin es«, flüsterte Lea erschrocken und ließ sich auf die Knie nieder, um die Fliesen abzutasten. Das Licht neben Klaras Bett ging an und Lea sah, was sie angerichtet hatte. Vor ihr lagen die Reste einer zerbrochenen Vase, in einer Wasserlache schwammen Glassplitter und rote Dahlien. Ihr blieb auch nichts erspart. Leise schimpfend, kroch Lea über die Fliesen, sammelte die Blumen ein und warf eine Zeitung zum Aufsaugen in die Pfütze. »Du mit deinem Wahn, überall Blumen aufzustellen«, blaffte Lea ihre Schwester an.

»Wie bist du denn drauf?« Verschlafen kroch Klara aus den Federn. »Sorgst für Chaos und meckerst mich dafür an.«

Lea gab klein bei. »Sorry. Vorhin auf der Weide habe ich mich fürchterlich erschrocken, das hängt mir noch nach. Weißt du, wen ich getroffen habe?«

Während Klara sich anzog, lauschte sie der flüsternden Stimme ihrer Schwester. »Hoffentlich passiert mir so etwas nicht«, seufzte Klara, als sie das Zimmer verließ. »Löst du mich um drei Uhr ab?«
Lea hörte die Worte nur noch mit halbem Ohr. Sie hatte sich bereits die Bettdecke über die Ohren gezogen. Sie schaffte es gerade noch, den Wecker an ihrer Armbanduhr auf zehn vor drei zu stellen, dann schlief sie ein und träumte von herrlichen Ausritten mit Magic. Gerade preschte sie mit ihrem Friesen an der Brandung entlang, als der Wecker ging. Gut gelaunt stand Lea auf und war immer noch beschwingt, als sie um drei Uhr früh das Haus verließ.
Lea öffnete gerade die Haustür, als Klara um die Ecke bog, völlig außer Atem. In heller Aufregung packte sie ihre Schwester an den Schultern.
»Wir müssen sofort Mama und Papa wecken«, stieß Klara hervor. »Da muss jemand auf der Koppel sein.« Ihr Atem ging stoßweise. Kleine Schweißperlen standen auf ihrer Stirn. »Ich war schon auf dem Rückweg, da gerieten die Pferde plötzlich in Panik. Hol Papa! Los, los. Ich beobachte die Weide.«
Weg war sie. Mit Riesenschritten stürmte Lea die Treppe hoch zum Schlafzimmer. Als sie die Tür aufriss, fuhren ihre Eltern erschreckt hoch. Sie begriffen den Ernst der Lage sofort und noch nie waren Meike und Markus Eichhorn so schnell in Hosen und Pullis geschlüpft. Markus Eichhorn griff nach den beiden starken Scheinwerfern, die im Flur bereitstanden. Zu dritt stürzten sie aus dem Haus.
Kaum hatten sie den Garten hinter sich gelassen, hörten sie

das Donnern der Pferdehufe. Die ganze Herde war in Aufruhr. Bedrohlich lag das Dröhnen der trommelnden Beine in der Luft.
Sie hasteten den Weg zur Koppel hinauf. Im Laufen versuchte Lea, die Gesichter ihrer Eltern zu studieren. Ob sie sauer waren, dass sie und Klara eigenmächtig Wache gehalten hatten? Aber es war zu dunkel, um aus den Mienen etwas ablesen zu können.
Kurz vor der Einzäunung erkannten sie die Umrisse Klaras. Markus Eichhorn bedeutete seiner Familie anzuhalten. Aufgeregt ergriff Lea die Hand ihres Vaters und drückte sie fest. Sie war wahnsinnig nervös. Aber zu viert waren sie stark.
Jedes Mal, wenn die Herde auf sie zupreschte, erzitterte unter ihnen der Boden. Wie gebannt starrten alle auf die dunkle Koppel.
»Lüttjohanns Kühe rennen auch«, flüsterte Markus Eichhorn und zeigte auf die Nachbarweide. »Vielleicht liegt dort der Grund für die Panik?«
»Warum schaltest du die Lampen nicht an?«, fragte Klara ungeduldig.
»Gleich«, gab ihr Vater leise zurück. »Erst muss ich wissen, wohin ich das Licht richten muss. Wo der Auslöser ist.«
Obwohl Lea um alle Pferde bangte, suchten ihre Augen doch nur ein einziges Pferd – Magic. Am Zaun stürmten Friesen vorbei, man erkannte sie an ihren langen Lockenmähnen, die wild hochwehten. Lea sah nur drei Friesen, alle ungefähr gleich groß. Das mussten Luna, Willem und Friso sein. Warum war Magic nicht bei seinen Freunden? War Magic gestolpert? Gestürzt? Lag er verletzt auf der Weide? Die Sorge

schnürte Lea die Kehle zu. Doch dann sah sie ihn – und er war nicht allein.
»Nein«, schrie Lea leise auf und schlug die Hände vors Gesicht. »Das darf doch nicht wahr sein. Guckt doch – dort drüben am Zaun.«
Ihr Vater folgte Leas Blick und kurz darauf schlug er sich wütend mit der Hand aufs Knie. »Da soll doch . . .«
Ein Stück neben der Herde galoppierte Magic auf die Einzäunung zu. Mit langen, kraftvollen Sprüngen durchmaß er die Weide. Auf seinem Rücken saß ein Reiter, weit vorgebeugt, als ob er zum Sprung ansetzte. Entsetzt hielt Lea die Luft an. »Magic kann nicht springen«, war alles, was sie hervorbrachte.
Kurz vor dem Zaun riss Magic den Kopf hoch, machte einen Satz zur Seite, drehte um und stürmte hinter seinen Artgenossen her. Der Reiter hielt sich nur mit Mühe im Sattel. Er war schlank und groß und hatte blondes Haar. Sehr langes Haar. Ein Mädchen!
»Valerie«, schrien Lea und Klara wie aus einem Mund.
Markus Eichhorn unterdrückte eine Verwünschung, als er auf den Zaun zulief. »Meine Güte, die will tatsächlich springen«, rief er und fuchtelte mit erhobenen Händen in der Luft, um Magic von der Einzäunung wegzutreiben. »Das Mädchen bringt sich um. Und unsere Pferde brechen sich die Beine.« Mit einem kühnen Sprung setzte Markus Eichhorn über das Gattertor.
»Sei vorsichtig, Markus«, rief Frau Eichhorn besorgt, aber das schien er nicht zu hören.
»Scheinwerfer auf den Zaun richten«, ordnete Markus Eich-

horn an und streckte den Kopf vor, als ob er dadurch besser sehen könnte. Er hatte Magic aus den Augen verloren, aber er vermutete ihn bei der davonstürmenden Herde. »Haltet Valerie vom Zaun fern, wenn sie auftaucht, wedelt mit den Händen und richtet das Licht auf sie.«

Die Pferde wechselten die Richtung und donnerten vom Ende der Weide auf das Tor zu. Mutig stellte Markus Eichhorn sich der Herde in den Weg. Er hob die Arme und rief das Kommando, das alle Vierbeiner aus den Reitstunden kannten: »Haaalt!«

Abrupt stoppten die Pferde ab, sie verstanden das Signal. Das wusste der Reitlehrer, sonst hätte er den Schritt nicht gewagt.

Mit geblähten Nüstern tänzelten die Pferde vor ihrem Chef, warfen die Köpfe und schnaubten aufgeregt. Mit beruhigender Stimme redete Markus Eichhorn auf seine Pferde ein. Erstaunlich schnell kam Ruhe in die Herde. Nebenan standen die Kühe von Bauer Lüttjohann bereits wieder beieinander und fraßen Gras. Auch Joker und Bonny begannen zu grasen. Trotz der Dunkelheit sah man, wie ihr Fell vor Schweiß glänzte. Von den anderen Pferden stieg feiner Dampf auf. Luna und Willem warfen sich ins Gras und wälzten sich mit wohligem Stöhnen. Jetzt entdeckten sie auch Magic, mit keuchendem Atem stand er daneben. Sein Sattel war leer, an den Seiten baumelten die Steigbügel.

»Geh zu Magic und nimm schnell den Sattel ab«, flüsterte Leas Mutter und öffnete für ihre Tochter das Gatter. »Wenn er sich damit wälzt, verletzt er sich den Rücken. Klara und ich suchen nach Valerie.«

Am liebsten wäre Lea losgestürmt, aber sie zwang sich, mit ruhigen Schritten zu gehen, um die Herde nicht erneut in Panik zu versetzen. Die ganze Zeit über dachte sie nur eins: Hoffentlich wirft Magic sich nicht ins Gras. Aber dazu war der Friese viel zu sehr außer Atem. Als Lea bei Magic ankam, stand er mit gesenktem Kopf zwischen den anderen Pferden, nur langsam ließ sein Keuchen nach.
Leas Vater war inzwischen ebenfalls da, er nahm Sattel und Zaumzeug ab und trug die Sachen zum Weidetor hinüber. Schluchzend fiel Lea ihrem Liebling um den Hals. Sie reckte sich auf die Zehenspitzen und flüsterte ihm etwas ins Ohr, sinnlose Worte voller Liebe. Magic holte tief Luft, als wüsste er, dass jetzt alles gut würde. Behutsam rieb er seine feuchte Mähne an Leas Backe. Es störte Lea nicht einmal, dass ihr Vater zurückgekommen war und neben ihr stand. Erst als er sich räusperte, trat Lea zur Seite, damit er Magic auf Verletzungen untersuchen konnte. Ihr Vater bückte sich und strich an Magics Beinen herunter.
»Soweit ich das im Dunkeln sagen kann, fehlt ihm nichts.« Er richtete sich auf. »So. Und nun knöpfen wir uns Valerie vor.«
Lea und ihr Vater machten sich zur Mitte der Koppel auf. Dort standen Klara und Frau Eichhorn mit den Lampen. Im Kegel der Scheinwerfer rappelte Valerie sich auf und nahm die Arme vors Gesicht, um sich vor dem grellen Licht zu schützen.
»Ist dir etwas passiert?«, fragte Herr Eichhorn, als er bei Valerie ankam. Bockig schüttelte Valerie den Kopf und bedeckte ihre Augen weiter mit den Unterarmen.

Lea stürzte auf sie zu. Sie zitterte am ganzen Körper, in einer Mischung aus Wut und überstandener Angst. Mit funkelnden Augen baute sie sich vor Valerie auf.

»Bist du krank im Kopf?«, schrie Lea sie an. Sie war drauf und dran, Valerie eine runterzuhauen, ab da zog ihr Vater sie energisch an der Jacke zurück.

»Dir ist ja wohl klar, dass du rausfliegst«, sagte Markus Eichhorn kühl zu Valerie. »Wir informieren gleich Frau Siekmann und du packst deinen Koffer.« Trotzig blickte Valerie weg. In feuchten Strähnen hing ihr blondes Haar herunter. Sie wich Herrn Eichhorns Blick aus. »Frau Siekmann ruft deinen Vater an, damit er dich nach Hause holt. Du erinnerst dich wohl, dass alle Eltern unterschrieben haben, ihre Kinder bei groben Verstößen abzuholen.«

Valerie fuhr hoch. »Was heißt grobe Verstöße? Das war eine klasse Mutprobe mit Magic. Das soll mir erst mal jemand nachmachen. Nicht mal Lea traut sich, mit ihm zu springen.«

Verständnislos schüttelte Frau Eichhorn den Kopf. »Mutprobe? Das war ein Stück aus dem Irrenhaus.«

Valerie zuckte nur die Schultern und zog es vor zu schweigen. Störrisch verzog sie das Gesicht, als Herr Eichhorn ihr ein Zeichen gab, mit ihnen zum Haus zu gehen.

Kurz darauf war der ganze Friesenhof wach, überall brannte Licht. Frau Siekmann reagierte entsetzt und kündigte Valerie einen Verweis in der Schulakte an. In Schlafanzügen und Shirts drängte sich die Berliner Klasse auf dem Flur und diskutierte aufgeregt. Die meisten fanden Valerie leichtsinnig, aber ein paar hielten den heimlichen Ritt auf Magic für eine gelungene Mutprobe und fanden es ungerecht, dass sie dafür einen Verweis bekam. Hinter vorgehaltener Hand flüsterten Beate und Isa den anderen zu, dass sie Valeries Auftritt für eine richtige Heldentat hielten. Aber in Wirklichkeit glaubten sie das selber nicht. Sie wollten sich nur bei Valerie einschmeicheln, um das versprochene Bungeejumping nicht aufs Spiel zu setzen.

Als der Morgen graute, schickte Frau Eichhorn die Klasse zurück in die Betten und verdonnerte Valerie dazu, den Rest der Nacht im Betreuerzimmer bei Frau Siekmann zu verbringen.

»Legen Sie ihr am besten Fußketten an«, rief Lea der Lehrerin nach, als diese mit Valerie im Zimmer verschwand.

8. Kapitel
Detektiv-Trick

Todmüde und erschöpft, fuhr Lea am Donnerstagmorgen zur Schule. Die bevorstehende Mathearbeit hakte sie in Gedanken als vergeigt ab. Nach dieser Nacht rechnete sie auf keinen Fall mit einer guten Note, aber wundersamerweise kamen nur Aufgaben dran, die sie beherrschte, und auf der Heimfahrt sah die Welt schon erheblich besser aus. Nach Schulschluss hatte Lea noch mit Nelly und Jette zusammengesessen und ihnen alle Einzelheiten der fürchterlichen Nacht geschildert. Jette konnte sich gar nicht beruhigen, weil sie die Ereignisse verpasst hatte.

Als Lea nachmittags von der Schule nach Hause kam, hoffte sie inständig, dass Valerie bereits abgereist war.

Aber nein. Als Lea ihr Rad abstellte und auf den Reitplatz spähte, wo ihr Vater den Berlinern Unterricht gab, entdeckte sie Valerie. Sie lehnte am Zaun neben Frau Siekmann.

Lea fiel aus allen Wolken. Sofort stürzte sie zum Reitplatz hinüber. »Wieso bist du noch nicht weg?«, fragte sie Valerie wütend, aber die grinste nur.

Mit hilflosem Lächeln drehte Frau Siekmann sich um. »Ihre Eltern sind nicht zu erreichen. Valerie sagt, sie sind auf einer Wildwassertour. Wir können sie nicht einfach allein nach Hause schicken.«

Einen Moment starrte Lea die Lehrerin ungläubig an, dann drehte sie sich auf dem Absatz um, rannte ins Haus und warf sich mit einem zornigen Aufschrei auf ihr Bett. Mit den Fäusten hämmerte sie auf die Matratze ein und auf den Bettrahmen.

Frau Eichhorn war gerade unterwegs in ihre Praxis, als sie das Gepolter hörte. Sie folgte Lea in ihr Zimmer, stieg über das übliche Chaos auf dem Fußboden hinweg und setzte sich aufs Bett. Natürlich ahnte sie, warum ihre Tochter die Nerven verloren hatte.

»Sei vernünftig, Kind. Wir können eine Vierzehnjährige nicht allein nach Berlin schicken.«

Mit bebenden Schultern krallte Lea sich in die Matratze. »Seid ihr alle verrückt?«, heulte sie ins Betttuch. »Was muss Valerie denn noch anstellen, damit ihr genug habt?«

Frau Eichhorn strich ihrer Tochter übers Haar, aber Lea schob die Hand mit einer heftigen Bewegung weg.

»Valerie hat Reitverbot, wenn dich das beruhigt.« Meike Eichhorn seufzte. »Bis zur Abreise darf sie nicht mehr aufs Pferd. Heute Morgen haben wir uns zusammen eine Strafe für sie ausgedacht. Sie musste sich bei Bauer Lüttjohann entschuldigen, wegen der rennenden Kühe, und bei ihm die

Milchkannen auswaschen. Und bei uns muss Valerie alle Stallarbeiten erledigen, zu denen die anderen keine Lust haben: Striegel waschen, Satteldecken ausbürsten, Futterrüben schrubben. Wir finden sicher noch mehr.«

»Pah. Und wenn sie es wieder nachts auf der Weide probiert?«

»Kann sie nicht. Solange die Berliner Klasse hier ist, bleiben die Pferde nachts im Stall. Papa schließt die Sattelkammer ab, damit niemand auf krumme Gedanken kommt. Zufrieden?«

»Nur wenn ich Magic mit aufs Zimmer nehmen kann.«

Lächelnd stand Frau Eichhorn auf. »Du kannst ja schon wieder Witze machen. Jedenfalls findest du dich besser damit ab, dass Valerie bis Samstag hier ist.« Leise fügte sie hinzu: »Mir wäre auch wohler, wenn sie abreisen würde, sie ist wirklich schwierig.«

Lea richtete sich im Bett auf und stemmte die Arme in die Seiten. Mit blitzenden Augen schaute sie ihrer Mutter nach, die sich eine Gasse durch Leas Sammelsurium zur Tür suchte. »Ich will, dass wir jede Nacht Wache halten, bis die Zicke weg ist.«

»Wir passen gut auf«, versprach Frau Eichhorn. »Aber mit der Wache – wie stellst du dir das vor? Papa und ich arbeiten tagsüber, da müssen wir fit sein. Und du gehörst ausgeschlafen in die Schule.« Sie überlegte einen Moment. »Vielleicht sieht Klara heute Nacht nach dem Rechten. Bei ihr ist morgen in der Schule nichts los, ihre Klasse besichtigt das Sperrwerk, da muss sie nicht dringend mit.«

»Mama!« Empört schlug Lea ihre Augen an die Decke. »Heu-

te Abend ist doch das DLRG-Fest für die Strandhelfer. Du hast Klara versprochen, dass sie mit Niels hingehen darf.«
Meike Eichhorn fuhr sich mit der Hand durchs Haar. »Stimmt.« Sie kehrte in Leas Zimmer zurück und lehnte sich aus dem Dachfenster. Ihre Sprechstunde begann jetzt. Warteten unten schon Patienten vor der Tür? Vor der Praxis stieg eine junge Frau vom Fahrrad, hob einen Katzenkorb vom Gepäckträger und trug ihn zum Eingang. Meike Eichhorn eilte zur Tür. »Ich muss runter, Lea. Wir sprechen heute Abend darüber. Sprechstunde!«
»Darf Jette bei mir schlafen? Dann passen wir zusammen auf«, schrie Lea hinterher.
»Meinetwegen«, kam es von der Treppe zurück. »Sonst gibst du ja doch keine Ruhe.«
Mit einem Triumphschrei sprang Lea aus dem Bett und bückte sich nach der Gästematratze, die darunter lag. »Zieh dich warm an, Valerie Wendland«, sagte sie laut und zerrte die sperrige Matratze hervor. »Wenn Jette im Haus ist, dann kannst du dich auf einiges gefasst machen.«
Fast wünschte Lea, Valerie würde heute Nacht erneut etwas anstellen, wieder eine idiotische Mutprobe ablegen. Sie und Jette würden sie dann auf frischer Tat ertappen, ein Unglück verhindern und als große Helden gefeiert werden. Aber da Lea ahnte, dass Valeries Ideen sich immer um Magic drehten, verwarf sie den Wunsch.
Schwül-warme Luft drückte auf Westerbüll, als Jette nach dem Abendbrot eintraf und sich bei Lea einrichtete. Der Himmel sah nach einem Gewitter aus, und da nicht abzusehen war, wann Regen, Blitz und Donner sich entluden, wur-

den die abendlichen Spiele ins Haus verlegt, obwohl es dort stickig war. Einige Tische und Stühle aus dem Esszimmer wurden auf den Flur geschafft, um mehr Platz im Raum zu haben.

Bald ging es im Esszimmer drunter und drüber. Lehrerin Elke Siekmann bemühte sich, in dem Trubel die Übersicht zu behalten, besonders aber fasste sie Valerie ins Auge, die bereits wieder das große Wort führte. Während sie Karten austeilte, tönte die Vierzehnjährige: »Das ist doch Kinderbelustigung, was hier stattfindet. Ohne Mutproben ist das Leben einfach öde. Es kommt doch nur darauf an, kein Angsthase zu sein, alles andere ist unwichtig.«

Es gab einige, die sich von Valeries Angeberei beeindrucken ließen. Doch nach den Vorfällen in der Nacht wuchs die Zahl der Mädchen, die ihr aus dem Weg gingen. Sie verübelten ihr, was sie mit Magic gemacht hatte. Die paar, die Valerie hofierten, taten es nicht aus Überzeugung, nein, sie fürchteten ihren Spott und waren froh, wenn sie nicht selber in ihre Schusslinie gerieten. Eins war klar: So richtig gehörte Valerie zu keiner Clique.

Während die Klasse aus Berlin sich im Esszimmer vergnügte, machte sich Klara für das DLRG-Fest zurecht.

»Du siehst klasse aus«, stellte Jette bewundernd fest, als Klara sich verabschiedete. Mit ihrem knappen Top und dem kurzen Rock sah sie fast erwachsen aus.

»Niels wird lang hinschlagen vor Bewunderung«, sagte Lea.

»Hast du übrigens keine Angst, im Dunkeln heimzufahren?«

Klara lachte und schüttelte den Kopf. »Niels bringt mich nach Hause, das verlangt Mama. Außerdem hat er Leon da-

bei. Ein verrückter Hund! Leon hasst zwar den Lärm, aber den nimmt er in Kauf. Hauptsache, er darf bei Niels sein.«
Zu dritt gingen sie die Treppe hinunter. Lea grinste ihre Schwester frech an. »Ich kenne noch jemand, der nicht ohne Niels sein kann . . .«
Klara war froh darüber, dass sich die Nacht bereits über Westerbüll senkte, als sie auf den Hof traten. So sah jedenfalls niemand, dass sie rot anlief, als Lea ihre Bemerkungen über Niels machte.
Klara quälte sich mit ihrem engen Rock aufs Fahrrad und zeigte nach oben. Dunkelblau und schwer türmten sich dicke Wolken am Himmel. Wie gestern war kein Stern zu sehen, auch der Mond ließ sich nicht blicken. »Höllendunkel heute. Überwacht den Hof und Valerie. Solche Nächte sind wie gemacht für Heimlichkeiten.«
»Ja, das sind sie, denk du auch daran, Klara«, sagte Jette doppeldeutig. Klara machte, dass sie wegkam, bevor sie sich noch mehr Sticheleien anhören musste.
»Ob wir mit vierzehn wohl auch einen Freund haben?«, sinnierte Jette, als sie zum Haus zurückgingen. Energisch schüttelte Lea den Kopf. »Ich nicht. Ich liebe nur Magic. Für immer und ewig.«
Sorgfältig schloss Lea die Haustür hinter sich ab und steckte den Schlüssel ein. Vom Flur linsten die beiden ins Esszimmer, in dem die Stimmung ihrem Höhepunkt zutrieb. Lea zeigte auf Valerie Wendland, damit ihre Freundin sich ein Bild von dem frechen Biest machen konnte.
Mit gerunzelter Stirn betrachtete Jette die Szene. »Da drinnen geht es ja wie in einem Hexenkessel zu«, stellte sie fest.

»Valerie kann sich jederzeit zu den Pferden wegschleichen, das fällt gar nicht auf.«
Lea lachte triumphierend. »Kann sie nicht, Frau Siekmann schließt seit gestern in allen Ferienzimmern die Türen zum Garten ab und kassiert die Schlüssel. Auch ihr eigener Betreuerraum ist verschlossen, Valerie muss jetzt nämlich bei Frau Siekmann schlafen.«
»Warum schließt dein Vater nicht einfach den Stall ab?«
»Zu gefährlich. Wenn es mal brennt, darf man keine Sekunde verlieren.«
»Und wenn es im Haus brennt?«
»Im Notfall kann man die Scheiben der Terrassentüren einschlagen und durch den Garten raus.«
Leise traten Lea und Jette den Rückzug an. Sie setzten sich auf die Treppe, wo Jette ihr Verhör weiterführte.
»Also hat Valerie keine Möglichkeit, aus dem Haus zu kommen?«
»Doch, raus schon, aber nicht wieder rein. In Mamas Wartezimmer gibt es eine unverschlossene Fluchttür, so eine wie in Kinos oder Discos. Die Tür hat ein Spezialschloss. Man kann zwar von innen auf den Hof gehen, kommt aber von draußen nicht wieder ins Wartezimmer.«
»Wissen die Berliner davon?«
»Sicher, ist ja ein offizieller Fluchtweg.«
Jette nickte zufrieden.
»Perfekt. Wenn Valerie etwas im Schilde führt, kann sie nur durchs Wartezimmer nach draußen. Wir müssen die Tür überwachen. Natürlich so, dass Valerie nichts merkt.« Jette überschlug im Kopf die verschiedenen Fallen, die sie aus ih-

ren Detektivbüchern kannte, und entschied sich für eine einfache Methode. »Wir brauchen eine Schachtel Schmierkäse.«

»Hä?«

»Schmierkäse. Das heißt, ich brauche nur den Deckel aus durchsichtiger Folie. Und eine Schere. Besorgst du das?«

Ohne zu begreifen, was Jette damit anfangen wollte, beschaffte Lea das geforderte Zubehör aus der Küche. Sorgfältig schnitt Jette aus dem dünnen Foliendeckel ein Rechteck, klein wie eine Streichholzschachtel.

Auf Zehenspitzen ging sie mit Lea über den Flur ins leere Wartezimmer. Die Tür stand wie immer offen. Außer ein paar Stühlen gab es nichts darin, was man hätte stehlen können. Frau Eichhorn schloss nur ihr Sprechzimmer ab.

»Du musst Schmiere stehen, damit mich niemand sieht«, sagte Jette leise und machte sich an der Tür zum Hof zu schaffen. Das schummrige Licht der Außenlaterne fiel durch die Glasscheibe. Jette stieg auf einen Stuhl und öffnete die Tür einen Spalt. Sorgfältig schob sie ihr Folienstück oben zwischen Türfalz und Rahmen und zog die Tür wieder zu. Zufrieden sprang sie vom Stuhl und rieb sich die Hände.

»Wenn jemand hinausgeht, fällt die Folie herunter. Wir gucken regelmäßig nach. Liegt unser Folienstück auf dem Boden, wissen wir, dass Valerie unterwegs ist. Deine Eltern nehmen wohl kaum diesen Weg.«

»Genial. Nun nichts wie weg.«

Ehe sie zu Lea hinaufstiegen, warfen sie einen letzten Blick ins Esszimmer. Das laute Durcheinander deutete darauf hin, dass die Klasse sich nicht so bald trennen würde. An Schlaf

war heute sowieso nicht zu denken, schwüle Gewitterluft hing im Haus und brachte alle ins Schwitzen.
In den nächsten Stunden konnte nach Jettes Meinung nichts passieren. Vor vierundzwanzig Uhr waren die Mädchen in den letzten Tagen nie zur Ruhe gekommen. Bis Mitternacht kontrollierte Frau Siekmann regelmäßig die Zimmer. Bis die Lehrerin eingeschlafen war, verging sicher noch eine halbe Stunde. Vorher hatte Valerie keine Chance, aus dem Betreuerzimmer zu entkommen, rechnete Jette sich aus, während sie mit Lea nach oben ging.
Mit einem Fußtritt stieß Lea ihre Zimmertür auf, eine Angewohnheit, die ihre Mutter zur Weißglut brachte, seit alles im Haus frisch gestrichen war. Dabei passte der abgeplatzte Lack an der Tür bestens zu Leas Einrichtung. Die ähnelte eher einem Flohmarkt als einem Schlafzimmer. Die Vorderfront des Kleiderschranks bestand aus windschiefen Holztüren, die Lea in einer Abriss-Scheune aufgetrieben hatte. Alte Hafersäcke dienten als Bezug für das Bettsofa. Kein Wunder, dass es immer ein wenig wie in einer Futterkammer roch – ein Duft, den Lea liebte. Im Gegensatz zu Klara besaß Lea einen ausgeprägten Sammeltrieb. In ihrem Raum watete man durch ein Dickicht aus Kutscherlaternen, Tonkrügen und Holzschemeln. Freie Stellen auf dem Fußboden musste man mit der Lupe suchen.
Die Mädchen knieten sich auf Leas Bett unterm Fenster. Bevor es draußen total dunkel wurde, wollte Jette den Hof von oben begutachten. Sie zog das Rollo hoch. »Mach die Lampe aus, sonst spiegelt sich alles«, sagte sie zu Lea und presste ihre Nase an die Scheibe. Als das Licht erloschen war, be-

schrieb sie Lea, was sie sah. »Euren Garten erkennt man gut, den Reitplatz auch. Die Weide ist ziemlich weit weg, von hier sieht man nur die Zäune. Der Stall ist leider auch nicht zu sehen.«

Lea ging zum schrägen Dachfenster und lehnte sich hinaus. »Aber von hier guckt man auf die Pferdeboxen. Und auf den Eingang zu Mamas Praxis.«

Die Mädchen warfen sich aufs Bett. Ob sich heute Nacht überhaupt etwas tat? Zum Glück gibt es kaum Gelegenheit dazu, dachte Lea. Schließlich sind die Türen im Haus verschlossen und die Sattelkammer ist auch verriegelt. Insgeheim glaubte Lea nicht, dass Valerie noch einmal verrückt spielen würde, doch sie schwieg. Sollte sie Jette die Wache vermiesen?

Jette ging zum wiederholten Male alle Möglichkeiten durch. »Reiten kann Valerie heute Nacht nicht, eure Herde steht drinnen. Außerdem sind Sättel und Trensen eingeschlossen«, zählte sie auf. »Was meinst du, könnte Valerie sich an den Pferden rächen, weil dein Vater sie nach Hause schicken wollte?«

Lea fuhr herum. »Was? Meinst du etwa, die tut unseren Pferden etwas an?«

Doch sofort verwarf sie den Gedanken. Sie dachte daran, wie Valerie gestern mit den Möhren aufgetaucht war. »Nein. Ich glaube sogar, dass Valerie Pferde mag. Besonders Magic. Die ist einfach nur durchgeknallt. Valerie sucht den ganz großen Kick. Um anzugeben.«

Solange unten die Berliner Klasse tobte, bestand wenig Gefahr, dass Valerie etwas anstellte. Mit großer Mühe hielt Lea die Augen offen. Allmählich machte sich die durchwachte letzte Nacht bemerkbar. Bleierne Müdigkeit überfiel sie. Ihre Lider wurden schwer. Ein paar Mal musste sie sich an Jette anlehnen, die kerzengerade auf der Couch kniete und Wache hielt.

Angestrengt starrte Jette durch das Fenster in die Dunkelheit. Auch ihre Augen schmerzten. Nachtwache hatte sie sich leichter vorgestellt.

Jette suchte in der Hosentasche nach einem Kaugummi und schob ihn in den Mund. Das Kauen half ihr wach zu bleiben. Und das musste sie, denn sie merkte, dass Lea immer wieder ins Reich der Träume abtauchte.

Da! Was war das? Jette war sicher, dass sich auf dem Reitplatz etwas bewegt hatte! Aufgeregt stieß sie Lea in die Seite. »Guck mal, siehst du es auch? Auf dem Reitplatz!«

Sofort schoss Lea hoch und presste die Stirn ans Fenster. Tatsächlich, eine Bewegung. Oder doch nicht? Jetzt war Lea sich nicht mehr sicher. Genauso gut konnten es die Blätter der Pappeln sein. Schon ein leichter Luftzug genügte, um sie zu bewegen. Von unten drang der Radau der Schulklasse hoch.

»Die feiern noch. Valerie kann also gar nicht weg sein«, sagte Lea und es klang wie eine Beschwörung.

Jette sprang auf und lief zur Tür. »Los komm, wir sehen nach. Wenn Valerie nicht bei den anderen ist, wissen wir Bescheid.«

Mit zitternden Fingern drückte Lea ihrer Freundin eine Taschenlampe in die Hand. »Es dauert viel zu lange, Valerie im Haus zu suchen. Wir gucken sofort auf dem Hof nach.«

Um unbemerkt durchs Treppenhaus zu kommen, tappten sie barfuß die Stufen hinab. Ihre Schuhe zogen sie erst im Flur an. Damit sie sich im Schutz der Dunkelheit anschleichen konnten, schaltete Lea die Außenbeleuchtung aus. Jette horchte den Flur entlang. Die Berliner Klasse tobte jetzt durchs ganze Haus. Zimmertüren knallten.

Plötzlich fiel es Jette wie Schuppen von den Augen. Wie konnte sie nur die ganze Zeit von falschen Annahmen ausgehen! Am liebsten hätte sie sich geohrfeigt! »Mann, bin ich blöd! Wenn Valerie verschwinden will, kann sie das nur jetzt in diesem ganzen Trubel.« Ärgerlich warf Jette den Kopf in den Nacken. »Das ist viel einfacher, als später aus dem Betreuerzimmer zu entkommen.«

Sie hasteten durchs Wartezimmer auf die Fluchttür zu. Jetzt kam es drauf an. War die Folie heruntergefallen? Leas Taschenlampe tanzte über den Boden. Keine Spur.

»Das heißt nichts«, flüsterte Jette, »die Folie kann nach draußen gefallen sein.« Während sie gemeinsam auf die Klinke drückten, starrten sie nach oben. Klemmte die Folie noch an der alten Stelle? Dann war keiner hinausgegangen. Stück für Stück öffneten sie die Tür. Jetzt müsste die Folie nach unten segeln – wenn sie noch da war. Aber nichts geschah. Mit atemloser Spannung sahen sie sich an, als sie über die Schwelle traten. Was erwartete sie draußen?

9. Kapitel
Schock in der Nacht

Wie eine feuchte Wand schlug ihnen die schwüle Luft entgegen. Gleich beim ersten Schritt auf dem dunklen Hof rutschte Lea aus und konnte sich gerade noch fangen. Als sie sich bückte, um zu sehen, was sie ins Schleudern gebracht hatte, stieß sie einen kleinen Schrei aus. Unter ihrer Sohle klebte die Folie.

Alle Fasern in Leas Körper funkten Alarm.

»Valerie muss draußen sein«, wisperte sie. »Du hattest recht. Los, zum Reitplatz.«

Sie hetzten über den Weg zum Stall. Undeutlich zeichneten sich in den Fensteröffnungen einige Pferdeköpfe ab. Lea atmete auf. In den Boxen schien alles in Ordnung zu sein. Wenn sie Magic gesehen hätte, wäre ihr noch wohler gewesen, aber sein Fenster war noch immer durch das Baugerüst versperrt.

Mit angehaltenem Atem drückten die beiden Freundinnen sich an der Stallmauer entlang zum Reitplatz. Hinter ihnen schnaubten die Pferde. Eine Automatiktränke rauschte so laut, dass Lea unwillkürlich zusammenzuckte. Aus dem Haus dröhnte eine Lachsalve. Dann war es einige Minuten ruhig. In der Ferne schlug ein Hund an.
Lautlos wie Indianer schlichen Lea und Jette näher zum Reitplatz, umrundeten den stockfinsteren Garten und nahmen Kurs auf die Umzäunung.
Auf einmal blieben sie wie angewurzelt stehen und griffen nach ihren Armen. Auf dem Reitplatz bewegte sich etwas. Und dann war da ein vertrautes Geräusch.
Was zu ihnen herüberklang, hörte sich wie gedämpfter Hufschlag an. Jette ließ die Hand über den Stab der Taschenlampe gleiten und suchte nach dem Einschaltknopf. »Wenn mich nicht alles täuscht, sind das Galoppsprünge im Sand. Valerie? Aber wie sollte die hier reiten? Sie kommt doch nicht an das Zaumzeug heran! Du bist doch sicher, dass dein Vater die Sattelkammer verschlossen hat?«
Lea befeuchtete mit der Zunge ihre trockenen Lippen. »Hundertprozentig. Ich stand selber daneben. Da – jetzt ist es ruhig!«
Sofort knipste Jette die Taschenlampe an. Der Schein tauchte den Zaun am Reitplatz in helles Licht. Aber weiter reichte die Leuchtkraft der Lampe nicht, jedenfalls nicht richtig bis auf den Platz. »Da drüben«, wisperte Jette erregt. »Siehst du es auch? Das ist doch blondes Haar!« Erneut hörte man aus dem Dunkel leise Geräusche. Die Mädchen hetzten weiter und liefen durch eine Öffnung im Zaun auf den Platz.

»Bleib sofort stehen Valerie, du bist erkannt«, rief Lea laut, obwohl sie außer blonden Haaren nichts ausgemacht hatte. Hastig ließ Jette ihre Lampe über den Platz wandern. Keine Antwort. Keine Spur von einem Pferd, keine Spur von einem Reiter. Aber im Lichtschein wurden drei Hindernisse sichtbar. Klara hatte sie gestern Nachmittag hier aufgebaut, weil sie mit einigen Pferden trainieren wollte. Zwei abgeworfene Hindernisstangen lagen davor.

»Die Stangen hat Klara niemals liegen lassen«, sagte Lea mit bebender Stimme. »Meine Schwester räumt immer alles auf. Wenn das wieder Valerie war . . . die will doch unbedingt mit Magic springen.« Vor ohnmächtiger Wut kamen Lea die Tränen.

Jette sah sich um. »Wohin kann man von hier fliehen?«

Hilflos hob Lea die Arme. »Nach allen Seiten. Zum Leuchtturmweg, hinter die Reithalle, auf die Weide, zum Stall.«

Ungeduldig schüttelte Jette ihre Freundin. »Los, streng deinen Grips an, Lea. Wo sollen wir zuerst suchen?«

»Wenn es Valerie ist, wird sie bestimmt versuchen, auf die Weide zu flüchten. Da ist es am dunkelsten.«

Sie rannten über den Reitplatz am Weidezaun entlang, hin zum Gatter. Ein paar Mal stolperten die Mädchen, das Taschenlampenlicht hüpfte auf und nieder, so schnell stürmten sie vorwärts. Es war ruhig auf der Anlage, beängstigend ruhig. Außer ihrem eigenen keuchenden Atem hörten die Mädchen nichts.

Plötzlich durchriss ein Wiehern die Nacht. Wie elektrisiert blieb Lea stehen und hielt Jette zurück.

Das war Magic! Lea kannte es im Schlaf, das Wiehern, das

ihr Friese nur für sie reserviert hatte, seine Art, mit ihr zu sprechen. Unter tausend Pferden würde Lea ihn daran erkennen.

»Magic«, rief sie voller Angst.

»Das kam aus der Richtung.« Jette zeigte zum Stall und zog Lea hinter sich her. Das letzte Stück durch den Sand kamen sie schlecht voran, ihre Füße schienen schwer wie Blei. Lea wischte sich über die Stirn. Die schwüle Gewitterluft nahm ihr fast den Atem. In der Ferne grollte dumpfer Donner.

Endlich, sie waren am Stall! Lea und Jette liefen durch den überdachten Durchgang. Im Vorbeigehen drückte Lea auf die Lichtschalter, erwischte aber nur den ersten. Zuckend flammten die Leuchtröhren über ihnen auf, der hintere Teil des Stalls blieb im Halbdunkel. Hektisch schaute Lea sich um. Sie entdeckte niemand, doch sie registrierte, dass Flicka, Ibsen und Joker mit gespitzten Ohren lauschten. Und was war mit Luna weiter hinten los? Die Friesenstute schlug mit dem Schweif und drehte sich in ihrer Box.

Schnell vorbei an der Sattelkammer, am Stiefelraum. War der Weg durch den Stall immer so lang gewesen? Warum stand die Stalltür am anderen Ende offen?

Außer Atem erreichten die Mädchen die hinteren Boxen. Luna wich tänzelnd zurück. Nebenan vor Magics Box lagen zwei verknotete Stricke, seine Boxentür war nicht ganz geschlossen. Mit einem Blick sah Lea, dass sie schief in der Führungsschiene hing. Angstvoll blickte Lea durch die Gitterstäbe. Da sah sie Magic, der sich gerade ins Stroh warf. Obwohl das Licht nur funzelig brannte, erkannte Lea sofort, dass Magic schwitzte.

Und dann bemerkte sie auch das blonde Mädchen – natürlich war es Valerie!
Im Halbdunkel duckte sie sich hinter Magics Körper, kroch an der Boxenwand durchs Stroh, um sich zu verstecken.
»Du Miststück«, schrie Lea und umklammerte die Boxenstäbe. »Komm sofort raus!«
Jette lief zurück und schaltete das gesamte Deckenlicht an. Nun konnte Lea es deutlich sehen: Magic war total verschwitzt. Der Friese wälzte sich im Stroh, von der Seite auf den Rücken und zurück. Lea fasste sich ans Herz. »Oh Gott«, stammelte sie. An Magics Backe klaffte eine blutende Wunde.
Aschfahl tauchte Valerie hinter Magic auf. Die Angst, von den schlagenden Pferdebeinen erwischt zu werden, stand ihr ins Gesicht geschrieben. Furchtsam zwängte sie sich an dem Pferd vorbei und versuchte, durch den Türspalt zu fliehen. Vergebens! Die Tür klemmte. In diesem Moment streckte Magic seine Vorderbeine lang aus, um aufzustehen. Fast hätte Valerie einen Tritt abbekommen, doch Magic zog seine Beine instinktiv zurück an den Körper. Hektisch ruckelte Valerie an der Tür. Ihr gelang es gerade noch, sich nach draußen zu quetschen, bevor das Laufrad oben völlig aus der Schiene sprang. Nun versperrte die schief hängende Tür den Eingang komplett.
Und damit bahnte sich das Verhängnis an.
Magics gebeugte Vorderbeine lagen nun so nahe an der ausgehängten Tür, dass er sie nicht mehr ausstrecken konnte. Er versuchte, den Oberkörper anzuheben, er kämpfte, aber er kam nicht von der Holzwand weg. Seine Beine waren re-

gelrecht gefangen. Wieder und wieder strengte das Pferd sich an. Doch Magic saß in der Falle. Erschöpft blieb er auf der Seite liegen. Blut lief von der Backe über seinen Hals und tropfte ins Stroh.

Fassungslos starrte Lea auf ihren Liebling. Sie zerrte an der Schiebetür, versuchte, sie weiter zu öffnen, aber die Tür hing schief und ließ sich keinen Zentimeter bewegen. Keine Chance hineinzukommen. Lea zwang sich, die Wunde nicht anzusehen. »Wir schaffen das, Magic, komm, noch einen Versuch«, flüsterte sie beschwörend. Sie fieberte mit ihm, fast schien es ihr, als ob ihre eigenen Beine blockiert waren.

Zögernd näherte sich Valerie der Box, doch Jette stieß sie heftig zurück. »Wenn du noch eine Sekunde länger hier bist, passiert was.« Und als Valerie stehen blieb, pfiff Jette sie an: »Hast du etwas mit den Ohren? Verschwinde.«

Das wirkte. Endlich lief Valerie hinaus.

Mit weit aufgerissenen Augen lag Magic im Stroh. Er schien nicht zu verstehen, was hier vorging. Mit flackerndem Blick sah Lea zu Jette hoch.

»Schnell, hol meine Eltern. Sag ihnen, dass Magic fest liegt. Und dass er blutet. Ich bleibe bei ihm.«

Das Pferd geriet zunehmend in Panik. In immer kürzeren Abständen versuchte Magic hochzukommen. Er strampelte und ruckte mit dem Kopf. »Ruhig, Magic, ruhig«, flüsterte Lea, aber das Pferd schien sie gar nicht wahrzunehmen. Rücksichtslos gegen sich selber kämpfte Magic weiter, wühlte mit Schultern und Kopf eine Schneise in der Einstreu frei. Bald türmte sich zu beiden Seiten das Stroh auf. Schon hatte der Kopf keine Unterlage mehr, lag auf dem blanken

Betonboden. Magics Backe scheuerte über den rauen Untergrund.
Lea liefen die Tränen übers Gesicht. Gott sei Dank, da stürmte ihr Vater in den Stall. Dahinter folgte ihre Mutter mit Jette.
»Keine Panik. Das haben wir gleich.« Flüchtig strich Markus Eichhorn Lea übers Haar und spähte in die Box, in der Magic lag. »So etwas sieht meistens schlimmer aus, als es ist, Mädchen.«
Doch diesmal irrte sich der erfahrene Tiermediziner, nur wusste er das noch nicht und die anderen im Stall genauso wenig.

10. Kapitel
Alarm im Stall

Auf jeden Fall fühlte Lea sich sofort besser, als sie ihre Eltern sah. Wer hatte schon das Glück, dass Mutter und Vater Tierärzte waren?
Mit einem Blick erkannte Markus Eichhorn die Lage: Er musste versuchen, von vorn in Magics Box zu kommen. Rechts und links standen feste Wände mit Querstangen, die fast bis zur Decke reichten. Die einzige Einstiegsmöglichkeit von außen, das Fenster zum Hof, war durch das Baugerüst verstellt. Unmöglich, die Träger auf die Schnelle abzumontieren. Es blieb nur eins: Er musste die Tür gangbar machen.
»Wisst ihr, warum Magic so schwitzt? Was hat Valerie mit ihm angestellt?«, fragte Markus Eichhorn ruhig, während er seine Hände zwischen Boxenwand und Tür schob und vorsichtig versuchte, das verkantete Teil wieder zurechtzuschieben. Doch es gelang ihm nicht.

Leise trat Lea zurück, sie klammerte sich an Jettes Ärmel. Allmählich bildeten sich auf Markus Eichhorns Stirn Schweißperlen. »Ich brauche die Brechstange, um die Tür von unten hochzustemmen, schnell. Weißt du, wo sie liegt, Lea? Die gebogene Eisenstange? Im Verschlag hinterm Stall. Nein, warte. Verflixt, die habe ich verliehen.«
Erneut versuchte Magic hochzukommen. In wilder Panik riss er seinen Kopf nach oben. Die Blutlache auf dem Boden sah schon bedrohlich aus. Schluchzend drehte Lea sich weg.
»Sprich mit ihm, dich kennt er am besten«, sagte ihre Mutter. Auf Zehen ging Lea an die Box heran und flüsterte zusammenhanglose Sätze zu ihrem Liebling hinunter.
Währenddessen berichtete Jette rasch, was sich ereignet hatte – dass sie Valerie auf dem Reitplatz erwischt und abgeworfene Hindernisstangen entdeckt hatten. »Valerie hat bestimmt versucht, mit Magic zu springen, nur mit Halfter und Stricken.« Jette hob die beiden Stricke von der Stallgasse auf. »Sehen Sie – zusammengeknotet. Valerie hat die Stricke garantiert als Zügel ins Halfter gehakt.«
Wie aus weiter Ferne hörte Lea die Stimme ihrer Freundin. Leas Augen waren auf die rote Lache geheftet, die sich unter Magics Kopf bildete. »Papa, Mama, tut doch was. Seht ihr nicht, wie Magic blutet?«
Meike Eichhorn beruhigte ihre Tochter. »So schlimm ist der Blutverlust bisher nicht, Lea. Die Wunde nähen wir gleich, sobald Magic wieder steht. Er muss hoch, das ist jetzt am wichtigsten.«
Draußen zog das Gewitter näher, der Donner wurde lauter. Aber Abkühlung gab es nicht, im Gegenteil. Die Luft schien

zum Schneiden dick, immer wieder wischte Herr Eichhorn sich die Stirn ab. »Jemand muss Magics Kopf festhalten, damit er nicht ständig vergeblich versucht aufzustehen«, sagte Herr Eichhorn besorgt. »Bei dieser Schwüle hält sein Kreislauf das nicht lange durch. Außerdem ist Magic schon durch das Reiten überanstrengt.«

Erneut machte er sich an der Boxentür zu schaffen. »Ich muss rein, entweder Magic am Halfter oder am Schweif packen und wegziehen, damit er die Beine freikriegt. Aber ich komme nicht an ihn heran.«

Noch gab Magic nicht auf. Nachdem er etwas zu Atem gekommen war, probierte er es erneut, seine Hinterhufe krachten gegen die Nachbarbox. Die Trennwand erbebte derart, dass Luna erschreckt zur Seite sprang. Mit geweiteten Nüstern schnaubte die Stute und drehte sich im Kreis.

Markus Eichhorn ließ die Tür los. »Nein, das geht nicht. Wir müssen die Holzwand zerstören. Eine Säge, wo ist eine Säge? Tempo, Tempo.«

»Ich hole sie.« Jette rannte los. Sie kannte sich auf dem Friesenhof aus, im Stall wusste sie fast so gut Bescheid wie Lea und Klara. Mit vor Anstrengung rotem Kopf schleppte sie den schweren Werkzeugkasten und zwei verschiedene Sägen heran.

Meike Eichhorn hatte inzwischen Handtücher besorgt. Herr Eichhorn warf Lea ein Handtuch zu. »Fang damit die Holzstücke und die Splitter auf.«

Zitternd stand Lea auf der Stallgasse, ein Nervenbündel, starr vor Angst um ihren liebsten Freund. Herr Eichhorn sah den Zustand seiner Tochter, nahm ihr behutsam das Handtuch ab und gab es Jette.

An einer Ritze im Holz setzte Markus Eichhorn die schmale, dünne Stichsäge an. Durch die Gitterstäbe kontrollierte Meike Eichhorn, dass die Säge nicht zu nahe an Magics Beine geriet. Sie gab leise Anweisungen.

Das Holz war hart und leistete Widerstand. Magic verdrehte die Augen, das sägende Geräusch zerrte zusätzlich an seinen Nerven. Doch schon bald war ein Brett herausgetrennt, weitere Holzstücke lockerten sich. Jetzt schien es so, als sei es nur noch eine Frage von Minuten, bis Magic befreit war.

»Ruhig mein Süßer«, murmelte Lea, wenn Magic versuchte, seiner Gefangenschaft zu entkommen.

Endlich! Die Öffnung reichte aus, um in die Box zu gelangen. »Hol Mullkompressen aus der Stallapotheke, Jette«, sagte Markus Eichhorn, während er in die Box stieg und in Magics Halfter griff. »Und die Kleberolle mit Pflaster.« Er rückte und zerrte an den Riemen, um Magic nach hinten zu ziehen und mehr Platz für die Vorderbeine zu schaffen. Aber Magic rührte sich nicht vom Fleck. Der Raum war einfach zu eng.

Vorsichtig stieg der Tierarzt über das Pferd hinweg und kroch nach hinten. Mit beiden Händen umfasste er den Schweifansatz und ruckte heftig daran. Noch einmal und noch einmal. Endlich bewegte sich der schwere Körper. Inzwischen kam Jette mit dem Verbandszeug zurück, schon im Laufen riss sie die Folien ab.

»Vorn ist jetzt Platz zum Aufstehen, Papa«, flüsterte Lea.

Ein großes Aufatmen ging durch den Stall. Lea lachte, obwohl

ihr eigentlich nicht danach zumute war, denn die tiefe Wunde an Magics Backe blutete heftiger. Aber das Schlimmste schien überstanden. Im nächsten Moment würde Magic wieder auf allen vieren stehen, so sah es zumindest aus.
Doch von einer Sekunde zur anderen veränderte sich die Lage dramatisch.
»Hoch, hoch!« Obwohl Markus Eichhorn das Pferd mit lauten Anfeuerungsrufen antrieb, machte Magic keinen Versuch mehr, sich zu erheben. Im Gegenteil, der Friesenwallach sank zur Seite und blieb regungslos im Stroh liegen.
»Komm mein Süßer, steh doch auf«, sagte Lea mit zitternder Stimme, aber das Pferd reagierte nicht mehr. »Magic, Magic«, schrie sie da entsetzt, »was hast du denn?«
Mit einer Hand griff Herr Eichhorn nach Jettes Verbandszeug, drückte eine Kompresse auf die Wunde und fixierte die Mullauflage notdürftig mit Pflaster.
Angstvoll streckte Lea ihre Hand in die Box und streichelte Magics Fell. Sie erkannte ihren Freund nicht mehr, so sehr hatte er sich plötzlich verändert. Sein Atem ging schnell und flach. Das Fell, das schon fast trocken war, glänzte wieder vor Schweiß. Magics Augen lagen tief in den Höhlen. Entsetzt guckte Lea in die Runde.
Ihre Mutter wurde plötzlich hektisch und ihr Vater zuckte nervös mit den Augen. »Alle Fenster auf«, kommandierte er. »Er braucht frische Luft.«
Während Lea und Jette zu den wenigen geschlossenen Fenstern hasteten und sie aufstießen, griff Markus Eichhorn nach einem Handtuch und fächelte Magic Kühle zu. Von außen kam nur noch mehr schwüle Luft herein. Mit einem Mal

war Herr Eichhorn furchtbar aufgeregt, auch wenn er das verbergen wollte.
»Meine Arzttasche, Lea, schnell. Sie steht in Mamas Praxis.«
Und Lea rannte los. Sie sah die Berliner Mädchen nicht, die sich im Dunkeln vorm Stall zusammengerottet hatten und hinter ihr herstarrten. Lea hatte das Gefühl, als wankte der Boden unter ihren Füßen. Allein die Angst trieb sie vorwärts. Angst um Magic.
Als Lea mit der schweren Arzttasche zurück zum Stall stolperte, machten die Mädchen schweigend Platz. Keine traute sich, eine Frage zu stellen. Abseits von den anderen stand Valerie. Als Lea sie erkannte, mischte sich ohnmächtige Wut in ihre Furcht, aber sobald Lea wieder bei ihrem Vater war und ihm die Arzttasche reichte, zählte nur noch Magic.
Inzwischen hatte Leas Mutter einige Sachen aus ihrem Tierarztwagen geholt. Sie legte Magic gerade eine Infusion in die Halsvene. Jette stand als Assistentin mit einer Forke bereit, die sie hochkant auf den Boden stellte. Oben an die Zinken hängte Frau Eichhorn den großen Beutel mit Nährstofflösung. Die Flüssigkeit, die in den Pferdekörper tröpfelte, sollte den Kreislauf stärken. Lea wusste: Infusionen gehörten bei erschöpften Pferden zur ersten Hilfe.
Doch warum ging es Magic nicht endlich besser? Noch immer lag er regungslos in der Box. »Was hat er denn, Papa?«, flüsterte Lea mit erstickter Stimme.
»Wir werden sehen«, sagte Markus Eichhorn ernst, als er das Stethoskop an Magics Brust aufsetzte. Stumme Verzweiflung lag in der Luft, während der Tierarzt das Herz abhorchte. Schweißbedeckt lag Magic auf dem Boden, er nahm die

Welt um sich nicht mehr wahr. Lea und Jette wagten nicht, etwas zu sagen.
Markus Eichhorn nahm das Stethoskop ab und legte es zur Seite. »Normal sind dreißig bis vierzig Schläge in der Minute. Aber Magics Puls rast. Weit über hundert.«
Mit einem kurzen Blick verständigten sich Leas Eltern. Beide schienen dasselbe zu denken, denn Meike Eichhorn suchte bereits in der Arzttasche nach einem Medikament. »Wir geben Kortison«, sagte sie, ohne die Stimme zu verändern. »Sofort.« Ihr Mann nickte.
Aber Lea konnten sie nichts vormachen mit ihrer vorgetäuschten Ruhe. Zu Hause schnappte sie ständig Fachausdrücke aus der Tiermedizin auf. Sie hatte einen guten Überblick über die wichtigsten Arzneimittel. Kortison war etwas für Notfälle. Auf einmal brach ihr der Schweiß aus. Wenn Lea sich recht erinnerte, kannte sie »Kortison« in Zusammenhang mit einem anderen Wort. Das schreckliche Wort hieß »Lebensgefahr«.
»Kortison? Heißt das, dass Magic . . .«
Lea mochte den Satz nicht zu Ende denken, geschweige denn zu Ende sprechen. Sie biss sich heftig auf die Lippen. Hilflos starrte sie Jette an, die immer noch die Forke mit dem Infusionsbeutel hochhielt. Jette blinzelte ihrer Freundin aufmunternd zu, obwohl ihr gar nicht danach zumute war. Wovon Lea und ihre Eltern redeten, verstand Jette zwar nicht ganz. Aber ihr Gefühl sagte ihr, dass Magic in großer Gefahr schwebte.
Markus Eichhorn zog eine Spritze auf. Er beugte sich zu Magic hinunter, betastete seinen Hals und kontrollierte die Ve-

ne, bevor er die Spritze setzte. »Gleich wird es Magic besser gehen«, sagte er und legte die gebrauchte Spritze ins Abfallfach der Arzttasche. Seine Stimme klang zuversichtlich. »Das Medikament geht direkt ins Blut.«

»Sag doch endlich, was mit Magic ist, Papa.«

»Wir kriegen deinen Liebling wieder hin, Lea. Magic hat einen Schock. Sein Kreislauf ist zusammengebrochen.«

Unglücklich starrte Lea in Magics Box und kaute auf den Fäusten. »Aber warum?«

Der Tierarzt zuckte die Schultern. »Bei Magic kommt heute vieles zusammen. Der Kraftakt beim Versuch aufzustehen, die schwüle Hitze und natürlich die Anstrengung beim Springen mit Valerie.«

»Wir müssen einen Moment warten, dann wird es besser«, sagte Meike Eichhorn und nahm Jette die Forke ab. »Am besten lasst ihr Magic jetzt ganz in Ruhe.«

Schweigend, mit gesenkten Köpfen, marschierten Lea und Jette die Stallgasse auf und ab. Da sie die Augen auf den Boden richteten, sahen sie nicht die Schatten vor den Fenstern, nicht die Gesichter der Berliner Mädchen, die auf Hockern und Trittleitern vor dem Stall standen, um etwas von dem Drama mitzubekommen. Lea und Jette hörten nur ein Raunen und die leise Aufforderung von Frau Siekmann: »Kommt sofort da weg.«

Lea zählte leise bis fünfhundert. Bis dahin wird er sich erholt haben, hoffte sie. Doch als sie an der Box stehen blieb, hatte sich nichts verändert. Bei ihrem nächsten Marsch über die Stallgasse zählte Lea bis tausend, dann bis zweitausend, doch Magic lag weiter regungslos am Boden. Verzweifelt sah Lea ihren Vater an.

»Die Spritze müsste längst wirken«, murmelte Markus Eichhorn. »Aber sein Puls jagt immer noch.« Zum dritten Mal beugte er sich zu Magic herunter, um seine Maulschleimhaut zu untersuchen und um seine Augen zu kontrollieren.
»Wir geben Sauerstoff«, sagte Herr Eichhorn entschlossen. »Ich habe eine Flasche im Haus, von der Kälbergeburt bei Bauer Lüttjohann, damals habe ich sie nicht gebraucht.« Schon war er auf dem Weg zur Tür.
»Sauerstoff«, sagte Jette tröstend, »das hört sich gut an. Pass auf, Lea, bald ist Magic wieder obenauf.«
»Jaja«, sagte Lea fahrig. »Sicher.«
Aber sie glaubte nicht, was sie sagte. Dafür wusste sie zu viel über Pferde. Über Verletzungen. Über Krankheiten. Wie oft hatte Lea gedacht, es ist ein Segen, in der Tierarztpraxis so viel zu lernen. Aber in diesem Moment hielt sie es für einen Fluch. All ihr Wissen über Pferde saß abrufbereit im Hinterkopf und quälte sie jetzt. Sie wusste: Wenn ein Pferd zu lange liegt, drückt sein Körpergewicht auf Sehnen und Nerven. Muskeln werden gequetscht. Beine können dadurch gelähmt werden. Würde Magic je wieder der Alte sein? Und wenn die Wunde sich entzündete? Drohte eine Blutvergiftung? Lea zwang sich, nicht daran zu denken, doch das Gelernte war nicht zu löschen, höchstens zurückzudrängen. Wie in Watte gepackt saß das Wort Lebensgefahr in ihrem Kopf und ließ sich nicht vertreiben.
Mittlerweile war ihr Vater mit der blauen Sauerstoffflasche zurück. Unterm Arm trug er ein flaches Schaumstoffkissen, das er Magic unter den Kopf schob.
»Hältst du die Flasche, Lea?«, fragte er. Durch einen dünnen

Schlauch wurde der Sauerstoffbehälter mit einer Maske verbunden. Lea hockte sich neben ihren Vater vor die Box, stellte die blaue Flasche ins Stroh, umklammerte sie, damit sie bloß nicht umkippte und Magic erschreckte. Es wurde eng. Jette stand direkt neben Lea und hielt wieder den Nährstoffbeutel hoch. Man musste vorsichtig hantieren.
Behutsam drückte Herr Eichhorn die Maske auf Magics Nüstern und drehte die Flasche auf. Er zeigte Lea, wie man den Druck am Manometer oben an der Flasche ablas. Wie hypnotisiert heftete sie den Blick auf das Messgerät.
Am Ende des Stalls wurde die Hoftür geöffnet, Isa und Beate kamen zaghaft näher. Sofort ging Meike Eichhorn den Mädchen entgegen und bedeutete ihnen, stehen zu bleiben.
»Wir wollten fragen, ob wir etwas tun können«, fragte Isa leise und versuchte, von Weitem in Magics Box zu spähen.
Frau Eichhorn legte einen Finger auf die Lippen. »Wenn ihr etwas tun wollt, dann sorgt dafür, dass es draußen keine Unruhe gibt. Magic braucht absolute Ruhe. Wir müssen alles vermeiden, was ihn aufregt.«
Schnell fragte Beate: »Stimmt es, dass es Valeries Schuld ist?« Und als sie Frau Eichhorns Erstaunen bemerkte, fügte sie hinzu: »Ihr Mann war vorhin in der Tierarztpraxis und hat unserer Lehrerin gesagt, dass Valerie mit Magic auf dem Reitplatz war. Und dass Magic jetzt einen Kreislaufkollaps hat.«
»Wartet lieber draußen«, sagte Frau Eichhorn ausweichend. Sie schob die Mädchen zum Ausgang und schloss die Tür hinter ihnen.
In unbequemer Haltung saß Markus Eichhorn vor der Box

und überwachte die Sauerstoffmaske. Er verlagerte sein Gewicht von einem Bein auf das andere, um zu verhindern, dass sie einschliefen. Seine Uhr zeigte fast dreiundzwanzig Uhr. Der Tierarzt hatte schon viele Vierbeiner behandelt, kritische Fälle, aber dass weder Kortison noch Sauerstoff anschlugen, hatte er noch nie erlebt.

Trotz allem raste Magics Herz nach wie vor, schlug aber immer schwächer. Auf dem Boden trocknete das Blut zu dunklen Flecken. Wenn Magic nicht bald zur Ruhe kommt, ist er nicht zu retten, dachte Markus Eichhorn. Er wandte sich an Lea.

»Magic beruhigt sich einfach nicht. Er braucht jemand, dem er ganz vertraut. Lea, kriech du zu ihm in die Box und rede ihm gut zu. Dich kennt er am besten von uns allen.«

Er hielt die Sauerstoffflasche, während Lea sich durch die ausgesägte Öffnung in die Box hangelte. Sie stieg über Magics ausgestreckte Vorderbeine und kniete sich neben ihn ins Stroh. Was sollte sie sagen? Sonst redete Lea unaufhörlich mit Magic, aber jetzt fehlten ihr die Worte. Da begann Lea, mit zitternder Stimme zu singen. »Weißt du, wie viel Sternlein stehen . . .«

Leas Finger bebten, als sie Magic streichelte. Sein nasses Fell kräuselte sich unter der Mähne, die strähnig am Hals klebte. Obwohl Lea so nah bei ihm saß, schien Magic für sie unerreichbar, er war ihr seltsam entrückt. Nicht nur wegen der Sauerstoffmaske, nein, weil er kein Zeichen gab, dass er Lea erkannte.

Die Infusion war durchgelaufen, Meike Eichhorn entfernte sie nun.

Lea blickte hoch und hörte auf zu singen. Sie wurde von Weinkrämpfen geschüttelt. »Warum hört er mich nicht?«, schluchzte sie. »Sag Papa, kann Magic . . . kann ein Pferd daran sterben?«

Von Markus Eichhorn kam keine Antwort. Lea forschte in seiner Miene. Entdeckte sie etwas darin? Zuversicht? Ratlosigkeit? Nichts davon. Das Gesicht, das Lea so gut kannte, war jetzt ohne Ausdruck. Oder doch nicht? Auf einmal fühlte Lea, wie eine kalte Hand sich um ihr Herz legte. Was sie in den Augen ihres Vaters sah, hatte sie nie zuvor bei ihm entdeckt – Hoffnungslosigkeit.

Gab er Magic auf?

»Papa, tu doch etwas. Mama! Ihr seid doch Tierärzte. Bitte! Ihr könnt Magic doch nicht sterben lassen.«

Frau Eichhorn half ihrer Tochter aus der Box heraus und zog sie an sich. Schluchzend verbarg Lea ihr tränenüberströmtes Gesicht an der Schulter ihrer Mutter. »Wir tun alles für Magic, was wir können, Lea. Aber Magic steht zu sehr unter Stress. Mit uns Menschen kann er offenbar nichts anfangen.«

Ihre Tochter an sich gedrückt, schaute sie auf den Koloss Magic herab, auf das große schwarze Pferd, das so armselig im Stroh lag. Plötzlich kam ihr ein Gedanke. »Magic ist versunken in eine Welt, zu der wir keinen Zugang haben. Vielleicht kann ihn ein anderes Pferd beruhigen. Ein Pferd, zu dem er Vertrauen hat. Grenzenloses Vertrauen. Vielleicht ein Pferd, das er schon seit seiner Kindheit kennt.«

»Du meinst Luna?«, schniefte Lea unter Tränen.

»Daran dachte ich gerade. Die Frage ist, wie bringen wir Luna näher an Magic heran?«

Markus Eichhorn schloss die Sauerstoffflasche, er wirkte sehr niedergeschlagen. »Wenn der Sauerstoff bis jetzt nicht geholfen hat, können wir damit aufhören. Wir müssen die Idee mit Luna probieren.«

Vorsichtig nahm er die Maske von Magics Gesicht und reichte sie Jette. »Hol mir den anderen Werkzeugkasten, den kleinen.«

Jette sprang auf, sie war froh, dass sie etwas zu tun bekam, und lief sofort die Stallgasse hinunter. Mit halbem Auge sah sie, wie Joker und Bonny ihre Boxenfenster ins Visier nahmen. Mit gespitzten Ohren guckten die Haflinger in die Dunkelheit. Jette versuchte, ihren Blicken zu folgen. Sie traute ihren Augen kaum, als sie draußen in der Dunkelheit Valerie erkannte. »Dass du dich traust!«, zischte Jette. »Hau bloß ab.«

Obwohl Valerie erschrak, zog sie sich nicht zurück. Mit bebender Stimme fragte sie: »Wie geht es Magic?« Ihre Mundwinkel zitterten, ihre Haut war leichenblass und die dunklen Spuren auf ihrem Gesicht deuteten auf verlaufene Wimperntusche. Die hat doch nicht etwa geweint?, ging es Jette durch den Kopf.

»Sehr schlecht, damit du es weißt«, fauchte sie durch Jokers Boxenstäbe. »Und du bist schuld.«

Jette beschloss Lea nichts von der Begegnung mit Valerie zu erzählen und schaffte eilig das Werkzeug herbei.

Mit Zange und Schraubenschlüssel machte Markus Eichhorn sich an den Querstangen über Lunas Trennwand zu schaffen, aber die Schrauben und Muttern saßen bombenfest und rührten sich keinen Millimeter. Luna schnaubte erregt und es schien, dass Magics Zustand sich durch die neue Aufregung verschlechterte. Frustriert ließ Herr Eichhorn das Werkzeug sinken. »So geht das nicht, ich hole Luna heraus. Jette, einen Strick.«

Jette bückte sich nach einem Strick auf der Stallgasse und tauschte ihn gegen das Werkzeug von Herrn Eichhorn. Tänzelnd folgte Luna ihm aus der Box.

Mit nervöser Aufmerksamkeit betrachtete Lea die Friesenstute. Wie würde sie sich benehmen? Schaffte Luna es, durch ihre Nähe Magics Herz zu beruhigen?

Sobald die Stute aus der Box getreten war, blähte sie die Nüstern und begann, aufgeregt zu tänzeln. Das ungewohnte Bild auf der Stallgasse, die Sauerstoffflasche, die aufgesägte Holzwand, die vielen Utensilien machten die Stute nervös.

»Ruhig Luna.« Obwohl Herr Eichhorn mit tiefer Stimme auf sie einredete, riss Luna den Kopf hoch und wich zurück. Alle Versuche scheiterten, sie am Halfter zu Magic zu ziehen. Durch nichts war Luna zu bewegen, ihren Kopf zum Loch herunterzubeugen. Dreimal, viermal, fünfmal versuchte Herr Eichhorn es noch, dann gab er auf. Mit zusammengepressten Lippen brachte er Luna in ihre Box zurück.

11. Kapitel
Kluger Hund

Zur selben Zeit ging für Klara ein wunderbarer Abend zu Ende. Ausgelassen radelte sie mit Niels Ingwersen zurück nach Hause. Allmählich verlor die warme Nacht ihre Schwüle, das Gewitter war an Westerbüll vorbeigezogen. Noch wusste Klara nichts von dem Drama, das sich auf dem Friesenhof abspielte, während sie auf dem DLRG-Fest tanzte . . .

Neben den Fahrrädern trabte Leon. Hechelnd versuchte der Hund, Schritt zu halten. Im Schein der Fahrradscheinwerfer warf sein großer Kopf bizarre Schatten. Der Mond ließ sich nicht am Himmel blicken. Es war eine tiefdunkle Nacht, die fast alles verschluckte – bis auf das sonnengebleichte Haar von Niels, das sich gegen den Himmel abzeichnete. In den Wiesen ertönten die Rufe der Nachtvögel und über dem Leuchtturmweg lag der Duft von Blüten.

Insgeheim bedauerte Klara, dass die Heimfahrt schon zu Ende war, als die Fahrradreifen über die Zufahrt zum Friesenhof holperten. Mit Niels an ihrer Seite wäre Klara liebend gern weitergefahren, immer weiter, bis ans Ende der Welt. Aber das war nur ein Traum. Die Realität war, dass sie vor dem Friesenhof angelangt waren und dass ihre Eltern auf sie warteten. Sie stiegen von den Rädern. Man sah kaum die Hand vor Augen.

»Warum brennen unsere Laternen nicht?«, fragte Klara verwundert. Um nicht im Graben neben der Einfahrt zu landen, schoben Klara und Niels ihre Räder das letzte Stück. Klaras Herz klopfte plötzlich schneller. Es war ein seltsames Gefühl, Niels in völliger Dunkelheit so nahe zu sein. Sie ging langsamer, um das Stück bis zur Haustür länger auszukosten.

Zögernd griff Niels nach Klaras Arm.

»Du Klara«, begann er stockend und blieb stehen. »Vielleicht können wir uns öfter treffen?« Niels wurde rot bei seiner Frage, aber das sah man im Finstern nicht. »Ich meine einfach so, ohne irgendein Fest. Du bist . . .«, Niels brach ab und suchte nach dem richtigen Wort. »Du bist einfach super. Ganz anders als die anderen.«

Klaras Herz machte einen Sprung. Schon tausendmal hatte sie sich diesen romantischen Moment in ihren Träumen ausgemalt. Wie oft hatte sie nachts wach gelegen und sich vorgestellt, wie das sein würde, wenn Niels sie fragte. Auf einmal war Klara ganz berauscht vor Glück. Und obwohl sie sich in Gedanken schon oft auf diesen Augenblick vorbereitet hatte, fiel ihr nun keine passende Antwort ein. »Du hast doch genug Mädchen, die dich am Strand anhimmeln«, mur-

melte Klara schließlich, wenn sie auch etwas anders sagen wollte. »Wenn du Aufsicht für die DLRG machst. Hab ich schon oft gesehen.«
Da ließ Niels sein Rad einfach fallen und legte seinen Arm um Klara. »Aber das ist doch nichts. Das weißt du genau.« Er lehnte Klaras Fahrrad an einen Busch und nahm ihr Gesicht in beide Hände. Bevor er ihr einen Kuss geben konnte, lachte Klara plötzlich auf. »Tut mir leid Niels, das Lachen hat nichts mit dir zu tun – guck mal, dein Hund.« Verdutzt sah Niels hinunter und musste ebenfalls lachen. Mit seiner rauen Zunge leckte Leon über Klaras nackte Knie. »Leon, du Lump, bist du etwa eifersüchtig?«
»Wuff«, machte Leon vorwurfsvoll und drängte sich zwischen Klara und Niels. Er fand es nicht in Ordnung, dass sie nicht endlich weitergingen. Erst als sich Niels und Klara zu dem Hund hinabbeugten und ihm das Fell kraulten, knurrte er zufrieden.
»Ich bin froh, dass du Leon so gerne hast«, sagte Klara mit weicher Stimme, als sich ihre Hände in Leons wuscheligem Fell trafen. »Ich möchte nie mit einem Jungen zusammen sein, der keine Tiere mag.«
Über Leons Rücken kamen sie sich näher, und als sie sich nun einen schüchternen Kuss gaben, protestierte auch Leon nicht mehr. Sie genossen die wenigen, kostbaren Minuten, die ihnen noch blieben. Doch als sie zu ihren Fahrrädern gingen, fand der schöne Abend ein jähes Ende. »Euer Stall ist ja hell erleuchtet«, stellte Niels verwundert fest. »Ist dein Vater so spät noch bei den Pferden?«
Klara fuhr herum. Der Stall lag in ihrem Rücken, verborgen

hinter den Pappeln, und bisher hatte sie nur Augen für Niels gehabt. Für sie bedeutete Licht im Stall nur eins: Alarm. Mit einem Schlag war Klaras wunderbare Hochstimmung verflogen. Unruhig sah sie auf die Uhr. »Schon nach dreiundzwanzig Uhr. Vielleicht eine Kolik? Komm, wir sehen nach.«

Niels schluckte seine Enttäuschung herunter. Warum hatte er bloß den Stall erwähnt? Die romantische Nacht war gelaufen. Andererseits wollte auch Niels wissen, was sich bei den Pferden tat. Er hoffte, dass es nur blinder Alarm war.

Leon bellte und trabte Richtung Stall.

»Nimm ihn lieber an die Leine«, sagte Klara, während sie Leon nachlief und ihn am Halsband zu fassen bekam. »Wer weiß, was da drinnen los ist.«

Erst unmittelbar vor dem Stall bemerkte Klara die Ferienklasse. Mit hängenden Armen standen die Mädchen in der Dunkelheit, einige steckten tuschelnd die Köpfe zusammen, als sie Klara erkannten.

Sofort ahnte Klara, dass etwas Schlimmes passiert war. Fast körperlich spürte sie die gedrückte Stimmung der Mädchen. Beate löse sich aus der Gruppe und lief auf Klara zu.

»Magic stirbt«, schleuderte sie Klara entgegen. Wie vor den Kopf geschlagen taumelte Klara zurück. Sogleich war Niels bei ihr und hielt sie fest.

»Erzähl nicht so einen Mist«, fuhr Niels das Berliner Mädchen an und schob sich an ihr vorbei zur Stalltür.

»Da darf keiner rein, hat Frau Eichhorn gesagt«, rief Beate ihm nach, aber da standen Klara und Niels schon in der Stallgasse. Leon drängte vorwärts und bellte.

Im Stall bot sich ihnen ein schreckliches Bild. Mit einem

Blick erfasste Klara die Situation. Frische Blutflecken, die Sauerstoffflasche und die Arzttasche auf dem Boden sprachen eine deutliche Sprache. Eng umschlungen, standen Lea und Jette vor Magics Box. Klara musste schlucken, als sie ihre Schwester so elend sah. Lea, die mutige, freche Lea, die nie weinte, war in Tränen aufgelöst.

In Magics Box klaffte ein Loch, die Säge lag noch davor. In der Box daneben drückte sich Luna verstört in die äußerste Ecke. Vor Magics Box kauerten ihre Eltern. Alles im Stall signalisierte: Hier ist etwas Schlimmes geschehen. Zögernd ging Klara weiter.

»Bringt den Hund raus«, rief Markus Eichhorn verhalten über die Schulter. »Magic verträgt keine Aufregung.«

Niels griff nach der Leine, beinahe musste er den großen Hund aus dem Stall zerren, so sehr wehrte Leon sich gegen das Stallverbot. Jaulend drehte er sich immer wieder um. Leon stand fast auf den Hinterbeinen, als Niels ihn schließlich durch die Tür befördern konnte. »Ich warte draußen«, sagte er im Gehen und Klara beeilte sich, zu Magic zu kommen.

Klara hatte nicht damit gerechnet, dass der Anblick von Magic sie so mitnehmen würde. Schweißbedeckt lag er im Stroh, der große, starke Friese. Nie war Magic krank gewesen, jedenfalls nicht ernsthaft. Klara sah, wie sein Atem schnell und flach ging, so hektisch, dass sie instinktiv wusste – diesen Stress hielt Magic unmöglich lange durch.

»Aber er war doch noch total fit, als ich heute Abend weggefahren bin.« Das war alles, was Klara hervorbrachte.

In knappen Worten berichtete Meike Eichhorn, was geschehen war: von Valeries verbotenem Ritt, von Magics

Kreislaufzusammenbruch und von der fehlgeschlagenen Behandlung. Von ihrer letzten Hoffnung, einen engen Freund aus Magics Jugendzeit zu finden, der das Pferd beruhigen könnte.

»Ist es . . . ist es denn so gefährlich?«, flüsterte Klara und ihre Mutter nickte unmerklich.

»Wir haben vorhin versucht, den alten Tönnies anzurufen, der früher auf dem Friesenhof wohnte. Der kennt Magic am längsten. Doch Otto Tönnies nimmt nicht ab. Ich müsste zu ihm hinfahren, aber wir können Magic nicht allein lassen. Und Frau Siekmann findet sein Haus nie im Leben.«

»Otto Tönnies!«, sagte Klara aufgeregt. »Der war vorhin mit uns beim DLRG-Fest! Als Niels und ich gingen, saß er noch im Zelt.«

Zum ersten Mal meldete sich Lea, mit roten Augen sah sie Klara an. »Fahr los und hol ihn«, sagte sie mit leerer Stimme. »Bitte, Klara.«

»Ja, mach das.« Markus Eichhorn nickte sofort und Klara schoss gleich zur Tür. Sie war froh, dass sie etwas tun konnte. »Nimm Niels mit. Und Leon. Beeilt euch.«

Vor dem Stall scharten sich noch immer die Berliner Mädchen zusammen. Jetzt stand auch Frau Siekmann dabei. Sie hielt Klara zurück. »Wie geht es Magic?«

»Schlecht. Und schuld ist Valerie.«

Wie auf Kommando gingen alle Köpfe nach links, wo Valerie ruhelos unter den Stallfenstern entlangstrich. Seit dem Vorfall sprach keiner mit ihr, nicht einmal Beate und Isa. Frau Siekmann hatte ihr einen zweiten Verweis angekündigt. In Berlin standen schon mehrere Verwarnungen in Valeries Ak-

ten. Nun musste sie damit rechnen, dass sie von der Schule flog.
»Ich möchte nicht in Valeries Haut stecken«, murmelte Klara, als sie zu Niels zurückkam. Besorgt registrierte er, wie bleich Klara aussah. »Was ist los?«
Hilfslos verzog Klara das Gesicht. »Magic ist schwer krank. Wir müssen unbedingt Otto Tönnies vom Fest holen. Bitte komm mit.« Schon zog sie ihn mit sich zu den Fahrrädern. Leon lief zwischen ihnen her und bellte erregt. Immer wieder zog er Richtung Stall. »Psst Leon. Magic braucht Ruhe«, sagte Klara und hob ihr Rad aus dem Gebüsch. Der Hund hörte nicht auf zu bellen, es klang beinahe verzweifelt, aber in der Eile hatten weder Niels noch Klara ein Ohr dafür. Selbst wenn sie stutzig geworden wären – wie hätten sie heraushören sollen, was Leon ihnen mitteilen wollte?
Die Laternen rund um den Friesenhof flammten auf, endlich hatte jemand die Außenbeleuchtung angeschaltet. Während Niels aufs Rad sprang, angelte er sein Handy hervor und kündigte seine Verspätung zu Hause an.
Unterwegs hörte er sich die Schilderung von Magics Zustand an. »Sieht so aus, als ob es um jede Minute geht«, sagte Niels bestürzt. Sie holten das Letzte aus ihren Fahrrädern heraus.

12. Kapitel
Wettlauf gegen die Zeit

Die drei hellen Zelte leuchteten weit über den Strand von Westerbüll. Obwohl kein Stern am Himmel stand, glänzte das Meer und hüllte sich in einen geheimnisvollen Schimmer. Gedämpfte Schmusemusik wehte über den Strand. Eine Nacht wie gemacht für Verliebte, aber Klara und Niels hatten keinen Sinn dafür, als sie durch den tiefen Sand auf die Zelte zurannten.
Die lodernden Wachsfackeln rings um die Zelte waren schon weit heruntergebrannt, doch das DLRG-Fest war noch in vollem Gange. Hinter hochgerollten Zeltplanen kamen Beine in Sicht, die zum Rhythmus der Musik wippten. Mit fliegenden Fingern band Niels seinen Hund draußen an, während Klara eine Plane beiseite schob und sich Einlass durch die Tischreihen verschaffte. Nervös suchte ihr Blick das Zelt ab, Gäste prosteten sich ausgelassen zu, lachten

und scherzten und liefen durcheinander. Viele Leute kannte Klara nicht – wie bei allen Festen in Westerbüll feierten auch Fremde gern mit. Hilfe suchend sah sie sich nach Niels um. Der legte seine Hände wie einen Trichter vor den Mund. »Hat jemand Otto Tönnies gesehen? Wir suchen ihn dringend. Es geht um Leben und Tod.«

Ein paar angeheiterte Männer grölten Beifall, sie begriffen den Ernst der Lage nicht. Klara weinte fast. »Wie können die feiern, wenn Magic so krank ist?«

»Das wissen die doch nicht, ist ja nicht böse gemeint.« Tröstend nahm Niels Klara bei den Schultern und schob sie durch die Tänzer weiter zum nächsten Zelt, das mit dem ersten verbunden war. An jedem Tisch fragten sie nach Otto Tönnies und endlich wusste jemand Bescheid, ein Fischer, den sie flüchtig kannten. »Otto? War ihm zu laut hier. Ein paar anderen Männern auch. Die wollten weg und Karten spielen.«

»Wo?«, drängte Klara und trat von einem Bein auf das andere. »Schnell, sagen Sie doch! Wo ist er?«

Der Mann am Tisch zuckte die Schultern und griff nach seinem Bierglas. »Keine Ahnung. Ich weiß nur, dass Leif Harding dabei war, der alte Seemann, den kennt ihr vielleicht.«

Klara und Niels sahen sich an. Und ob sie Leif Harding kannten! Ein kauziger Junggeselle, ein Sonderling. Welche Schwierigkeiten hatte er Familie Eichhorn bereitet, als die den Friesenhof von Otto Tönnies kaufen wollte. Damals hatte der Seemann alle gegen sie aufgehetzt. Fast wäre der Friesenhof Pleite gegangen, wenn die Kinder von Westerbüll nicht in letzter Minute eingegriffen hätten. Frieden herrschte erst, nachdem Magic Leif Hardings entlaufenen Dackel Kompass gefunden hatte.

»Also los, Leif Harding wohnt nicht weit«, drängte Klara und sie machten, dass sie aus dem Zelt kamen.

Sie jagten die Deichstraße hinunter, vorbei am Gasthaus Wattenkrug, vorbei an der Seebrücke bis zum Ende des Deichs, wo Westerbüll zu Ende war. Mit fliegenden Ohren fegte Leon neben ihnen her. Der Weg verengte sich und ging in einen schlaglochübersäten Pfad über. Mit hoher Geschwindigkeit rasten die Fahrräder auf die niedrige Reetdach-Kate am Deich zu. Das kleine Haus lag völlig im Dunkeln, es sah nicht so aus, als ob drinnen Männer saßen und Karten spielten.

Achtlos flogen die Räder vor dem Haus ins Gras. Leon rannte los und scharrte an der Tür.

Im Haus schlug ein Hund an und Leon bellte eine Antwort. Klara schickte ein Stoßgebet zum Himmel. »Bitte lass Otto Tönnies bei ihm sein.« Aber sie glaubte selber nicht daran. Kein Licht brannte im Haus. Klara betastete den Türrahmen. Gab es denn nirgendwo eine Klingel? Als sie keine fand, donnerte sie mit der Faust gegen die Tür und rüttelte an der Klinke. »Herr Harding, sind Sie zu Hause?« Leon sprang auf die Hinterbeine und kratzte mit den Vorderpfoten am Haus. An der hinteren Wand wurde ein Fenster aufgestoßen.

»Wer ist da?«, war eine schroffe Stimme zu hören.

»Ich bin's, Klara. Klara Eichhorn vom Friesenhof. Bitte machen Sie auf.«

»Meine Güte, weißt du, wie spät es ist? Ich bin schon im Bett.«

»Bitte Herr Harding, es ist wichtig.« Klara lief zu dem niedrigen Fenster und rang die Hände. »Unser Magic stirbt. Sie kennen ihn doch. Das ist das Pferd, das Ihren Hund gerettet hat.«

Das Fenster flog zu und einen Moment später erschien Leif Harding in der Tür. Umständlich zog er einen blauen Seemannspullover über seinen Schlafanzug. »Kommt rein.«

Der große, hagere Mann stützte sich auf einen Stock und wies damit in seine winzige Wohnstube. Während Klara über die Schwelle stolperte, erklärte sie hastig die Gründe für ihr nächtliches Eindringen. Inzwischen schlossen Kompass und Leon schwanzwedelnd Freundschaft.

Nein, Leif Harding wusste nicht, wohin Otto Tönnies gegangen war, aber er nannte ihnen zwei Adressen. Eilig verabschiedeten sie sich. Da fiel Klaras Blick auf den Fußboden. In einer Ecke lagen flauschige Felle auf den Holzdielen, ein paar dunkle Schaffelle, aber im Dämmerlicht des Flurs konnte man denken, ein großes schwarzes Pferd läge dort. Klara brach in Tränen aus. Schluchzend fiel sie Niels um den Hals. Der Anblick von Magic, wie er armselig am Boden lag und um sein Leben kämpfte, stand wieder eindringlich vor ihren Augen.

Leon kam mit seiner feuchten Schnauze, um die beiden an seine Gegenwart zu erinnern, und Kompass, der Dackel, leckte über Klaras nackte Waden, bis sie unter Tränen kichern musste, weil es so kitzelte.

Nachdenklich schaute Leif Harding auf die Hunde. In seinem Kopf arbeitete es. Er versuchte, sich an etwas zu erinnern. Auf einmal tippte er sich an die Stirn und zeigte auf Leon.

»Ich glaube, ihr habt das Beruhigungsmittel für Magic selber mitgebracht. Dein Hund ist es, Niels! Als er noch ein Welpe war, hat er viel Zeit auf dem Friesenhof verbracht. Dein Vater lagerte dort seine Strandkörbe und schaute jeden Tag mit Leon vorbei.«

Aufgeregt pochte der dürre Mann mit seinem Stock auf den Boden. »Wenn ich mich recht erinnere, sprach Otto Tönnies oft davon, dass der junge Hund bei den Pferden im Stroh lag, während dein Vater Strandkörbe ans Meer brachte.«

Auf einen Schlag versiegten Klaras Tränen. »Ist das wahr?«

Niels zog die Schultern hoch. »Unser Strandkorblager war tatsächlich damals auf dem Friesenhof. Ich muss elf oder zwölf gewesen sein, so lange haben wir Leon. Aber ob mein Vater morgens mit ihm dort war?« Niels fuhr sich mit der Hand durchs Haar. »Das weiß ich nicht. Ich konnte mich ja erst nach der Schule um Leon kümmern.«

Leif Harding schlurfte zur Kommode im Flur und reichte Niels das Telefon. »Schnell, ruf deinen Vater an und frag ihn.«

Es dauerte nur wenige Minuten, bis Niels die ersehnte Bestätigung von zu Hause bekam: Leon und die Friesenpferde waren tatsächlich alte Freunde.

Klara und Niels sahen sich an. Jetzt zählte jede Sekunde. Im Dunkeln rasten sie über die Deichstraße zurück, als gelte es, ihr eigenes Leben zu retten. Mit heraushängender Zunge hetzte Leon mit. Kamen sie noch früh genug?

13. Kapitel
Ein Leben in vier Pfoten

Vor Erschöpfung fielen Lea auf dem Friesenhof fast die Augen zu und doch war sie gleichzeitig hellwach. Weinen konnte sie schon lange nicht mehr, sie fühlte sich nur noch ausgelaugt und leer. Nachdem Klara und Niels gegangen waren, schickte Herr Eichhorn Lea in die Box, um Magics Liegefläche zu polstern, überall dort, wo Magic die Einstreu weggescharrt hatte. Lea kroch durch das eingesägte Loch, während ihre Mutter Stroh vor die Öffnung schaffte.
»Warum macht man das?«, fragte Jette Herrn Eichhorn leise, sie wollte Lea nicht stören. Flüsternd gab der Tierarzt Auskunft. »Im Liegen drückt das ganze Körpergewicht auf die Seite. Sechshundert Kilo sind das bei Magic. Das Gewicht klemmt die Adern ab, auch die Nerven, besonders da, wo keine Muskeln sitzen.« Er zeigte auf Magics Kopf und Beine. »Wenn ein Pferd auf hartem Boden festliegt wie jetzt, muss

man unbedingt etwas unterschieben. Den Kopf haben wir ja schon auf ein Kissen gelegt.«

Frau Eichhorn reichte ihrer Tochter Strohbündel. »Unter Schulter und Beine legen, aber sei vorsichtig.« Lea arbeitete wie ein Roboter. Mechanisch polsterte sie Magics Liegefläche und schob Stroh unter seine Vorderbeine. Trotz des gedämpften Lichtes traute sie sich kaum, Magic anzusehen. Seine Lider waren halb geschlossen, dahinter ging der Blick ins Leere. Rings um die weiße Mullauflage auf der Backe hatte angetrocknetes Blut eine schreckliche Spur hinterlassen.

Nichts hatte sich an Magics schlechtem Zustand verändert. Mittlerweile waren die Leuchtröhren über seiner Box ausgeschaltet worden, um ihm das grelle Licht von oben zu ersparen.

»Zähl seinen Pulsschlag, Lea«, sagte Markus Eichhorn leise. »Dann brauche ich Magic nicht noch einmal zu stören. Du weißt ja, wie das geht. Leg zwei Finger an seinen Unterkiefer.« Lea nickte automatisch, aber als sie den jagenden Puls fühlte, hätte sie die Hand am liebsten zurückgezogen, so sehr ängstigte sie das rasende Pochen. Aber Lea zwang sich weiterzuzählen. Mit zusammengebissenen Zähnen hielt sie eine Minute durch, ehe sie zurück auf die Stallgasse kroch.

»Immer noch einhundertzwölf Schläge«, sagte sie verzweifelt. Mit großer Sorge betrachtete Meike Eichhorn das Pferd, dann nahm sie ihren Mann beiseite und flüsterte mit ihm.

»Magic muss hoch, wir können nicht mehr endlos warten. Ich rufe die Feuerwehr«, sagte sie in die Runde. »Die haben

Gurte und Tücher zum Bergen von verunglückten Pferden. Vielleicht schaffen es die Männer, Magic damit auf die Beine zu stellen.«

Entsetzt schlug Lea die Hände vors Gesicht. »Feuerwehr? Soll die etwa in unseren Stall fahren?«

»Natürlich nicht. Die Wagen bleiben auf dem Hof. Der Gurt wird unter Magics Bauch durchgeschoben und die Seile legen wir durchs Fenster nach draußen.« Meike Eichhorn musterte die Stallfenster und dachte an das Gerüst davor. Notfalls musste man die Bretter draußen abbauen. Sie zeigte auf einen Deckenbalken über Magic. »Dort oben wird eine Vorrichtung angebracht, über die die Seile laufen. Dann legen wir die Stricke durchs Fenster und ziehen Magic von draußen hoch.«

»Seid ihr verrückt? Das hält Magic doch niemals aus. Und die anderen Pferde drehen auch durch.«

Frau Eichhorn seufzte. »So lange bringen wir die anderen Pferde natürlich auf die Weide. Ja, für Magic ist das eine neue Nervenanspannung.« Sie machte eine Pause und senkte den Blick. »Ich fürchte nur, wir haben keine andere Wahl, Lea. Wenn er nicht bald auf die Beine kommt, droht auch noch eine Kolik.«

Die Worte gaben Lea den Rest. Noch nie hatte sie sich so mutlos gefühlt. Was kann ein Mensch aushalten, bevor er in Ohnmacht fällt?, fragte sie sich. »Aber vielleicht findet Klara Otto Tönnies und der weiß Rat«, sagte sie mit verzweifelter Hoffnung.

»Darauf warten wir erst einmal, aber gleichzeitig bestelle ich die Feuerwehr. Dauert ja auch eine Weile, bis die hier ist.«

»Sie sollen das Martinshorn abschalten«, rief Jette hinter Leas Mutter her, als diese aus dem Stall eilte und mitten in die Berliner Schülerinnen geriet, die nach wie vor draußen vor der Tür ausharrten. Es war längst nach Mitternacht, darum nahm Frau Eichhorn die Klasse mit ins Haus und hätte beinahe Klara und Niels verpasst, die mit Leon über den Hof rannten. »Ich ruf die Feuerwehr und bin dann gleich wieder bei euch«, rief sie ihnen hinterher. Erst vor der Stalltür hielten Klara und Niels an, um wieder zu Atem zu kommen.
»Nehmen wir Leon gleich mit rein?«, fragte Niels und schnappte nach Luft. Klara schüttelte den Kopf. »Besser nicht, wir erklären denen die Sache erst, sonst gibt es nur unnötige Aufregung. Dann holen wir Leon nach.«
»Platz, Leon.« Schwanzwedelnd blieb der Leonberger stehen und sah zu Niels hoch. »Platz, Leon. Ich komme sofort zurück.« Leon fiepte verständnislos, legte sich aber gehorsam nieder. Mit fragenden Augen starrte er Niels nach, der mit Klara im Stall verschwand.
»Endlich.« Ein Schatten der Erleichterung huschte über Leas Gesicht, als sie ihre Schwester sah. »Gibt es etwas Neues?«
Aus den Augenwinkeln sah Klara, dass Magic immer noch unverändert in der Box lag. Sie fühlte, wie sich ihre Kehle zuschnürte. Auch Niels erschrak, als er Magic sah. So dramatisch hatte er sich seinen Zustand nicht vorgestellt. Er räusperte sich, dann berichtete er hastig von Leons Kinderzeit bei Magic. »Die beiden haben sogar in einer Box geschlafen«, schloss er aufgeregt. »Das ist doch Wahnsinn! Soll ich Leon schnell holen?«

Die ganze Zeit hatte Lea an Niels' Lippen gehangen, jetzt sprang sie ihm um den Hals. »Oh Niels, das vergesse ich dir nie. Hoffentlich wird jetzt alles gut. Was hast du denn, Papa?«
Statt laut aufzujubeln, wiegte ihr Vater den Kopf. »Ich weiß nicht, ob ein Hund das richtige Beruhigungsmittel ist. Ich dachte an ein anderes Pferd, einen echten Artgenossen. Ein Hund in der Box? Vielleicht kommt Leon an die Wunde, dann regt Magic sich noch mehr auf.«
Da wurde Klara heftig. »Aber warum hast du uns denn losgeschickt? Weißt du einen anderen Ausweg? Soll Magic sterben?«
Lea fing wieder an zu weinen. »Geht weg von seiner Box, wenn ihr euch streitet!«
Herr Eichhorn legte die Arme um Lea und wiegte sie wie ein kleines Kind. »Wir müssen alles vermeiden, was das Pferd beunruhigt. Stress erhöht den Sauerstoffverbrauch.«
Sie gingen ein paar Schritte von der Box weg und diskutierten aufgeregt über das Für und Wider, Leon hereinzuholen.

Eigentlich redeten sie nicht lange, jedenfalls aus Menschensicht nicht, aber für einen Hund, der draußen liegt und wartet und der wittert, dass ein alter Freund in Not ist, da sind drei Minuten eine Ewigkeit.
Leon ist ein gut erzogener Hund. Wenn sein Herrchen »Platz« sagt, bleibt Leon so lange am Boden, bis Niels zurückkommt. Aber manchmal gibt es Fälle, da muss ein Hund die Sache selber in die Pfoten nehmen. Heute ist so eine Nacht, findet Leon. Niels kommt nicht zurück, zumindest nicht so schnell, wie Leon es für richtig hält. Darum läuft Le-

on los. Der große Hund trabt durch die Dunkelheit und umrundet den Stall. Vor den Fensteröffnungen bleibt er stehen und nimmt Witterung auf, läuft weiter. An einer Stelle kratzt er an der Mauer, doch sie gibt nicht nach.
Aber Leon kennt sich aus und sucht weiter nach einer Öffnung. Das Friesenpferd Magic lebt hinter den Mauern, das weiß er. Was ein Hund als Welpe kennenlernt, behält er für immer. Früher hat Leon bei Magic im Stroh geschlafen. Seitdem sind sie Freunde. Freunde fürs Leben. Leon versteht nicht, warum Niels ihn nicht zu Magic lässt. Gerade jetzt, wo er ihn braucht. Normalerweise ist Niels ein guter Leithund, aber heute ...
Mit der Nase am Boden trottet der Hund weiter, untersucht jedes Stück der Stallmauer. Er erinnert sich genau, dass irgendwo ein Loch ist. Endlich, hinterm Stall stößt er auf die gesuchte Öffnung. Mit der Schnauze schiebt Leon die Tür auf, sie ist nur angelehnt, ein Kinderspiel, sie ganz zu öffnen ...
Aufmerksam betrachtet Leon den Stall, als er sich durch die Tür hineingedrängt hat. Hinten stehen Menschen, auch Niels. Leon ist gewitzt. Besser, er fällt nicht auf. Sonst schickt Niels ihn wieder nach draußen. Wie vorhin.
Unauffällig drückt Leon sich an den Boxen entlang. Auf leisen Pfoten tappt er über die Stallgasse und schleicht sich in Magics Box.
Lea bemerkt einen Schatten und dreht sich um. Da sieht sie den Hund.
»Leon«, flüstert sie. Den Umstehenden bleibt fast das Herz stehen. »Jetzt kann ich nicht mehr eingreifen«, sagt Markus

Eichhorn leise und nimmt Leas Hand. »Lasst uns hoffen, dass es gut geht.«
Mit hochgezogenen Beinen steigt Leon über Magic hinweg. Vorsichtig, als ob er weiß, was zu tun ist. Leise fiepend, beugt er sich über das am Boden liegende Pferd und legt ihm seine Pfoten um den Hals. Beruhigend leckt Leon über Magics Stirn. Leons Ohren streicheln über sein Fell. Dann lässt der große Hund sich im Stroh nieder und kuschelt sich ganz eng an den Kopf des Pferdes. Da läuft ein Zucken über Magic und er gibt einen Laut von sich, der wie ein Seufzer klingt.
Es scheint, als lege Magic sein Leben in Leons Pfoten. Im selben Moment, als sich sein Hundefreund aus Kindertagen an ihn schmiegt, beruhigt Magic sich.
Die ganze Runde wird Zeuge, wie im Stall von Westerbüll ein Wunder geschieht.
»Guck doch Papa, er atmet kräftiger«, flüstert Lea aufgeregt.
»Und seine Augen«, sagt Klara. »Magic nimmt die Welt wieder wahr.«
»Unglaublich«, murmelt Meike Eichhorn, die auf Zehenspitzen dazukommt. »Einfach unglaublich.«
Regungslos verharren alle vor der Box, später weiß keiner mehr, wie lange. Erst als Magic sich bewegt, den Kopf ein wenig hebt, als seine Ohren spielen, geht Markus Eichhorn im Zeitlupentempo in die Knie und setzt sein Stethoskop auf Magics Brust. »Nur noch siebzig Schläge in der Minute«, sagt er und strahlt übers ganze Gesicht.
Niels wischt sich über die Augen und sieht Klara an. Er ist wahnsinnig stolz, dass sein Hund das Drama zum Guten gewendet hat.

In der Box gibt es jetzt Gepolter. Magic macht seine Vorderbeine lang und will aufstehen. Lea hält den Atem an und krallt sich in Jettes Ärmel fest. Ruhig rollt Leon sich zur Seite und stellt sich wartend an die Boxenwand. Beim ersten versuch knicken Magics Beine ein, so erschöpft ist er. Aber der Friese probiert es noch mal – und diesmal schafft er es. Magic steht! Etwas unsicher noch, aber er steht auf allen vieren. Sofort stapft Leon durchs Stroh zu ihm hin und leckt Magic über die gesenkte Nase.
Da fallen sich alle um den Hals, umarmen sich, erdrücken sich fast vor Freude. Markus Eichhorn lässt seine Tochter Lea gar nicht wieder los. »Ich glaube, wir haben es geschafft.«

14. Kapitel
Das Wunder von Westerbüll

Magics Herz schlug jetzt ruhiger, Minute um Minute verbesserte sich sein Zustand, sodass Markus Eichhorn darangehen konnte, die Wunde an der Backe fachgerecht zu versorgen. Leon sollte in der Pferdebox wohnen, so lange, bis Magic sich völlig erholt hatte. Mindestens drei Tage, kündigte Herr Eichhorn an. Bis auf Lea verließen alle den Stall, um keine Unruhe zu verbreiten. Meike Eichhorn wollte sich um die Ferienklasse kümmern. Vor allem um Valerie.

»Ich erzähle dir später alle Einzelheiten«, flüsterte Jette, bevor sie Frau Eichhorn folgte.

Endlich konnte Lea zu Magic in die Box. Am liebsten wäre sie ihm um den Hals gefallen, aber das ging natürlich nicht. Auch wenn er noch matt war, freute Magic sich über Leas Nähe. Er schnaubte leise, als wollte er sagen: »Wenn du wüsstest, was heute passiert ist.« Behutsam streichelte Lea seinen Hals. Liebevoll vergrub sie ihr Gesicht in der Mähne, die in feuchten Locken herunterhing. »Ich weiß doch alles, Magic.«

Der Friese seufzte und stützte seinen Kopf schwer auf Leas Schulter. Sie konnte sein Gewicht kaum halten, aber eher wäre Lea zusammengebrochen, als Magic die Schulter zu entziehen.

Markus Eichhorn lächelte verständnisvoll. Während Lea noch mit Magic schmuste, rückte er seine Arzttasche vor die Boxentür und begann, die Wunde mit Desinfektionslösung zu reinigen. Erst zuckte Magic zurück, aber Lea konnte ihn mit gutem Zureden besänftigen.

»Bleibt so stehen«, sagte Herr Eichhorn und holte eine Schere aus der Tasche. »Du schmust oben mit Magic, Leon unten. Ihr beiden seid ein perfektes Beruhigungsmittel, während ich nähe.«

Rund um die Verletzung wurden die verkrusteten Haare weggeschnitten, anschließend nähte der Tierarzt die Wunde an der Backe mit einigen Stichen und säuberte Magics Kopf von Blut. »Er bekommt noch eine Antibiotikaspritze, damit es keine Entzündung gibt.«

Markus Eichhorn legte seine Instrumente in die Arzttasche zurück. »Fertig.«

Draußen hörte man das Röhren starker Motoren, es klang wie Lastwagen, die sich näherten. Blaues Licht zuckte durch die Fenster. »Ach du Schreck, die Feuerwehr rückt an«, sagte Herr Eichhorn. »Hab ich ganz vergessen. Zum Glück brauchen wir die Männer nicht mehr.« Er machte das Fenster in Magics Box zu und beeilte sich, auch die restlichen im Stall zu schließen. Keine unnötige Aufregung!

»Sagst du Bescheid, dass sie wieder fahren können, Lea? Sie sollen das Blaulicht abstellen. Und danke ihnen für ihr Kommen.«
Lea drückte Magic einen Kuss auf die Stirn und ging leichtfüßig auf den Hof. Vor einer Stunde noch waren ihre Beine wie Blei gewesen – nun fühlte sie sich wie eine Feder.
Auf dem Hof wuselten Männer in schwarzen Uniformen zwischen den Berliner Mädchen umher. Als die Feuerwehrwagen vorfuhren, war die Klasse wieder nach draußen gestürmt. Frau Eichhorn setzte sie gleich als Helfer ein. Vier Mädchen trugen Getränkekisten aus dem Haus und stellten sie vor die roten Einsatzwagen ab, wo die Männer sich sofort bedienten. Die Nacht war noch immer brütend warm.
Wie weiße Leuchtfinger griffen die Scheinwerfer über den Hof. Im grellen Schein verschwammen die Figuren, aber eine davon erkannte Lea sofort: Valerie. Einsam und verloren, strich sie am Stall entlang. Im Sekundentakt fiel zuckendes Blaulicht auf ihr Gesicht. Dieses Häufchen Elend sollte Valerie sein, die vor ein paar Stunden noch selbstherrlich mit ihren tollen Taten geprahlt hatte? Jetzt war sie eine Ausgestoßene, mit der niemand etwas zu tun haben wollte. Ihre Klassenkameradinnen behandelten sie wie Luft.
Geschieht ihr recht, dachte Lea mit einer gewissen Schadenfreude. Sie ging zum Wehrführer, der mit ihrer Mutter sprach, und bat ihn, das blaue Alarmlicht auszuschalten. Aus der Dunkelheit tauchte Bauer Lüttjohann auf. Er sah lustig aus: Zur fleckigen Arbeitshose trug er eine elegante Anzugjacke, unter der sein Schlafanzug hervorlugte. In der Eile musste er wahllos in seinen Kleiderschrank gegriffen haben.

»Brennt es bei euch?«, fragte er aufgeregt. »Das Blaulicht! Ich habe es aus meinem Schlafzimmer gesehen.«
Meike Eichhorn schüttelte den Kopf. »Nein, kein Feuer. Ein Notfall im Stall. Aber nun ist alles wieder okay. Unser Friese Magic hatte einen Kreislaufkollaps.«
Durch die uniformierten Männer drängte sich Jette nach vorne. »Daran war Valerie schuld«, sagte sie aufgebracht. »Die kennen Sie ja schon.« Jette zeigte auf die Stallwand, vor der Valerie im rotierenden Blaulicht für einen Augenblick auftauchte. »Die hat doch auch Ihre Kühe verrückt gemacht.«
»Hat das Mädchen denn immer noch nichts dazugelernt?«, wetterte Hannes Lüttjohann und schob seine Mütze in den Nacken. »Sei froh, dass du nicht meine Tochter bist«, rief er über den Hof. Valerie versuchte, sich an der Stallwand unsichtbar zu machen, und weil in diesem Moment das Blaulicht erlosch, gelang ihr das auch.
»Wir fahren wieder.« Der Wehrführer tippte sich an den Helm und stieg in den Einsatzwagen. »Alles Gute für euer Pferd.«
Meike Eichhorn reichte einen Geldschein durchs Autofenster. »Für das nächste Feuerwehrfest. Danke, dass ihr so schnell gekommen seid.«
Unter lautem Dröhnen wendeten die Lastwagen und verließen den Friesenhof.
Inzwischen ging es auf halb zwei zu. Magic erholte sich zusehends, seine Beine standen wieder fest im Stroh. Trotzdem sah man ihm die Anstrengung der letzten Stunden an. Zusammengerollt wachte Leon neben dem Pferd. Vor Mü-

digkeit konnte der Hund sich nicht mehr auf den Pfoten halten, aber er schlief nicht.
Für die Berlinerinnen war die Sache beendet, nachdem die Feuerwehr abgefahren war. Zwar bot die ganze Klasse sich als Nachtwache für Magic an, aber die übernahm Dr. Eichhorn persönlich. Schließlich ergaben sich die Mädchen murrend in ihr Schicksal und tauchten im Haus unter.
Auch Niels verabschiedete sich. Noch vor der Schule wollte er Leon Hundefutter bringen – und Klara sehen, aber das ging niemand etwas an.
Um zwei, als nur noch eine Handvoll Menschen auf dem Friesenhof wach war, lag Westerbüll immer noch unter einer Wärmeglocke. Aber jetzt fand das niemand mehr belastend.
Markus Eichhorn wollte Magic noch in aller Ruhe untersuchen. Er bat Lea, sich von der Box zu entfernen und bei Klara und Jette zu warten. Unschlüssig drückten die drei sich auf der Stallgasse herum, als sie draußen Stimmen hörten. Lea öffnete die Stalltür. Der Anblick auf dem Hof ließ ihr Herz hüpfen, denn Valerie wurde gerade von ihrer Mutter und Frau Siekmann in die Mangel genommen. Die würden ihr ordentlich die Meinung sagen, hoffte sie. Sie winkte Klara und Jette heran. Diese Strafpredigt durfte man sich auf keinen Fall entgehen lassen. Lea zog die Stalltür so weit heran, dass sie selber verdeckt waren, dass sie aber alles sehen und jedes Wort verstehen konnten.
Im Licht einer Laterne standen sich Meike Eichhorn und Valerie gegenüber. Wie Boxer im Ring, dachte Lea. Frau Siekmann, etwas abseits, wirkte wie der Ringrichter.

»Mit vierzehn Jahren weißt du genau, was du tust«, sagte Meike Eichhorn gerade heftig. »Wie konntest du Magic nur so zurichten? Er hätte sterben können. Ich verstehe dich nicht, du hast doch überall erzählt, wie gern du Magic magst.«
Valerie gab sich störrisch. Mit gesenkten Augen starrte sie zur Seite. Sie hob den Blick auch nicht, als Frau Eichhorn sie dazu aufforderte.
»Sie haben doch keine Ahnung, was wirklich wichtig ist«, sagte Valerie nur verächtlich.
Den unverschämten Unterton überhörte Leas Mutter. »Was ist denn wichtig?«, fragte sie zurück.
»Mut natürlich. Und ein ultimativer Kick.« Valerie machte eine herablassende Handbewegung. »Ein Feigling zu sein, das ist das Schlimmste.«
Lea drängte sich näher an den Spalt und wechselte über die Schulter Blicke mit Klara und Jette. Wie konnte ihre Mutter nur so ruhig mit Valerie sprechen?
»Wie kommst du darauf?«, fragte Leas Mutter weiter.
»Das sagen alle.«
»Alle? Alle in deiner Klasse?«
Verächtlich stieß Valerie einen Stein weg. »Pah. Die doch nicht. Das sind doch lahme Tanten, echte Verlierer.«
Frau Siekmann schüttelte den Kopf. »Valerie! Du bist unverschämt. Wenn ich so etwas höre! Verlierer! Wer ist denn für dich ein Gewinner?«
Hochnäsig warf Valerie ihr Haar zurück und hielt es mit beiden Händen hinterm Kopf zusammen. »Leute, die Abenteuer bestehen. Volles Risiko. Die sich was trauen. Bungeejum-

ping vom Turm. Vom Hubschrauber aussetzen lassen. Rafting auf einem wilden Fluss. Im Dunkeln über Hindernisse springen. So etwas eben.«

Da konnte Lea nicht mehr an sich halten. Mit rotem Kopf rannte sie auf die Gruppe zu, und bevor ihre Mutter sie zurückhalten konnte, packte sie Valerie am T-Shirt. Bebend vor Zorn, schüttelte sie das blonde Mädchen. »Du hast meinen Magic fast umgebracht, du ... du ...« Lea schnaubte vor Wut und im Moment fiel ihr kein Schimpfwort ein, das schlimm genug für Valerie war.

Valerie riss sich los und sprang zurück. Die Laterne leuchtete ihr direkt ins Gesicht. Das Licht offenbarte schonungslos ihre rot geweinten Augen und die verlaufene Wimperntusche. Valerie sah furchtbar verheult aus, aber ihr Benehmen passte ganz und gar nicht zu einer reuigen Sünderin. »Ich wollte dir nur beweisen, dass Magic springen kann«, schrie sie Lea an. »Bloß weil ihr mich auf dem Reitplatz gestört habt, konnte ich es nicht richtig probieren.«

Jetzt stürmten auch Jette und Klara los. Mit blitzenden Augen baute Jette sich vor Valerie auf. »Tickst du noch richtig? Wir sollen schuld an dem Unglück sein, weil wir dich entlarvt haben? Wer wollte denn heimlich mit Magic springen?« Jette trat einen Schritt zurück und sah Valerie verächtlich an. »Das ist doch krank.«

Verstockt stampfte Valerie mit dem Fuß auf und drehte sich zur Hauswand um.

»Sobald es hell wird, rufe ich deine Eltern an«, sagte Frau Siekmann. »Je schneller sie dich abholen, desto besser.«

Jette hatte sich so in Aufregung geredet, dass sie die Lehrerin gar nicht beachtete und ihr mitten ins Wort fiel. Wie Ohrfeigen droschen Jettes Worte auf Valerie ein. »Du hast doch durchs Fenster gesehen, was du angerichtet hast. War das der irre Kick für dich? Zu sehen, wie ein Pferd mit dem Tod kämpft?«

Das war zu viel für Valerie. Scheinbar unbeteiligt, hatte sie die ganze Zeit alles an sich abgleiten lassen, aber in diesem Augenblick verlor sie die Fassung. Jettes Anklage traf sie offensichtlich doch mehr, als sie zugeben wollte. Der Anblick von Magic, wie er regungslos und blutend im Stroh lag, hatte Valerie mitten ins Herz getroffen. Die ganze Zeit hatte sie versucht, die grausamen Bilder zu verdrängen, aber nun kam alles übermächtig wieder hoch.

Von hinten sah man, wie Valeries Schultern bebten. Mit eingezogenem Kopf hielt sie sich die Ohren zu. »Aufhören! Hör endlich auf.«

Sie begann zu schluchzen, erst leise, dann immer stärker, bis sie schließlich haltlos weinte. Wie sie dastand, ihre Stirn gegen die Hauswand gepresst, wirkte sie ganz klein und verloren.

Eigentlich müsste jemand hingehen und sie in den Arm nehmen, dachte Klara. Aber sie selber schaffte es nicht, dazu saß ihr der Schock noch zu tief in den Gliedern.

Den anderen ging es genauso. Unschlüssig standen sie um Valerie herum und brachten es nicht fertig, das Mädchen zu trösten. Ihr bodenloser Leichtsinn hatte zu viel Schmerz über den Friesenhof gebracht.

Irgendwann nahm Frau Siekmann Valerie am Arm und zog sie zur Haustür. »Komm rein, Valerie, geh schlafen.« Die Leh-

rerin warf einen Blick zurück, der Bände sprach – es würde eine ungemütliche Nacht im Betreuerzimmer werden.
Keiner verspürte Lust, noch länger über Valerie zu reden. Meike Eichhorn und die drei Mädchen gingen zurück in die Stallgasse, wo Herr Eichhorn dabei war, alles wegzuräumen, was an die schrecklichen Stunden erinnerte.
»Magics Herzschlag hat sich wunderbar normalisiert«, sagte er zufrieden und wischte mit nassem Stroh Blutflecke vom Boden. »Trotzdem will ich kein Risiko eingehen. Nach einem Schock muss man den Patienten längere Zeit beobachten.« Er stopfte das verfärbte Stroh in einen Müllbeutel. »Zur Sicherheit bleibe ich den Rest der Nacht im Stall.«
»Ich auch«, sagten Lea und Jette gleichzeitig und stießen sich an. Dr. Eichhorn schüttelte den Kopf. »Nein, das überlasst mal mir. Euch brauche ich ab morgen Mittag, wenn ich Reitunterricht gebe und Mama in die Praxis muss. Dann müsst ihr ausgeschlafen und fit sein.«
Alles Drängeln half nichts, Leas Vater blieb unnachgiebig. Obwohl die beiden schrecklich gern bei Magic gewacht hätten, sehnten sie sich andererseits nach ihren Betten. Sie konnten sich kaum noch auf den Beinen halten. Die Möglichkeit, am nächsten Tag die Schule zu schwänzen, ging Lea durch den Kopf. Hatte sie nach so einer Nacht nicht ein Anrecht darauf? Aber Lea fragte lieber nicht, denn die Antwort kannte sie schon vorher. »Dienst ist Dienst«, würde ihr Vater sagen.
Als Lea sich endgültig von Magic verabschiedete, kamen ihr die Ereignisse der Nacht wie ein Albtraum vor. Wie ein Horrorfilm, den sie im Kino gesehen hatte. Sie war viel zu er-

schöpft, um zwischen Traum und Wirklichkeit zu unterscheiden. Dass sie tatsächlich alles live erlebt hatte, das rief ihr Jette ins Gedächtnis zurück. Obwohl es drei Uhr in der Nacht war, als sie in ihre Betten stiegen, war Jette so aufgedreht, dass sie noch einen Rundruf bei allen Freundinnen startete. Brühwarm berichtete sie ihnen von Magics Rettung. Nelly, Mascha, Emma und Kim – alle waren hellauf empört und dachten sich die schlimmsten Strafen für Valerie aus. Doch daran wollte Lea im Moment nicht denken. Sie fühlte nur eine grenzenlose Erleichterung über die glückliche Wendung.

Während Jette noch am Handy hing, fiel Lea in einen tiefen, traumlosen Schlaf, aus dem ihre Mutter sie nach vier Stunden mit der wunderbaren Nachricht weckte: »Dein Magic hat sich prächtig erholt.«

Mit einem Satz waren Lea und Jette aus den Betten. Im Bademantel rannten sie in den Stall, wo Klara ihrem Vater gerade frische Brötchen und Kaffee auf einem Strohballen servierte. Müde, aber mit strahlendem Lächeln hob Markus Eichhorn seine Kaffeetasse, als er Lea und Jette sah. »Dein Magic ist ein harter Typ, der gibt nicht auf«, sagte er. »Sein Herz schlägt ruhig und gleichmäßig. Leon hat wirklich ein Wunder vollbracht.« Mit der Tasse zeigte er auf die Schiebetür, die wieder in ihrer Schiene hing. »Bauer Lüttjohann war schon hier, wir haben die Tür eingehängt.«

Leise ging Lea an die Box heran und begrüßte Magic. Die sauber genähte Wunde fiel kaum auf. Heu kauend, hob der Friese den Kopf und grummelte, als er Lea erkannte. Seine Ohren spielten, er richtete den Blick in die Einstreu, als

wollte er sagen: »Psst, mein Freund Leon braucht seinen Schlaf.« Lang ausgestreckt, lag der Leonberger im Stroh. »Leon schläft zum ersten Mal«, flüsterte Herr Eichhorn. »Die ganze Nacht ist er wach geblieben, aber vorhin ist er einfach umgefallen vor Müdigkeit. Jetzt passt Magic auf ihn auf.«
Lea und Jette konnten sich gar nicht trennen von dem Anblick. Mit Sicherheit hätten sie die erste Schulstunde verpasst, wenn Herr Eichhorn sie nicht daran erinnert hätte. Schweren Herzens nahmen Lea und Jette Abschied von Magic und Leon, auch wenn es nur für einige Stunden war. Als sie schon in der Tür standen, rief Markus Eichhorn Jette halb laut zurück. »Danke Jette. Bist ein klasse Mädchen. Der beste Ermittler, den ich kenne. Gar nicht auszudenken, was ohne deinen Spürsinn passiert wäre.«

Zur selben Zeit, als Lea und Jette am Freitag zur Schule fuhren, versteckte Valerie sich unter der Bettdecke. Am liebsten wäre sie nie darunter hervorgekrochen, zumal das Knarren der Schranktür darauf hinwies, dass ihre Lehrerin noch im Zimmer war. Frau Siekmanns Vorwürfe wollte sie sich nicht noch einmal anhören.
Die ganze Nacht hatte Valerie sich im Bett hin und her geworfen. Eine schwere Wolke lastete auf ihr. Jeder Gedanke an die schreckliche Nacht drückte sie noch mehr herunter. Valeries Klasse ließ keinen Zweifel daran, dass sie nichts mehr mit ihr zu tun haben wollte. Sogar Beate und Isa hatten sich von Valerie abgewandt, das Lockmittel »Bungeejumping« zog nicht mehr.
Valerie hörte, wie das andere Bett aufgeschüttelt wurde. El-

ke Siekmann zog ihren Bademantel an, nahm Waschzeug und Kleidung und ging zur Tür. »Du packst gleich deinen Koffer«, ordnete sie an, obwohl von Valerie unter der Decke nichts zu sehen war. »Und steh auf! Ich will, dass du dabei bist, wenn wir deine Eltern anrufen.«

Wie gerädert stieg Valerie aus dem Bett, als die Tür ins Schloss fiel. Mit bleischweren Beinen schlich sie zur verglasten Terrassentür. Auf dem Rasen war Meike Eichhorn gerade damit fertig, den langen Tisch fürs Frühstück zu decken. Sie schwenkte das leere Tablett und ging zum Haus zurück.

Wenn sie an Essen dachte, drehte Valerie sich der Magen um. Keinen Bissen würde sie herunterbekommen. Garantiert würden sich alle weigern, neben ihr zu sitzen. Keine würde ein Wort mit ihr wechseln. Keine einzige. Die ganze Klasse schob ihr Magics Unfall in die Schuhe.

Vor Valeries geistigem Auge tauchte das Bild des großen Friesen auf, wie er verschreckt und blutend am Boden lag. Sofort wurde es Valerie noch schlechter, ihre Knie zitterten. Nein, Magics Kreislaufkollaps hatte sie nicht gewollt! Und die Wunde natürlich auch nicht. Den Riss in der Backe hatte er sich nur geholt, weil sie so schnell vor Lea und Jette fliehen musste. Sonst wäre Magic nicht mit dem Kopf an dem abgebrochenen Ast entlanggeschrammt und hätte sich verletzt. Alles war eine Verkettung unglücklicher Umstände gewesen. Begriff das denn niemand?

Mit einem flauen Gefühl im Magen langte Valerie nach ihrer Reisetasche. Sie hatte doch nur zeigen wollen, welchen Wagemut sie besaß. Was sollte sie denn noch an Mutproben abliefern, damit die anderen begriffen, dass sie die Tollste

und Tapferste in der Klasse war? War die Springaktion mit Magic heute Nacht vielleicht keine tollkühne Tat gewesen? Springen im Stockdunkeln? Das machte ihr keine nach.
In allen Einzelheiten hatte Valerie sich den Plan ausgedacht – nachts wollte sie mit Magic springen üben und heute Nachmittag in die allerletzte Reitstunde hineinplatzen. Allen zeigen, wie beherzt sie mit Magic über Hindernisse setzte. Danach hätte sich jede in der Klasse darum gerissen, mit Valerie befreundet zu sein, da war sie sicher. Mit ihr, der unerschrockenen Valerie Wendland. Mit einer, die demnächst am Bungeeseil vom Fernsehturm sprang und mit dem Boot im Wildwasser kämpfte.
Unbarmherzig schob sich die Erinnerung an Magic vor die Bilder von tosenden Fluten und Bungeespringern. Beim Gedanken an das am Boden liegende Pferd wurde Valerie wieder übel. Bloß nicht daran denken. Abrupt wandte Valerie sich vom Fenster ab und machte sich am Kleiderschrank zu schaffen, als Frau Siekmann aus dem Waschraum zurückkehrte.
»Komm mit.«
Ohne weitere Worte schob sie Valerie, die noch ihr Schlafshirt trug, über den Flur zum Büro. Hinterm Schreibtisch wartete Frau Eichhorn mit der Hand am Telefon und deutete mit dem Kopf auf die Besucherstühle.
»Die Telefonnummer deiner Eltern. Aber diesmal die vom Handy, sonst kriege ich sie wieder nicht zu fassen.«
Widerstrebend gab Valerie Auskunft.
Ihr Vater meldete sich. In der Leitung rauschte und hallte es, die Verbindung war miserabel. Um sich zu verständigen,

musste Frau Eichhorn fast schreien. Nach einigen Missverständnissen hörte sie heraus, dass Valeries Eltern noch auf der Wildwassertour in Österreich unterwegs waren. Im Augenblick brachen sie dort ihre Zelte ab.

Es war nicht leicht, ihnen klarzumachen, was Valerie angerichtet hatte, immer wieder setzte die Verbindung aus. Jedenfalls begriffen die Eltern offenbar nicht richtig, was vorgefallen war, sonst hätte Valeries Vater kaum gesagt: »Meine Tochter ist eben an viel Abwechslung gewöhnt.«

Irgendwann verlor Meike Eichhorn die Geduld. Ein Gespräch, das aus hundert Fetzen bestand, hatte wenig Sinn. Wenn er einen Ort mit besserer Handyverbindung fand, wollte Herr Wendland zurückrufen. Eins stand aber jetzt schon fest: Die Strecke von Österreich bis an die Nordsee schafften Valeries Eltern unmöglich bis zum Abend. Das hieß: Valerie blieb und fuhr erst am nächsten Tag mit ihrer Klasse nach Berlin zurück. Frau Siekmann war nicht begeistert, denn nun war kaum an einen entspannten Abschlusstag zu denken.

Die ganze Zeit hatte Valerie auf eine Preisliste neben dem Telefon gestarrt. Mit der Hand waren ein paar Zahlen in die Ecke gekritzelt. Frau Eichhorn folgte ihrem Blick. »Ja, Valerie, ich muss eine neue Wand für Magics Box bestellen«, sagte sie und schob ihr einen Katalog für Stallzubehör zu. »Fünfhundert Euro kostet die. Das geht wohl auf deine Kappe, da hilft alles nichts. Überleg dir schon mal, wie du das deinen Eltern beibringst. Und nun zieh dich an. Das Frühstück steht draußen.«

Valerie wurde blass. »Fünfhundert Euro? Ich ... ich habe keinen Hunger.«

Ärgerlich schüttelte Frau Siekmann den Kopf und stand auf. »Du meinst, du hast keinen Mut, dich den anderen zu zeigen! Weil du Angst vor ihren Vorwürfen hast.«
Valerie fuhr hoch. »Ich und Angst? Wie können Sie so etwas sagen?«
»Weil es stimmt. Du bist zu feige, deine Tat einzugestehen. Das wäre mal eine echte Mutprobe.«
Außer sich vor Aufregung stampfte Valerie mit dem Fuß auf. »Nein, nein, nein. Ich bin nicht feige. Ich bin die Mutigste in der Klasse. Ich springe sogar vom Fernsehturm!«
Frau Siekmann zuckte die Schultern. »Was ist das schon. Ein Nervenkitzel. Mut ist etwas anderes – zum Beispiel, wenn du zu Lea gehst und sie um Verzeihung bittest. Für alles, was sie wegen Magic durchmachen musste.«
»Niemals«, heulte Valerie und schlug mit den Händen auf die Tischplatte.
»Also doch feige«, stellte ihre Lehrerin ungerührt fest.
Zur Überraschung der Erwachsenen warf Valerie mit einem Mal ihren Kopf auf den Tisch und begann, haltlos zu schluchzen. Es dauerte eine ganze Weile, bis sie wieder ansprechbar war. Mit Mühe bekam Frau Siekmann einige Dinge aus ihr heraus.
Valeries Eltern führten in Berlin eine Reiseagentur für Actionurlaub. Sie boten ausschließlich verrückte Sportarten an, die ihren Kunden Nervenkitzel versprachen. Schon als kleines Mädchen hatte Valerie sich ständig unter Extremurlaubern aufgehalten. Sie kannte jede Menge Leute, für die Überlebenstraining der ultimative Kick war. Es blieb nicht aus, das Valerie das Gehabe der Erwachsenen übernahm. Irgendwann

glaubte sie felsenfest, dass sie nur mit Draufgängertum Anerkennung finden könne. Und so verstand sie auch nicht, dass ihre verrückten Mutproben auf dem Friesenhof nicht ankamen. Dass Leichtsinn nichts mit Mut zu tun hatte, war Valerie schwer klarzumachen. Aber dass sie Magic nichts Böses antun wollte, das glaubte Frau Siekmann ihr sogar.
»Trotzdem, ob du es böse gemeint hast oder nicht – für Magic läuft es auf dasselbe hinaus«, sagte Frau Eichhorn ernst. »Fast hätte er deinen Leichtsinn mit dem Leben bezahlt. Von Leas seelischen Schmerzen will ich gar nicht reden.«
Damit war das Gespräch beendet. Nachdem Valerie sich angezogen hatte, bestand Frau Siekmann darauf, sie zum Frühstück mit in den Garten zu nehmen.
Mit gesenktem Kopf steuerte Valerie die äußerste Ecke des langen Tisches an. Sofort rückten die Mädchen ein Stück zur Seite und schoben ihre Teller weg.
»Na, na, Valerie hat doch keine gefährliche Krankheit«, beschwichtigte Frau Siekmann und setzte sich zu Valerie. Sie wollte keine offene Feindschaft in der Klasse.
»Doch«, sagte Beate und zeigte mit dem Löffel auf Valerie. »Wer fast ein Pferd umbringt, ist gefährlich.«
Um niemand ansehen zu müssen, ließ Valerie ihre langen Haare wie einen Vorhang vors Gesicht fallen und starrte auf den Rasen. Trotzdem fühlte sie die verächtlichen Blicke auf sich ruhen.
»Klara hat vorhin gesagt, Magic braucht eine neue Boxenwand, die soll mindestens fünfhundert Euro kosten«, fuhr Beate fort. »Wir finden, die muss Valerie bezahlen. Sonst reden wir nie wieder ein Wort mit ihr.«

Valerie sah hoch. »Was geht euch das an, ob ich die Boxenwand bezahle?«
Beate stemmte die Arme in die Seite. »Erstens bist du schuld an allem und zweitens musst du eine Strafe kriegen. Unsere ganze Klasse hat sich auf dem Friesenhof anständig benommen, nur du nicht. Das ist doch schreiend ungerecht, wenn du so davonkommst.«
Zustimmend klopfte der Rest der Klasse mit den Löffeln Beifall. Valerie murmelte etwas von ihren Eltern, die das regeln würden, aber da hatte sie die Rechnung ohne die aufgebrachte Klasse gemacht. Empört sprangen die Mädchen von den Sitzen und bearbeiteten Valerie von allen Seiten.
»Das ist feige, erst Mist bauen und dann kneifen.«
»An deiner Stelle würde ich in den Boden versinken.«
»Du verdirbst uns die ganze Klassenfahrt.«
Weinend sprang Valerie auf und stürzte ins Haus.
Nachdenklich blickte Frau Siekmann ihr nach. »Dass ihr Valerie völlig kaltstellt, ist eine große Strafe für sie«, sagte sie. »Kein Mensch erträgt das, wenn er ausgeschlossen wird.«
»Finden Sie die Sache von heute Nacht etwa gut?« Herausfordernd blitzte Isa ihre Lehrerin an.
»Natürlich nicht. Aber Valerie gehört zu unserer Klasse, wir können sie nicht einfach abschreiben.«
Das ablehnende Geraune ringsherum machte deutlich, dass die Mädchen das anders sahen, und sie meuterten heftig, als Frau Siekmann vorschlug: »Wir sollten Valerie noch eine letzte Chance geben, ihr Verhalten zu bereuen.«
Frau Siekmann warf all ihre Überzeugungskraft in die Waagschale. Wortkarg beendete die Klasse das Frühstück. Die

Lehrerin hoffte, dass Valerie sich etwas einfallen ließ, um ihren Stand in der Klasse zu verbessern.
Den ganzen Morgen blieb Valerie auf dem Zimmer. Für die anderen wurde der Vormittag doch noch schön, weil Herr Eichhorn ihnen erlaubte, die Herde auf die Weide zu bringen.
Die Mädchen benahmen sich mustergültig und führten die Pferde nahezu lautlos aus dem Stall. Jede warf einen scheuen Blick auf Magic. Die vergangene Horrornacht sah man ihm zwar noch an, aber er stand nicht mehr teilnahmslos da. Das Heu schmeckte ihm bereits wieder. Lang ausgestreckt, lag Leon neben seinem Freund in der Box und bearbeitete hingebungsvoll einen Kauknochen.
Währenddessen überstand Lea die Schulstunden mehr schlecht als recht. Als sie mittags zurückkam, führte ihr erster Weg in den Stall. »Magic geht's gut«, rief Klara leise, als sie ihre Schwester in der Stalltür sah. Damit ihr Vater zu Mittag essen konnte, hatte Klara seine Wache übernommen.
Auf leisen Sohlen näherte Lea sich der Box. Magic kannte ihre Schritte genau. Sofort hob er den Kopf und stellte das Kauen ein. Er machte einen Schritt vorwärts und begrüßte Lea mit leisem Wiehern. Erwartungsvoll sprang Leon auf und kratzte an der Box.
»Du darfst Magic auf dem Hof herumführen«, sagte Klara. »Er braucht Bewegung, meint Papa. Und Leon muss Gassi gehen, den nehme ich.« Mit dem Fuß schob Klara den Strohballen zur Seite, auf dem sie gesessen hatte, und gab Lea einen Führstrick. »Hab mich nicht getraut, Leon aus der Box zu holen, um Magic nicht aufzuregen.«

Lea nickte und schob die Tür auf. »Hallo, mein Süßer«, flüsterte sie zärtlich und erneut stieß Magic ein leises Wiehern aus. Liebevoll strich Lea ihm über die weichen Nüstern, und als sie ihn zum Mitkommen aufforderte, verließ der Friese, ohne zu zögern, die Box. Voller Freude bemerkte Lea, wie kräftig Magic auftrat. Sie musterte seinen Kopf. Kaum zu glauben, dass sich unter den wenigen Stichen eine tiefe Wunde verbarg. Klara nahm Leon an die Leine, schwanzwedelnd folgte er Magic über die Stallgasse. Nicht eine Sekunde wich er seinem mächtigen Friesenfreund von der Seite. Und Magic drehte sich immer wieder um, um sicher zu sein, dass Leon ihm folgte.

Als sie auf den sonnigen Hof traten, blinzelte das Pferd in die Helligkeit und blieb stehen. Sein Erstaunen war ihm deutlich anzusehen. Magic musterte den Friesenhof, die Silberpappeln, den Weg zur Weide, als hätte er alles lange nicht gesehen. »Bestimmt kam Magic die letzte Nacht wie eine Ewigkeit vor«, sagte Klara. »Und nun wundert er sich, dass sich draußen nichts verändert hat. Dass unser Hof zum Beispiel nicht von Monstern bewohnt ist.«

»Ist er leider doch«, sagte Lea mit finsterer Miene, denn sie sah Valerie das Haus verlassen. »Die wird es hoffentlich nicht wagen hierherzukommen.« Lea zwang sich, äußerlich cool zu bleiben, schon wegen Magic. Trotzdem verfolgte sie beunruhigt, wohin Valerie ihre Schritte lenkte. Tatsächlich. Valerie steuerte auf sie zu, gefolgt von Frau Siekmann und ihrer Mutter.

Auch Leon fasste die herannahenden Menschen ins Auge und richtete sich zu seiner vollen Größe auf. Sein Knurren klang unfreundlich. Leon fühlte sich verpflichtet, seinen Freund Magic gegen Unbekannte zu beschützen. Vorsichtshalber blieben Valerie und Frau Siekmann stehen, als der Hund sie ungnädig anblaffte. Nur Meike Eichhorn ließ Leon passieren.

»Valerie will sich bei dir entschuldigen«, begann Frau Eichhorn.

»Pah, darauf kann ich verzichten«, fauchte Lea und warf den Kopf zurück.

»Lea, bitte«, mahnte Frau Eichhorn.

Valerie sah ziemlich kleinlaut aus, wie sie da vor dem knurrenden Hund stand und nach Worten rang. Nervös knetete sie die Hände, während sie immer wieder einen schnellen Blick auf Magic warf. Was sie zu sagen hatte, fiel Valerie sichtlich schwer. »Ich wollte demnächst eine Wildwassertour machen«, fing sie stockend an. Umständlich zog Valerie die zusammengefaltete Seite eines Ferienkataloges aus der Tasche. Ein reißender Gebirgsfluss mit Schlauchboot wurde sichtbar. »Vierhundert Euro kostet die Sache.« Mit fahrigen Bewegungen glättete sie die Seite. »Mann, dafür spare ich schon seit mehr als einem Jahr.«

Jedes einzelne Wort kam über ihre Lippen, als sei es in Stacheldraht eingewickelt. Valerie guckte in den Himmel. »Ihr müsst ja eine neue Wand für Magics Box kaufen, weil . . .« Sie stockte und fuhr sich durchs Haar. »Jedenfalls sage ich die Reise ab, und was noch fehlt, also hundert Euro, kriege ich durch Jobben zusammen.«

Lea warf ihr einen kühlen Blick zu. »Das ist ja wohl das Wenigste, was man verlangen kann. Ich denke, du willst dich entschuldigen?«

Bevor Lea noch mehr sagen konnte, fing sie einen Blick ihrer Mutter auf, der sie warnte, weiter so stur zu bleiben. Lea verkniff sich eine Bemerkung, die nicht besonders fein war.

Nervös trat Valerie von einem Bein auf das andere. »Oh Mann. Ich wollte das nicht mit Magic. Ich dachte, ich kann euch allen beweisen, dass er doch springt. War wohl eine idiotische Idee von mir.«

»Stimmt«, knurrte Lea. Nach ihrer Meinung war das keine echte Entschuldigung, aber immerhin brachte Valerie überhaupt etwas in Richtung Bedauern hervor. »Und jetzt verzieh dich.«

Aufatmend drehte Valerie sich auf dem Absatz um und lief zum Haus zurück, wo sie von der Tür aus zusah, wie Lea den Friesen spazieren führte.

»Wird er wieder ganz gesund?«, fragte Valerie leise, als Frau Eichhorn an ihr vorbei ins Haus wollte. Meike Eichhorn blieb stehen und nickte. »Sicher.«

»Und sein Gesicht? Sieht man später die Narbe?«

»Nein, davon bleibt nur ein feiner Strich und darüber wächst Fell«, antwortete sie ernst. »Hast Glück gehabt, dass auf diesem Hof gleich zwei Tierärzte zur Stelle waren. Deine leichtsinnige Aktion hätte schlimmer ausgehen können. Hast du das wenigstens begriffen?«

Widerstrebend bewegte Valerie ihren Kopf. Bei viel gutem Willen konnte man ein Nicken daraus erkennen.

Mehr kann man im Moment von einem Mädchen wie Valerie nicht erwarten, dachte Meike Eichhorn, während sie die Karawane aus Lea, Klara, Magic und Leon betrachtete, die über den Hof zog. Gerade gesellte sich noch Niels dazu und Leon sprang freudig an ihm hoch.

Frau Eichhorn zeigte auf den Hund. »Er war der eigentliche Lebensretter. Leon hat unsere Ärztekunst in den Schatten gestellt. Das gebe ich neidlos zu. Und nun ab in die Küche, Valerie. Du bist zum Spül- und Putzdienst verdonnert.«

Sie winkte Niels zu und der Junge grüßte fröhlich zurück. Als hätte er es vorausgeahnt, war Niels genau rechtzeitig zum Hofrundgang eingetroffen.

Klara wurde rot, als sie ihn sah. Da war es wieder, dieses Herzklopfen, genau wie heute Nacht. Wie sollte sie Niels begegnen? Es war so viel geschehen . . .

Niels fasste nach der Hundeleine, die Klara ihm überreichen wollte. Lachend bedeckte er Klaras Hand und drückte sie ganz fest.

»Leon sollte unbedingt noch ein paar Tage bei Magic bleiben«, schlug Niels vor und streichelte verstohlen Klaras Hand. »Natürlich sorge ich für sein Futter und seine Spaziergänge. Wie findest du das, Lea?«

Lea warf ihm einen Blick über die Schulter zu. Sie kniff die Augen zusammen und musterte eindringlich die Leine mit den ungleichen Händen. »Genauso gut wie Klara, wenn ich mich nicht irre.«

Die beiden lachten ertappt, aber Lea winkte ab. »Schon gut. Leon ist für Magic die beste Medizin – und euch nehme ich als Nebenwirkung in Kauf.«

»Ganz reizend, deine kleine Schwester«, frotzelte Niels. »Weißt du übrigens Lea, dass es auch eine gute Nebenwirkung bei Magics Unfall gab?«

»Spinnst du? Wie kannst du so etwas sagen?« Lea war empört.
»Doch. Leif Harding konnte endlich seine alten Sünden wieder gutmachen – indem er uns auf die Idee mit Leon gebracht hat.«
Lea zog es vor, nicht darauf zu antworten. Vergeben und Vergessen waren nicht ihre Stärke. Wenn ihr jemand Unrecht tat, grollte sie ihm auf ewig. Derjenige musste schon ganz große Dinge vollbringen, um wieder bei ihr Gnade zu finden. Während Lea neben Magic über den Hof ging, den vertrauten Duft von seinem Fell in der Nase spürte, seinen ruhigen Atem auf ihrem Arm fühlte, da dachte sie kurz daran, wie es gewesen wäre, wenn Magic die Nacht nicht überlebt hätte. Sofort verdrängte Lea die entsetzliche Vorstellung und beschloss, sich doch bei Leif Harding zu bedanken. Aber das Kriegsbeil gegen Valerie, das war noch lange nicht begraben. Es würde noch Monate dauern, bis sie ohne Groll an das Mädchen aus Berlin denken konnte.
Wann reiste sie endlich ab? Lea rechnete aus, wann sie Magic wieder für sich allein hatte. Noch achtzehneinhalb Stunden!

In dieser letzten Nacht wechselten sich alle vier Eichhorns vor Magics Box ab. Die Sorge galt jedoch nicht Magic, der sich erstaunlich gut erholt hatte. Vielmehr traute keiner der unberechenbaren Valerie.
Schon früh am Samstag fuhr der Bus vor, der die Klasse zum Bahnhof bringen sollte. Bevor es endgültig nach Hause ging, rannten die Mädchen noch einmal in den Stall, um sich von ihren Pflegepferden zu verabschieden.

Unschlüssig ging Valerie neben dem Bus auf und ab. Da sie Reitverbot hatte, traute sie sich nicht zu den Pferden, um nicht in letzter Minute neuen Ärger zu bekommen. Valerie war heilfroh, dass die Reiterwoche vorbei war. Die ganze Klasse hatte sie gestern Abend in die Zange genommen. Valerie musste schwören, in Berlin sofort das Geld an den Friesenhof zu schicken und außerdem »Klassenbuße« zu leisten. Das hieß vier Wochen lang Wandtafel putzen, Papierkörbe leeren, Schränke aufräumen, Mappen sortieren. Scheußlich, aber Valerie war froh, dass die anderen überhaupt wieder mit ihr redeten.

»Meine Damen«, rief der Busfahrer über den Hof und klatschte in die Hände. »Packt eure Koffer ins Gepäckfach.« Lachend kamen die Mädchen aus dem Stall zurück. Die Sachen waren schnell verstaut, dann ging es in den Bus und johlend suchten sich alle ihre Sitze.

Valerie wartete neben dem Bus. Erst als alle drinnen waren, gab sie Frau Eichhorn die Hand und sagte, ohne aufzublicken: »Ich bin so froh, dass Magic wieder gesund wird. Ich würde ihn schrecklich gern noch ein einziges Mal sehen. Glauben Sie, dass Lea ihn vielleicht auf den Hof bringt?«

Bevor Meike Eichhorn antworten konnte, kamen sie schon aus dem Stall, die Stars vom Friesenhof. Klara brachte Luna nach draußen und Lea führte Magic. Leon lief nebenher und wich nicht von Magics Seite.

Während Valerie rückwärts die Stufen in den Bus hochstieg, konnte sie ihre Augen nicht von Magic lassen. Schließlich wurde sie oben auf einen Sitz gezogen. Nachdem Valerie gestern Reue gezeigt hatte, ließen die anderen sie wieder in

ihrer Mitte sitzen. Die ganze Klasse klebte mit platt gedrückten Nasen an den Busfenstern und winkte.
Als Leon seinen Kopf an Magics Beinen rieb, beugte der Friese sich hinunter und leckte ihm über die Ohren. Mit ihrer Kamera lief Frau Siekmann durch den Bus und drückte auf den Auslöser. »Was für ein schönes Abschiedsbild.«
Hupend fuhr der Bus ab. Beim Einbiegen kam ihm ein Pick-up-Lastwagen entgegen, der auf den Hof wollte. Auf der offenen Ladefläche des Lieferwagens stand eine komplette, neue Boxenwand, sorgfältig mit Riemen festgezurrt.
Lea spürte, wie eine schwere Last von ihr abfiel. »Guck mal Magic, da kommt deine Wand. Jetzt wird wieder alles wie früher.«
Der Hund wedelte mit dem Schwanz und stieß Lea mit dem Kopf an. »Klar Leon, nicht ganz so wie früher«, lachte sie da und beugte sich über den Hund, der Lea aus wachen Augen ansah. »Mit dem Unterschied, dass du erst mal bei Magic wohnen darfst. Ohne dich hätte es ja kein gutes Ende gegeben. Ach Leon, du bist einfach der beste Freund der Welt.«

Margot Berger

Die Pferde vom Friesenhof

Pferdefreunde, Sommerglück

Lea und Klara sind Schwestern und echte Pferdefans. Für ihre geliebten Friesenpferde würden sie alles tun! Als sie in einem verlassenen Stall auf ein krankes Fohlen stoßen, setzen sie alles daran, es zu retten. Auch als ein Pferd ins Watt galoppiert, sind Lea und Klara zur Stelle und folgen dem Ausreißer. Dabei werden sie vom Wasser eingeschlossen und geraten selbst in Gefahr.

Dieser Doppelband enthält die Bände »Kleines Fohlen sucht Freunde« und »Rettung aus der Flut«.

Traumsommer im Galopp

Die Eltern von Emma wollen ihre Ponys verkaufen, weil sie Reiten viel zu gefährlich finden. Und nachdem Maultier Muli angeblich an der Pferdepest erkrankt sein soll, bricht unter den Pferdebesitzern Panik aus. Was bleibt den Schwestern Lea und Klara da anderes übrig, als mit den Tieren zu fliehen? Dabei erleben sie einen gefährlichen Ritt durchs Wattenmeer und kommen einer gemeinen Intrige auf die Spur.

Dieser Doppelband enthält die Bände »Wirbel um zwei Shettys« und »Versteck im Leuchtturm«.

Arena

Gebunden
ISBN 978-3-401-45457-3
www.arena-verlag.de

Gebunden
ISBN 978-3-401-45458-0
www.arena-pferdebuecher.de

Margot Berger

Reiterhof Birkenhain

Ein Pferdesommer voller Abenteuer

Gespenstische Zwischenfälle auf Birkenhain jagen Conny, Louisa und Jule große Angst ein. Und dann droht auch noch der Verkauf des Reiterhofs! Fällt den Freundinnen auch diesmal eine rettende Lösung ein? Wird es ein Happy End für die Mädchen und ihre Pferde geben?

Dieser Doppelband enthält die Bände »Spuk im Stall« und »Ende für die Reitschule?«

Sommer, Glück und Pferdeträume

Große Aufregung auf dem Reiterhof Birkenhain! Stallbesitzer Jensen ist von der Leiter gefallen und muss ins Krankenhaus. Wer wird sich jetzt um den Hof kümmern und die Pferde versorgen? Auch Imke ist verzweifelt. Ihr geliebtes Pferd Deichgraf ist verschwunden. Fieberhaft beginnen sie und ihre Reiterfreundinnen, nach ihm zu suchen. Und dabei stoßen sie auf einen zwielichtigen Pferdetransport nach Italien …

Dieser Doppelband enthält die Bände »Ein starkes Team« und »Achtung: Pferde in Not!«.

Arena

Gebunden
ISBN 978-3-401-45466-5

Gebunden
ISBN 978-3-401-45447-4
www.arena-verlag.de

Dagmar Hoßfeld

Ponyclub Löwenzahn

Wirbel um das Reitturnier

Ein neues Pony prescht auf den Hof – Wanja, der rabenschwarze Hengst. Die vier Freunde vom Ponyclub sind begeistert! Vor allem Klara möchte unbedingt auf Wanja reiten. Leider zuckt der Hengst schon bei der kleinsten Berührung zusammen. Warum hat er bloß so viel Angst? Langsam gewinnt Klara Wanjas Vertrauen und entschlüsselt sein Geheimnis ...

Ab 9 • Gebunden
ISBN 978-3-401-45459-7
www.arena-verlag.de

Ein Fohlen zum Geburtstag

Was ist süßer als ein Pony? Ein Ponyfohlen! Als Simmi, die sanfte Isländerstute, ein Fohlen erwartet, können die vier Freunde vom Ponyclub Löwenzahn ihr Glück kaum fassen. Doch dann verschwindet Simmi einen Tag vor Momos Geburtstagsparty. Während Momo sich auf die Suche nach Simmi macht, bangen Klara, Rike und Timm um ihren Freund. Wird Momo die Stute rechtzeitig finden? Und kann er dem neugeborenen Fohlen helfen?

Ab 9 • Gebunden
ISBN 978-3-401-45460-3
www.arena-pferdebuecher.de

Arena